王昕朋小说精选集

王晨题

王昕朋 著

红月亮

作家出版社

图书在版编目（CIP）数据

王昕朋小说精选集 / 王昕朋著 . —— 北京：作家出版社，2022. 3

ISBN 978-7-5212-1522-9

Ⅰ . ①王… Ⅱ . ①王… Ⅲ . ①小说集 – 中国 – 当代 Ⅳ . ① I247

中国版本图书馆 CIP 数据核字 (2021) 第 185010 号

王昕朋小说精选集·红月亮

作　　者：王昕朋
书名题字：王　蒙
责任编辑：赵　莹
装帧设计：鸿儒文轩
出版发行：作家出版社有限公司
社　　址：北京农展馆南里 10 号　　邮　　编：100125
电话传真：86 – 10 – 65067186（发行中心及邮购部）
　　　　　86 – 10 – 65004079（总编室）
E – mail: zuojia@zuojia. net. cn
http: // www. zuojiachubanshe. com
印　　刷：唐山嘉德印刷有限公司
成品尺寸：170 × 240
字　　数：265 千字
印　　张：18.5
版　　次：2022 年 3 月第 1 版
印　　次：2022 年 3 月第 1 次印刷
ISBN 978-7-5212-1522-9
总 定 价：968 元（全十一册）

目　录

上部：走出悲伤

第一章

一

一个人经历的磨难越多，就会成长得越坚强；一个人遇见的善良的人越多，就会对善良理解得越深刻；而一个被风吹雨打越多的人，就会活得越明白。这是人到中年后，我对人生的感悟。

1975 年旧历腊月二十九，是我们沈家塘三代五代人也忘不了的日子，它已经作为墓志铭刻在那片南山坡上了。

我记不得当时天空是什么颜色。记忆中只有一阵阵寒冷的风从山口吹来，不时打着旋涡，像一头头凶猛的狮子张着大口。院里院外的树上不一会儿就有枯枝被风吹落，砰砰啪啪的声音有些凄凉。从天蒙蒙亮起床，我就没有离开锅门，枣树墩子板凳把屁股都磨出了茧子。早饭和午饭也都是在锅门前吃的。早上是红薯稀饭，中午是蒸红薯，吃得让人犯醋心。妈说："你爸今儿就从河工回来了。明儿就过年，这锅馒头等明儿吃。"那时候，也只有过年时才能吃上白面馒头。村里和我年龄一般大的女孩子在那个时候都很少出门，大多数在家里帮着大人忙过年。穷人的孩子早当家。我们山村里的女孩子，大都是从三四岁就开始干家务了。我 3 岁时，就在家哄比我小两岁的弟弟。妈妈收工回来，推开院门第一句话就说："丫头，快拉风箱点火去！"后来我上了学，每天放学回家，也是把书包一放就钻到屋里帮妈妈烧火做饭。这种家务活从来不让爸妈喊着赶着做，已经成了一种习惯或者说一种应尽的职责。我5岁那年就学会了烙馍，人没面案高，就在脚下垫个小板凳，摔下来也不敢哭一声，怕妈不再让我沾案板。

按我们这一带乡下的规矩，过年是一年中最大的事。虽然穷得叮当响，过年还是要热热闹闹的。一年里攒的几个钱，都在这时花费了。猪肉要割几斤，豆腐、粉丝都要买。那些年乡下穷，过年也不过是包几顿饺子，做几个平时不舍得做的菜。从腊月二十七八开始，村子里家家户户都忙开了。有时候，井台边集中半个村的女人洗菜淘米，一个个袖子捋得高高的，胳膊被凉水浸冻得像红萝卜，还都高高兴兴，说说笑笑。山里女人好像永远不知道劳累。村子里每年都有新嫁过来的女人，第二天就穿着红棉袄下地干活了。我那时只觉得她们勤劳，长大后才明白那是山里女人的一种传统，一种美德。

接连几天，家家户户菜刀剁饺馅子的声音噼啪咔嚓，奏出山村里的一支独特的旋律。平日里一直枯燥的山村，过年的时候空气也都变得香甜了。

午饭过后不久，妈就开始拣山白芋干了。她把大竹篮子放在折子边，专拣那些片儿大、色泽白的山白芋干。我知道妈是准备用这些山白芋干子换酒的。爸在家的时候常这样。有专门到村里来的山外人，拉着平板车，车上放着一桶酒和几只麻袋。他们把平板车往村头一放，边敲锣边扯着大嗓门喊："山芋干子换酒喽！"于是，村里人就端着山芋干到那儿排队。有一回，爸不在家，妈正做饭，让我去换酒。爸回来后喝了第一口酒，在嘴里咕噜几下就皱起眉头，气愤地说："这家伙弄假，酒里掺水了呢！"妈瞪了我一眼。我吓得靠在墙角不敢抬头。爸轻轻地抚摸着我的头，温和地说："丫头，这不怪你。"妈也接上说："以后碰到这家来换酒的，就是一斤山芋干换十斤酒也不给他！这酒要是假了害人哩！轻了瞎眼，重了要命。"所以，妈让我去换酒时，又把这话叮嘱了我一遍。

妈对我说："你爸一个冬天没回家，在河工又不让喝酒，过年要让他喝个够，醉了也好好睡几天歇歇。"那时我还小，不理解一个成年女人的心情。

　　爸爸已经离家两个月了。他带着队里的民工去了老汴河工地。我不知那地方离我们村有多远，只知道两个月中村里派人去送过四五次口粮。我也不清楚村里到底去了多少人，只是两个月来村里出出进进见不到壮男子汉。在井台打水就能看清楚，几乎清一色的女人。妈下地忙活时，我就用爸把一只红色油漆桶改成的水桶去打水。那是只两斤装的油漆桶，盛满了水够做一顿饭用。水桶虽然小，但打水的井绳却和别人家的一样长，有七八米，妈说我打一桶水还没井绳分量重。我上大学那年，村里已经通了自来水。我给妈说，我想把那只小红油漆桶带上，在学校里打水用。其实，我是对它有了感情，很深很深的感情。后来才知道，上级分给我们村里的民工人数多，16岁到60岁的男人都去还不够，所以得去几个年轻的姑娘，就连过去很少上工地的干部们也只留下上了年纪或有病的在家主持生产。这一年，是"农业学大寨"的又一个高峰期，从县里到公社、大队，哪一级都怕上的民工少，影响工程进度而落个后进，甚至背上破坏"农业学大寨"的罪名。

　　没有男子汉的生活相当艰难。我虽然那时还小，对这一点的理解却是十分深刻的。那些日子，我亲眼看见妈妈和其他女人们，不仅要承担起照顾老人子女和田里庄稼的双份责任，还被思念折磨得痛苦不堪。到了夜里，妈长一声短一声的叹息，有时哼哼唧唧的抽泣，都让我印象非常深刻。而在我心中留下深深烙印的一件事，是那天两个女人在井台上打架，其中一个就是我妈。

　　那天早饭后，我到学校去。远远看见井台边围了很多人，还听见女人尖着嗓子的哭叫声。说起来很可悲，也许是因为山旮旯里看不到新鲜事儿，久而久之，村里人把吵架骂架都当成戏来看了。在我的记忆中，我们村子几乎每天都少不了吵架的。只要一有吵架骂架，人们都循声而去。有时正吃着饭，端着碗就偎过去了。不过，偎过去是为了看，而且仅仅是为了看。人们都远远地站着，蹲着，只有小孩子站得近，也是仰着脸看双方怎样吵骂。有时，听到骂得俏，大伙就爆发一串笑声，并且笑得很开心。我记得有几次妈和对门小芹娘骂架，爸端着饭碗，坐在门槛上，一边扒他的饭，一边很认真地听，街上的人笑时，他也跟着笑，好像和人骂架的不是他老婆。有时直至双方扭打起来了，才有人过去拉架，嘴里还说："吵归吵，骂归骂，可不能打呀！"拉开以后，仍然看她们继续吵骂。不过，凭天地良心说，村子真是吵架骂架不断，但很少有打架的。不像山外一些地方的人，吵上三句就脸红脖子粗，脸红脖子粗就撸袖子伸拳头，甚至有的不吵不骂先动棍子。

妈是什么原因到井台上和人吵架的，我不知道。对方又是小芹娘。小芹娘和我妈好像是死对头。在我记忆中，她几乎每月都要和我妈吵一架。那时我还小，说不清她俩是什么原因成了冤家对头。后来才从村里人的议论中得知，原来小芹娘和我爸有那种不光明不干净的关系。我上中学以后，有一次周末回家，小芹在路上亲口对我说，她见过我爸和她娘两个人光溜溜身子在她家的床上亲热。小芹红着脸说："丢死人了！"村里人私下都说小芹爸"家伙不中用"，有些男人还拿这和小芹爸开玩笑。

小芹娘比我妈漂亮，和我妈站在一起就看得出她很光彩。用当地话说，我妈是个"车轴个"，长得粗壮，小芹娘却是个"柳条儿"，用文雅的词儿说是亭亭玉立。也许因为体力上的原因，我妈每年挣的工分都比小芹娘多出一大截，我家分的粮食自然也比她家多。其实，我妈出工比小芹娘多也是事实。我们乡村的孩子是在泥土里摔打大的。我出生才几个月，妈就用背箕子装着我下地，到了地头把我往那儿一放就去干活了。我妈晚年时经常带着愧疚对我说："丫头，妈对不住你。你小的时候，没少了让你吃泥……"村里干活虽然是大呼隆，但也是采用的包工。比如割麦子，每个社员分几垄，早干完可以早点回家，而且是按分工任务完成情况记工分。我妈好强，又想多挣工分，她揽的任务常常比男劳力还多，强度还大。一干起活来，顾不上放在田头的孩子。我饿得没办法时，哭妈妈不应时，只好抓起地上的土往嘴里填。3岁多一点，我就跟在妈身后拣麦穗。每次看到妈把小芹娘甩出很远，我就情不自禁地拍着小手给妈鼓掌、加油。为这，我和小芹也打过几次架。可是每次我和小芹打架，妈总是打我的屁股，让我心里十分委屈。

不知为什么，我妈总有点怵着小芹娘。我记得每次她俩吵架，都是我妈先败下阵来。这些，都是在我长大了，读书多了以后才懂得的。因为妈知道爸喜欢小芹娘，她得罪了小芹娘就得罪了爸。事实也正如此，每次我妈和小芹娘吵了架，我爸就几天不理我妈，到晚上睡觉时也不和妈在一张床上，有时还披件衣服钻到草屋去。每到这种田地，我妈都是主动向小芹娘讨好，小芹娘还爱理不理的。什么时候小芹娘对我妈有笑脸了，爸才搭理妈。妈活得真辛酸！

那天，我来到井台前，很快就听出是妈和小芹娘在吵架。我没敢往人群里挤。这个时候，妈正一腔火没处发泄，看见我非骂我一顿不可，甚至还会打我两个耳光。这种事情在过去是常见的。可是，我心里又好奇，想听听她们在吵什么。于是，我偷偷地在人群外边站住了。

小芹娘："你是想男人想疯了，没事找碴儿。要是憋不住了……"

我妈："我没你那么贱。自己的男人不能用，就去偷别人的。"

围观的人群爆发出一阵哄笑。

小芹娘："我偷哪个男人了，你说？你当着大伙的面说出来呀！不说才是孬种呢。说我偷男人，也得他愿意。有本事把自己男人拴住不就成了。谁叫你那臭水塘养不住鱼呢。"

小芹娘的话，惹得四周的人们又是一阵疯狂大笑。这笑声很刺耳，也很放荡。我好大会儿没听到妈说话。她一定是被小芹娘的话噎住了。

直觉告诉我，再往后那些村民们就会开展评论，就像一边看戏一边对演员和戏中的情节说三道四一样。而从他们嘴里说出的话往往不堪入耳。我赶快跑走了。路上，我遇到了小芹的奶奶。小芹的奶奶用她手中的竹竿子拐棍挡了我一下，问道："丫头，是你妈和我那个不要脸的儿媳妇在吵吧？"我哼了一声，没有正面回答她。她气愤地用拐棍捣着地，骂道："丢人现眼！咋就不知道给儿女积点德呢？！"

我回到家，见弟弟和妹妹都在院子里哭。那年妹妹才1岁多一点，还没有学会走路。我赶紧把妹妹抱起来。她的裤子尿湿了。大冬天里裤子湿了能不冷吗？我见院子里有几只空酒瓶横七竖八地躺着，好像被丢弃掉。我问弟弟，爸的酒瓶是谁拿出来玩的？弟弟说都是妈从屋里扔出来的。妈扔爸的酒瓶是发泄心中的不满。但是，她没有把酒瓶摔碎，也没有扔到大门外去。联想到妈和小芹娘在井台上吵架一事，我心里突然很害怕。因为过去有过几次，妈和小芹娘吵架，爸不理妈，妈一气之下去跳河。不过，妈跳河不是先扎头，而是一步步往水里走，边走边哭骂。走到没腰深的时候，哭声更响，骂声更高，引来观看的人也越来越多。有人就下到河里去救她，于是她就得救了。有一次，妈跳到河里，我吓得跑回家叫爸爸去救她。他正躺在床上抽烟。我拉着他的手，着急地对他说："爸，妈跳河了，您快去救她呀！"爸问："水淹到她哪儿了？"我指着自己的腰说："到这儿了！"爸说："淹不死，别管她。"我跑到河边一看，水已经淹没了妈的脖子，于是又急忙回去找爸。爸又问："水淹到她哪儿了？"我说："到脖子了！"爸嘿嘿一笑。我急了，冲爸喊道："爸，妈快淹死了，您快去救她吧！"爸在我的腮上轻轻拧了一下，认真地说："丫头你别急。妈妈的命水夺不去。她就是去洗个澡。"他翻身下了床，嘴上叼着烟袋嘴往外走。我以为他是去救妈，没想到他摘下挂在门后墙上的镰刀朝村口走了。我拽着他的衣服往后扯，嗞啦一声，把衣服撕开了条口子。我吓得心怦怦跳。他却抚摸着我的头笑着说："回家等你妈吧，她洗完澡就会回去。"

这一次妈会不会又去跳河呢？我让弟弟看着小妹，拔腿就向外跑，刚出门，却和妈撞了个满怀。我个子小，正巧头撞在妈的下巴上。妈的牙咬了舌头，疼得"哎哟"一声（那以后一连几天，妈都不敢大口吃饭）。我妈进了院子，接过弟弟递来的小妹，对我说："丫头，把几个瓶子捡起来，刷一刷，还得给你爸换酒用！"说着，眼圈就红了，叹息一声又说："河工工地上不让喝酒，老酒鬼还不知憋成啥样了。"虽然我那时还小，但对人的情感已经有了体会。那一刻，我体会到妈心里是时刻惦念爸、想念爸的。

小芹娘尽管不喜欢小芹爸，甚至骂出"他死在外边就好了"这样不近情理的话，但心里也十分思念他。小芹几次对我说："我妈天天在墙上画道道，算着我爸哪天回来！"

我说："我妈也是常常这样。"

二

换酒的队伍拖拖拉拉排了一百多米长，大多数是些和我一般大小的男孩女孩，也有几个抱着孩子或做着活的女人。我看见小芹娘也在队伍里，正纳着鞋底和二柱娘几个女人说话。

"嫂子，你家饺馅子剁好了吗？"小芹娘问二柱娘。

二柱娘说："早剁好了。几个孩子馋得要命，我中午先下了一锅给他们吃。反正还剩不少。再说，孩子爸这人跟倔骡子一样，不喜欢吃饺子，说吃饺子就胃疼，大年初一也是啃黑窝头吃咸菜。"

周边的几个妇女都笑了。富贵娘说："怪不得二柱那么黑，浑身上下没一块皮是白的。"铁旦娘接上说："哟，你怎么知道二柱浑身上下没一块白的，你见过二柱的身子？"乡下女人在一起说笑打闹疯起来，有些话比男人们在一起还放荡。

小芹娘说："听说上级今年对河工上的人开了恩，每个民工发了几斤白面。咱队长不让吃，说是都蒸馒头，每人发几个背回家来，过年和家人一起。"

"那倒不值得。他们在河工那么辛苦，该吃点好的。"说这话的是个年轻女人。我认识她，她是才嫁过来不久的。她结婚那天，我和小伙伴们还去看过热闹，抢过喜糖呢。我记得她好像叫小巧。

二柱娘说："是呀！别看那些大男人们平时跟不顾家似的，到了关键时候，心里还是有咱老婆孩子的。孩儿他爸八月十五出去给人家盖房子，人家给了二斤月饼，他一口没吃都带回家来了。"二柱娘的脸上洋溢着幸福光彩，神情也有几分骄傲。过了一会，她又压低声音说："这事丫头娘都不知道，你咋那么清楚？是不是队长给你单独捎信了。小心丫头娘知道了又撕你！"她的声音很低，但我站得与她很近，听得一清二楚。我心里觉得挺别扭。

这时又来一个女人。她径直向酒馆门前走去，一副旁若无人的神态。小芹娘她们跟她打招呼，她只"嗯啊"一声。她是我们村里响当当的人物——

大队支书的老婆。我很小的时候就听人们背地叫她"野兔子",当时不知什么原因。后来才知道因为她两个奶子特别大,走起路来又爱挺着胸,那两个奶子晃晃荡荡的,走得快时晃得更凶,好像两只受了惊吓的野兔子。不过,这个外号好像还含有其他意思。她平时担任记工员,根本不用下地干活,只是到了快收工的时候才骑着自行车到这块地转一圈,那块地跑一趟,记下社员出工、分得任务完成情况。不要说一般社员,就是像我爸那样的生产队长都怕她。她手中的笔就是"印把子",少给谁记一笔,谁就少一个工分,也就意味着少一口粮食。她对大队支书说哪个生产队生产进度快,那个生产队长就会受表扬,不挨骂。她到了换酒的地方,也根本不排队,越过最前边一个人,理直气壮地把盛山芋干的篮子递到柜台里去,说:"侯经理,换几斤酒!"

"是嫂子来啦!"侯经理笑容可掬,放下手中的秤,赶忙接过"野兔子"的篮子,连称也没称就把篮子倒了个底朝天。然后说:"嫂子,书记今天也回来不是?这酒你也别带了,等会有空了,我给你送过去。"

"野兔子"也满面春风,热情地说:"侯经理,你晚上也过来喝几盅吧!"说着,她扭着屁股,大摇大摆地走了。

二柱娘:"看那女人个骚样,好像人都搬梯子够她脸似的。"

小芹娘:"不是怎么着?你看连侯经理这上边来的人都巴结她。不让她带酒走,还要送上门去。这狗养的,给咱换的酒里都加了水,他敢给书记的酒里加水吗?"

二柱娘:"'野兔子'也不是个好东西。你没听书记给人说过吗,他要不是大队支书,不是怕影响不好,早不要这只'野兔子'了。他上工地也是自己主动的。"

小芹娘哼了一声,说:"他自找的,活该!他找'野兔子'时,就有人给他说'野兔子'不正经。他就喜欢她身上的臊气……"

咚咚咚……身后响起一阵有节奏的声音,凭这声音,连我们这些孩子们都知道是瞎太太来了。果然是瞎老太。她驼着的背上搭着一只装着山芋干的粗布口袋,挂着竹竿的手里还拎着一只空酒瓶,慢慢腾腾地过来了。她手里的竹竿在地上发出咚咚咚几声响，两腿才迈开一小步。我曾经问过我妈瞎太太看不见路，为啥从来没有掉到沟里或者被石头绊倒。妈叹息一声回答道："咱沈家塘的路在她心里。她老人家眼睛看不见，却比那些眼睛瞪得比牛蛋还大的人看得清世道。"没有人打招呼，排队的大人孩子们自动闪出一条路，都把目光投到了她的身上。

瞎太太是我们村里年龄最长的，那一年已经快70岁了。我爸爸那辈的人都叫她大奶奶，我们这辈理所当然称她为太太了。据说瞎太太祖辈不在我们村。她到我们村来时就已经双目失明。后来才知道，她做过八路军的交通员，有一次日本鬼子大扫荡，她为了救一位负伤的八路军连长，被日本鬼子抓去坐牢。日本鬼子对她施尽酷刑，逼她交出那位八路军连长养伤之地。她宁死不说，还痛骂日本鬼子。日本鬼子恼羞成怒，用刺刀刺伤了她的眼睛，致使她从此再也看不到阳光。八路军把她从日本鬼子那里营救出来，就安排她到了我们沈家塘养伤。从此，她就没再离开过。我爸那辈人是在她跟前长大的。1960年闹饥荒的时候，有个女人带着个5岁的男孩从我们村里路过，那个女人当时重病在身，一头钻到村口的牛屋里躺下了。第二天早上，村里人听到孩子哭，过去一看，那个女人已经死了。瞎太太招呼我爸和二柱埋了那个女人，收养了那个男孩。这件事，我是在瞎太太死后才听说的。村里没有一个人向那个男孩子提起过他的身世，他一直把瞎太太当作自己的亲生奶奶。这也能证明瞎太太的为人。

新中国成立后，那位瞎太太曾经舍命救过的八路军连长当上了我们县的县长。他到沈家塘来找过瞎太太，要把她接到县城去，或者住在荣军院由政府供养，或者住在他家由他照顾，瞎太太坚决地拒绝了。那个县长说服不了她，就交代村里"好好照顾"她。那时村里加上她只有三个党员，她被选为支委。村支书大事小事都找她拿主意。村民们生产生活上的事，家长里短的事也都爱找她商量。她在我们村里的威望可以说是至高无上的，就连那些头头脑脑们对她也是毕恭毕敬。村里不管大人孩子，只要听见她的竹竿探路声都肃然起敬。不管谁家有什么自认为是大事的事情，都找瞎太太唠叨。就是女人挨了丈夫打骂，也跑瞎太太那儿去告状。有的社员和干部因种种原因产生矛盾，就对干部说，这事回去找瞎奶奶评评理。那些干部都要再三掂量。"文革"中村里分了两派，都想拉瞎太太当旗子，瞎太太哪派也不参加，还骂这两派的头头是"吃饱了撑的"。有时两派放下庄稼活不干，搞什么大辩论，瞎太太一到场，咳嗽一声，两边的人就都鸦雀无声。那几年，周围很多村子都发生了武斗流血事件，我们村却没有动干戈。久而久之，瞎太太简直成了神的化身，仿佛是我们村的村魂。

瞎太太收养的男孩叫福大，我们这些孩子都称他为福大叔。可能是受瞎太太的影响，他也长成了一个受人喜爱的汉子。他 16 岁那年就结了婚，要不是结婚早，家里还会天天挤满说媒的。福大叔还是村里最忙的人。他除了干自己的活，还肯帮人。有几户没劳力的人家，挑水砍柴都让他包下来了。村里人都说福大叔是跟瞎太太一样的好人，没柱和瞎太太一锅扒勺子。这次出远门扒河，村里原来没安排福大叔，让他在家照顾瞎太太和怀了身子的福大婶，瞎太太和他都不同意，硬是坚持让他去河工。我听我爸说过："福大是咱沈家塘的一面旗。在河工，他分到哪个队，那个队肯定夺红旗！"

"大奶奶，您老人家说一声，我们都能帮你，还要你亲自来呀！"二柱娘说，"大妹子快生产了吧？到时候叫我们一声，我们去帮忙！"

我看见瞎太太一脸的皱纹都笑开了，高兴地说："快了快了，这回我捉摸着十拿九稳是个小子！"

"那可要好好庆贺呀！"小芹娘和二柱娘异口同声地说，"让福大给我们敬酒。"

由于瞎太太的到来，人们的情绪热烈起来。好像瞎太太给人们带来了春风和阳光。侯经理也看见了瞎太太，隔着柜台大声招呼瞎太太："大奶奶，你先过来吧！"

二柱娘、小芹娘都劝瞎太太朝前去。人们还自动为瞎太太让开了一方天地。可是，瞎太太说什么也不愿到前边去，她排在我的身后说："你们家里事多，快点换吧！我多等会儿没啥。"人们也就不再拗了。

说来也奇怪。虽然瞎太太眼睛看不见，她的嗅觉却十分灵敏，记忆力也很好。村里那么多人，谁到她身边她都能叫出名字来。有一次我放学回家，天上下着小雨，地上路滑，我一手扶着头顶的席荚，一手护着胳肢窝里的书包，一路小跑，从瞎太太身边经过，没有注意瞎太太。她却叫我了："丫头，慢点走，别滑倒了，头上磕个大老牛，连婆家也不好找。"今天我虽然一句话没说，她还知道前边的是我，对我说："丫头，你家饺子馅剁好了吗？你要多帮你妈做点事。一个女人里里外外不容易。"接着，她又叫小芹娘，严厉地说："你今天又和对门的吵架了是不？我说你们这些人真是吃饱撑的。都是一个女人带着孩子忙里忙外的，不能互相照应一下，还有工夫吵架骂架呀！再说，也该过年了，弄得一肚子火气，吃饺子都不香。"

小芹娘的脸一下子红了。她低着头，摆弄着手里的酒瓶，一句话也不说。我心里却暗暗高兴，觉得瞎太太为我娘出了气。其实，瞎太太那句话也不全是说给小芹娘听的，只不过我还小，听不出话中的含义。

瞎太太又说："今年这个年，咱们村里要好好热闹。我昨个想了一晚上，打算叫福大媳妇把我的几句心里话写出来。今年这个年，不要吵架，不管是夫妻还是邻居；也不要有哭声，大人不要打小孩子。等支书回来让他看看行不行，要是行，就当咱村的民约贴出来。"

"准行！"二柱娘说，"我们都听大奶奶的。"

瞎太太说："这不是听我一个瞎老太婆的，大伙同意了，支书同意了，就是村规。"她停顿一下问："小芹娘，你说是不是？"小芹娘赶忙回答："是，是。我保证听大奶奶的！"

侯经理隔着泥垒的柜台，像公鸡打鸣一样伸着脖子，嘿嘿笑着说："大奶奶，这沈家塘您老人家当大半个家。您的话就是圣旨！"

瞎太太说："我呸！你这个骚猴子别给我戴高帽。"

众人一片哄笑。

"骚猴子"是村里人给侯经理起的绰号。他是供销社派到我们沈家塘营业点的人，平时就住在沈家塘，隔三岔五回镇上去进货。营业点叫"代销点"。俗话说"麻雀虽小，五脏俱全"。他的营业点只有一间屋子大，可是村民们日常生活用的东西比如油盐酱醋、烟酒、锅碗瓢盆、缝缝补补用的针线、点灯用的煤油、姑娘们用的雪花膏等等样样不缺。小店还经营农业生产用品化肥、农药，等等。那些日常用品，有钱的用现金，没钱的用粮食换。他见人总是笑嘻嘻的，让人感觉到很亲热。到了晚上，他的店门前是村里最热闹的地方，黑压压围着一群人。因为他有一台像书本一样大的半导体收音机，里边播新闻、放歌曲，还有说评书、讲故事的。那台收音机在那个时期，拉近了我们这个山村与山外的距离，给我们传递了很多新鲜的信息，用当时最流行的话说："身在山沟里，知道天下事。"

村子里很多人对侯经理有一种敬佩、羡慕之情。小芹娘经常挂在嘴上的一句话就是："看看人家侯经理""听侯经理怎么说"。我觉得，在她眼里，侯经理比我爸这个生产队长高出一大截。原来，侯经理是吃商品粮的，当时也被称作"国家户口"。而"国家户口"对普通百姓来说既不可望也不可即，而拥有"国家户口"的人好像高人一等。

侯经理好像对"骚猴子"这个绰号情有独钟。瞎太太说完，他乐呵呵地说："大奶奶，我这只'骚猴子'给沈家塘带来的可是香气福气呵！"

瞎太太说："那倒是。说正经的老侯，你也该回去和家人过年了！"

侯经理一本正经地说："便民、便民，是我们代销店工作人员的职责。再说，我还想等丫头她爹小芹她爹回来喝几口呢！"

瞎太太说："那不如把你媳妇孩子接到俺这过年，和俺一起热闹热闹！"

小芹娘抢着说："侯经理的脚踏车驮不动他媳妇。他媳妇那身材，一个能赶上我和二柱娘两个。"

侯经理说："是头大肥猪！"

人群里爆发一阵哄笑。

我回到家，把瞎太太的话学给妈听了。妈说："那当然好。只是……"

三

一个人在等待另一个人时，越是时间近了就越是焦急。傍晚时分，十几里的山外传来一声火车急促的鸣叫声。我还清楚记得，离沈家塘十几里有一个小站，每天经过的火车只有几班，鸣笛声粗放而洪亮。但是，那声音很有规律，也很准时。过去，村里人是看太阳约估火车鸣笛时间。侯经理来了以后，因为他有一座小闹钟，大家渐渐地知道了几点几分小站上要过火车。那天下午，妈让我到侯经理那儿跑了好几趟。妈说："丫头，去，到侯经理那儿问问几点了！"最后一次，我还离代销点很远，侯经理就扯着嗓门喊道："丫头，别来回跑了。回家告诉你妈，再过半小时火车就进站了。再过一小时，你爸就到家了！"记得火车鸣笛时，妈正在和面，听到这声音一下子直起腰来，脸上足足有半分钟没有任何表情。她转过身，手在脸上抹了一把。回过头来时，我看见她眼角上有面留下的痕迹。又过了一会，她连声催促我说："丫头，快到村口迎你爸去！"我当然也迫不及待，拉着弟弟就向外跑。

我和弟弟跑到村口打麦场时，麦场上已经站了很多人，一个个眼睛里充满了焦虑和渴盼，向山外张望着。孩子们围着麦场追逐戏闹，欢快的笑声在空中飘荡，给空气也增加了几分喜悦。

风吹着唿哨，长一声，短一声从山顶上奔下来。村场上的麦秸垛被风吹散了，麦秸四处飞扬，犹如纷纷飘扬的大雪。有个孩子的眼睛里落进了灰尘，疼得哇哇大哭。旁边一个妇女嘟哝了一句："哭，哭，大过年的你哭什么！"村场上的人们都冻得缩着脖子，可没有一个人离去。二柱娘带着二柱来了。等了一会儿，二柱娘大概想起了家中还要忙碌，就让二柱在麦场上等，她一步三回头，恋恋不舍地走了。

瞎太太和她的儿媳妇也来了。福大媳妇眼看就要生了，挺着大肚子，一步一挪，走得十分缓慢。瞎太太在她身旁，手中的竹竿不像过去那样只朝前边的地上点，而是两边来回拨拉，仿佛要帮福大媳妇清扫两边的障碍。她嘴里不时地向福大媳妇嘀咕，好像是叮嘱她走路小心点。

小芹娘没有来，却把小芹赶来了。小芹和我是同班同学，尽管我妈和她妈两个大人之间常吵架，我们两个小朋友却很要好。她一来就跑到我身边，挺神秘地说："丫头，我妈说我爸身上好脏，正在家烧水，等我爸回家洗澡呢！"

"那不叫洗澡叫熰猪！"站在旁边的二柱说，引得周围一片笑声。

　　小芹气得噘着嘴，骂道："你爸才是猪呢，大黑猪！"

　　二柱比我们大几岁。他已经长得像个男子汉了。在我们村子里，他是个孩子王，是我们的头儿。平时，他经常带着我们玩耍。每回他都说他是八路军头儿，却让我们这些年龄小的当日本鬼子兵。因此，每回都是我们被打得哭爹叫娘，一起跑到他家里告状。如果是他爸在家，就会顺手抄起棍子，当着我们的面打他的屁股。如果是他妈在家，则把我们推到门外，把他关在屋里打。奇怪的是，他爸的力气比他妈大，下手时也不留情，可打他时，他一声不吭，而他妈打他时，他却号啕大哭。有一回，我实在想弄明白，就趴在他家的门缝往里看。这下我看到了秘密。原来，他妈根本没打他，还把一根青萝卜往他嘴里塞。他吃一口喊一声，脸上绽放着得意洋洋的笑容。从那以后，我再没有跟着小朋友到他家告状。他在学校里也是出了名的调皮鬼，小学毕业后，他就没再上学，而是跟着他爸学使唤牲口。一个人对什么事情有兴趣，就对那个事情有追求，比被别人逼着学得快。别看二柱调皮，使唤牲口倒真有两手。他铡的牛草又细又匀，垒起来就像砖头一样方方正正、整整齐齐。他喂的牲口又胖又壮，而且精神抖擞。十几头牛走在村街上，显得非常威武。到了地里，他一声吆喝，一头头牛争先恐后。我见过歇晌的时候，他和那些牛在一起，头枕在一头牛身上，腿放在另一头牛的身上，悠闲自得的样子很是让人羡慕。大队支书曾经表扬他说："二柱这小子成牛爸了！"他爹上水利工地去后，队里的牲口都归他管，归他用。在农村，这也是一门手艺，一项吃饭的本事。村子里很多人都说："二柱这孩子有两下子。"所以，他还不到 16 岁就有人给他提亲。

　　我们村东、南、北三面环山，村子在半山坡上，西高东低，很不协调。村西有个很大的水塘，还有一条大沟。从我记事起，水塘就没有干涸过，到了夏天反而经常发大水。看上去不是大暴雨，下了一会水塘的水就浮了出来，顺着大沟朝山外奔流。大沟不知哪个年代形成的，反正时间很长。长大后才知道，那是祖辈人与西坝村有矛盾，大沟是作为一条界沟，也是两村的分水岭，这样村里就没有向西走的路了。我 3 岁那年的夏天，一连下了十多天大雨，水塘饱了，只打个饱嗝，一下子就泡了村子，村里人都跑到山上，搭草棚子过了十多天，等大水退下后才回来。有人说，我们这样的村子，蛤蟆一泡尿就能淹了。听大人说，水塘年年发大水，村子年年被淹，50 年代上级曾动员迁村。乡里县里都派了工作组来动员。可是没有一家一户愿意迁走。毕竟是故土难离。再说，老祖宗都埋在山坡上，怎么能丢下老祖宗一走了之？村子通向山外只有一条路，是在两座山的夹缝中穿过的，只能走开两辆马车。据说抗日打鬼子的时候，一个叫什么大脚的女游击队员，在山口用一只土炮就打死了十三个鬼子兵。鬼子称这山口是"鬼门关"。这个山口是我们村联系外界的唯一通道。站在村口，一眼就能看见山口。我们都期望着山口的路上早早出现人影，而且都盼望着第一个进入眼帘的是自己的亲人。

"姐，爸下火车了吧？"弟弟问我。

"下车了吧！"我说。

弟弟又问："爸咋不让火车开到咱庄上来呢？那样爸不就来得快了吗？"

"火车轱辘不能进咱这山路。"我说。其实，我长到那个年龄，还没见过火车是什么模样的。

麦场上开始有人打喷嚏。接着，好像传染病一样，好多人的鼻子都发出了那种怪声。我看见弟弟鼻子尖冻得发红，缩着头，两只脚在地上不住地蹦，就把他拉到怀里。这时，我心里在一遍遍地呼喊着："爸，快点回来吧！"

天已经渐渐地黑了。四周的山开始模糊起来，可是山口的路上仍然看不到一个人影。于是，麦场上的人们开始出现了失望和埋怨。

"咋这个时候还没来，会不会是今天不来了！""野兔子"发牢骚了，"不是说好今天回来吗？难道心都变野了，家不要了，老婆孩子都不要了。"

"是呀！明天就是年三十了。"又有人接着话茬说开了，"当头儿一点也不想着老百姓。按说该早放几天假回来忙年货。"

"会不会是工期耽误了呢？"有人说，"去年有的大队没完成任务，上级就没让回家过年。直到正月初五以后，任务完成了才放假回家。"

"不会的！咱村的男人没有孬种。别的村五天干完的，咱村的男人非三天干完不成。说不定火车误了点。"

这些都是大人们在议论。我们这些孩子什么都不懂，也没有插话的机会。

二柱仗着自己是小男子汉，有说话的权利，就插了一句："说不准火车轱辘掉了呢！"话音刚落，立刻遭到一片疯狂的叫骂声。

"那火车轱辘和火车是粘在一起的。火车轱辘掉了，还不翻车？"

"火车轱辘掉了，先把你爹扔河里去。让你娘再给你找个爹！"

"小孩子说话不知天高地厚，让你娘听了不割你的舌头才怪呢！"

"赶快回家给你娘报丧去吧！大年跟前净说些不吉利的话。"

二柱吓得一声不吭。那个时候，他要敢反驳一句，说不定村场上的人们的拳头会像雨点儿一样落在他的身上。

家里人也已经等得不耐烦了。小芹娘先是大声喊叫小芹："小芹，小芹，跑哪儿疯去了？！"

我妈也在喊我："丫头，人等到了吗？"

这时瞎太太说话了。她十分恳切地说："天已经黑了，大家伙就别在这儿等了。等，他们也得来，不等，他们也得来。说不定火车误点，晚个半天。这也是平常事。大伙都回家等去吧。"

弟弟拽着我要回家。我也想回家，就带着他向家走。村场上有人叹息着往回走了，更多的人却没有动。我们往家里走，而在家里等得着急的人纷纷向场上来。我和弟弟走到半路，正巧碰见妈抱着小妹过来。

"你们怎么回来了？"妈问，声音变得有些焦躁了。

我和弟弟都没说话。我们能对妈说什么呢？妈叹息一声，说："准是又误点了。这火车咋这样不靠谱呢！丫头，你先回家去看家吧，锅里还炖着猪下水，看着锅别烧煳了。我再到村场上去看看。"

我在回家的路上，见家家户户的门都开着。门口都站着翘首盼望的人们。富贵看见我是从村外过来的，也没问清什么就朝屋里跑，兴奋地喊着："妈，爸爸回来了。"富贵妈急匆匆走出来，看见是我，问道："丫头，都回来了吗？"当听了我的回答后，又叹了口气，怏怏地靠在门框上。

从那天起，我懂得了什么叫思念，什么叫期待。

我回到家里。家里一片漆黑。我在院子里的秫秸团上抽了一根秫秸，在锅底下点着了火，举着点燃了的秫秸想到堂屋去点灯。这时忽然听见什么地方有人一声号叫。至今我还记得清楚那一声号叫，因为从那以后我再也没听到过那样的声音。那声号叫是撕心穿肺般的疼痛，是万分绝望的挣扎，是火山爆发般的呼啸。我一个颤抖，秫秸从手中掉下来。接着，我听见村外麦场上狂风骤雨般的哭声。很快，村子里杂乱而匆忙的脚步声都朝着村场的方向奔去。

这时，村里的狗好像也受了刺激，激烈地叫着。鸡也叫了，鸭也叫了，猪也大声哼哼，饲养棚里的牛也发出尖厉的哀号……山村，我的山村，在我的记忆中从来没有像那天一样混乱，像那天一样疯狂。我毕竟已经懂事了，心像被针刺了一下，疼得直跳，情不自禁地向村场上跑去。仍然是家家的门都开着。很多人不明白发生了什么事，不，也许有人凭直觉就明白发生了什么事。他们在疯狂中丢下家，有的丢下还在吃奶的孩子在地上大哭大喊；有的锅底下的火头正旺盛，火苗快要冲出炉灶……但他们似乎什么都不顾了。我听见人们边跑边问："出了什么事？""出了什么事？"可是只有问的，没有答的。

麦场上的情景，直到现在我也不愿回忆。十几年来，只要想起来那天晚上，我的眼前就如出现了一场噩梦。

我赶到麦场上时，麦场上已经成了泪的海洋。大人、孩子都在疯狂地哭喊。有很多女人在地上打着滚，把自己的头向地上碰撞，发出绝望的号叫声。那些刚从村子里赶来的人，不用再问，看到这个场面，听着人们从心底里发出的痛彻心扉的叫喊，就会明白发生了什么事，也情不自禁卷入到哭喊的人流中去。

我吓呆了。现在还能回忆起来，麦场上人们哭喊的几乎是相同的几句话：

"孩子他爸，你不能这样去啊！你这么狠心，丢下这个家就不管了！"

"老天爷，你不长眼睛，为什么要害我们家破人亡？！"铁旦娘嗓子已经嘶哑了，还在大声哭叫。那声音听起来让人感到绝望。

"爸爸，我要你回来，我要你回来……"

"儿啊，你好狠心，扔下娘就这样走了。你让娘以后怎么过呀？"

我还记得，当时小芹娘还这样哭着："小芹他爸，我对不起你呀！你回来吧，今后我不再做对不起你的事了！"

我终于明白发生了什么事，哇地哭了。

<h2 style="text-align:center">四</h2>

后来才知道，就在我离开麦场，大约刚进家的时候，麦场上的人们终于等来了一个人，他是我本家的叔叔二狗子。他一脚踏到村场上，就重重地倒下了。被思念和焦虑煎熬得几乎发了疯的人们一下子围了上去，硬是把他拉了起来。

"二狗子，怎么就你一个回来了？"

"二狗子，我孩子他爸呢？"

人们迫不及待地纷纷向二狗子问道。

二狗子低垂着头，一句话儿也不说，惹得人们发怒了。

"二狗子，你哑巴了？"

"二狗子，你是不是当逃兵回来的。那你也得给俺们一个信儿。"

二狗子突然两腿一弯，"扑通"跪在地上，双手捂着脸，呜呜地哭了。人们都惊呆了，预感到发生了什么，但是谁也不愿去想发生了什么事情，还是逼二狗子说话。

二狗子无可奈何，才泣不成声地说："他，他们都死了……都死了！"

麦场上出现了死一般的寂静，仿佛那一刻地球停止了运转。突然，不知谁冲着天空哭号了一声，麦场上才一阵大乱。只有几个冷静的女人或者说还抱有期望的女人不相信二狗子的话，逼着他说清楚。二狗子抽泣着断断续续地把事情说了出来。

原来，远离家乡两个月之久的男人们也思念着家乡，思念着亲人。为了提早在春节前完工，回家和亲人团聚，过一个欢快的春节，他们连续几天几夜在涵洞里加班加点，连病号都上了工，和亲人们团聚的愿望像火一样燃烧着他们每个人的心，使他们忘记了疲劳，也忘记了安全操作。夜里三点钟的时候，悲剧突然降临，伴着一阵岩石碎裂的轰鸣，我的父亲和我们山村的一个个父亲们，来不及惊呼一声就消失在罪恶的黑暗之中了。二狗子当时因为闹肚子，在洞口解手，侥幸躲过了这场灾难。他吓得灵魂出窍，一下子昏了过去。他醒来时，看见涵洞门前已经停了几辆前来救援的车辆，围了很多救援的人。到了第二天清晨，他听到一位负责救援的头儿在用对讲机不知和什么人通话，沉痛地说："全部遇难！"说完这些，二狗子又昏了过去。

"这怎么可能呢？"二柱娘拍着巴掌，边哭边说，"那涵洞塌方总要有个预兆吧？那么多人就一个没跑出来？没跑出来？"

"野兔子"哭得很伤心，接上二柱娘的话说："二狗子糊弄人呢！几十个老爷们，就是用手托，也能顶一会儿……"她的话引起麦场上人们的共鸣，呼啦一声把二狗子围了起来，有人用脚踢他，有人用棍子捣他，"野兔子"干脆用尖利的指甲在他的脸上剐出两道血痕。"二狗子"咕咚一声从地上爬起来，听着人们对他的质问，看着人们愤怒的目光，一边跳一边哭一边骂："轰的一声塌了，塌了，就一眨眼，一眨眼啊！"他像疯子一样在麦场上的女人中左突右冲冲出一条路，嘴里不停地高喊着："塌了，塌了"，撒开腿向山上跑去。

麦场上的悲伤一直持续到深夜，就连什么时候下起了大雪，人们也全然不知。我是用了半天时间，才找到母亲的。母亲的嗓子已经哭哑了。她坐在冰冷的地上，用两只手拼命拍打着僵硬的土地。弟弟依偎在母亲的脚下，紧紧地搂着小妹妹……在妈妈旁边，有几个女人已经哭昏了过去。村里的人们都痛苦地感到天仿佛已经塌了。

"妈，下雪了！"我哭着说了不知多少遍。妈根本听不进去。

不知到了什么时候，我身上的雪花已落了很厚一层，妈才从地上爬起来。她的双手、双腿已经不听使唤，几次想起来都没能站稳。我费了很大劲，才把妈拉起来。她也不管我和弟弟妹妹了，一个人摇摇晃晃地向村里走。我抱着小妹跟在后边。突然间，我心中生起一种恐惧感，就让弟弟紧跟妈妈，扯着妈妈的衣角。那一阵子，我仿佛一下就长大了，懂得了很多事情。我怕再失去妈妈。回到家里，妈就倒在了床上，弟弟和妹妹很快入睡了。我却怎么也睡不着，也不敢闭眼。我怕自己睡着了，从此会失去妈，就搬了只小板凳，挡在门后，我坐在上边，瞪大眼睛望着，望着，尽管什么也望不着。连我自己当时也说不清楚，为什么突然间长了那么多心眼。

后来才知道，那天夜里，果然有几个女人连家也没回。她们径直走向了村西，带着永远的遗恨投进了水塘。铁旦娘肚里还怀着孩子，也丝毫没留恋这艰难的人生。铁旦那年只有 10 岁，刚朦朦胧胧认识人生。他也跟着母亲去了村外的麦场。可是在那暴风骤雨般的麦场上，他和母亲失散了，母亲竟连一句话也没给他留下。

二婶因被悲痛冲昏了头，竟把自己吃奶的孩子遗落麦场，大雪掩埋了孩子，第二天扒出的是一个冻僵的尸体，婆婆当天就吊死在屋梁……

那天后半夜的大雪如同给整个山村戴了孝。那是天上降下的纸钱。

第二章

一

一个苦难的黎明到来了。

昨天一夜，我们村里的哭声未断。早晨到午后，悲哀不但没有减退，相反越来越沉重，家家有哭声，户户有哀号，村街上也横七竖八地躺着一个个哭得死去活来的女人、孩子。今天是大年三十，本是个应该热火的日子，全村却没有一家冒烟的，就连风都显得沉重和悲伤。随着时间的推移和年龄的增长，每当回忆那一天情景，我的心都充满了苦难。那次喝的苦水，让我一辈子都消化不净，挥发不去。是的，生活中不能没有男人，否则就不是世界。沈家塘已婚的女人们，突然间同时成了寡妇，这种打击可以说是无法承受的。她们如同迷途的羔羊闯进黑暗，没有了主张，没有了安慰，也没有了希望。

我妈一夜没有睡，总是在哭。天明后，我偷偷地爬到床沿上去看妈，她的两只眼睛都红肿起来，像刚洗过的萝卜。我那时还不懂用什么话去安慰人。即使懂得，我也劝不了妈妈。弟弟妹妹都围着妈哭，他们一半是因为受了惊吓，一半是因为肚子饿了。我把小妹妹抱下床，小心翼翼地说："你别哭闹了，再哭闹，妈的心里更不是滋味。"小妹眼含泪水看了看我，接着又放声大哭。我就去锅屋拿了块花卷，揭了皮，嚼烂了喂她。她吃了馍，才不哭了。其实，我的肚子也很饿，但又不敢向妈要吃的。不一会儿，弟弟也跟着进来了。他也抹着眼泪，问道："姐，咱爸什么时候回来，我的肚子都饿了！"唉，他才5岁，什么也不懂。我当时鼻子一酸，眼泪就掉下来，对他说："咱爸不回来了，永远不回来了！"

弟弟瞪大了眼睛，莫名其妙地望了我一会儿，又转身向堂屋跑去。我想拉他，他已经跑开了。他径直爬到妈妈的床头，问道："妈，我姐说爸不回来了，是真的吗？"

我妈听了，又放声痛哭。她把弟弟紧紧抱在怀里，喊道："你爸这回真的不要咱娘儿们了！往后咱娘儿们的日子可怎么过啊！"

哭了一会儿，妈突然撩起衣襟擦了把泪，说："二牛，走，咱们找你爸去！"

弟弟一听，高兴得手舞足蹈。我很快就明白妈是在说疯话。她是在寻找一种安慰，一种虚幻罢了。我赶忙慌慌张张地站在门口，拦住妈说："妈，您别出去了！我爸不回来了。"

她看也没看我一眼，斩钉截铁地说："你爸不会这么狠心的，他一定是迷了路，找不到家了。我要去找他，去找他！"

我哪里能拦挡住妈。她说着人已经走到了院子里。

雪在清晨已经停了。雪停后，风乍起。像脱缰的野马般的狂风，吼叫着从村街上掠过，卷起一层层雪粒，漫天飞扬，犹如翩翩起舞的纸钱，更加重了村里凄凉和悲痛的气氛。

妈带着弟弟已经走出了家门。我也抱着妹妹跟了出去，哭着苦苦哀求妈妈："妈，你别走。妈……"

小芹娘正坐在门前的雪地上号啕大哭。她的嗓子已经哑了，听不清在说什么，眼里也没有泪了，只是两片脸颊红得发紫，不知是冻的还是泪水浸的。

妈走过小芹家门口时，停了一下，望了小芹娘一眼，好像要说什么。可是，她的嘴唇只嚅动几下，却又闭紧了，又向前走去。

小芹娘望着母亲的背影，哭得更凶了。

　　走在村街上，只能听到一种声音，那就是哭声。我敢说我永远也忘不了那种哭声。全村男女老少都在哭，而且都是绝望地哭，听了让人毛骨悚然，魂魄震颤，真是惊天地泣鬼神。难怪外村有人这样说："大年三十，山里山外都在下雪，只有你们村的雪停了，那就是被你们村的哭声吓住的，连雪花也不敢降临了。"

　　也很奇怪。妈带着我们一家在村街上走，人们先都用泪眼跟随着。后来，竟然有人跟着我们后边了。再后来，一个跟一个，边走边哭。有的仰着头对天哭，有的弯着腰对地哭，有的哭着哭着就跪在了地上，那场景让我多年后回忆起来仍然心如刀绞，泪如泉涌。妈可能没有察觉后边跟了很多人，始终没回一下头。她边哭边走，脚步歪歪斜斜。我发现，在妈的面前，已经有了几行深深浅浅的脚印，这脚印一直向着村西的水塘边……

　　离水塘还有一些距离，就看见那里围着几个人。我弟弟和几个和他一般大的孩子好奇，一溜小跑跑了过去。不过，他们片刻也没停留又跑了回来，一个个大惊失色，脸色苍白。弟弟扯着母亲的衣角，用颤抖的手指着水塘，哇哇大哭。等到了水塘边，我才看见水塘里漂着一具尸体。那具尸体已经泡了一夜，膨胀得像一只大气球。我吓得赶忙转过脸，捂上了眼睛。原来围在那儿的几个女人哭哭啼啼不知所措，可能是想下水捞人，又有点胆怯。我妈和几个女人见了水中的尸体，哭得更伤心了。有的说沈家塘的女人命运悲惨。有的骂老天爷不长眼。有的怪死去的男人心狠。还有的担心以后的日子怎么过……我清楚记得富贵娘指着水上漂浮的那具女人的尸体说："她这一走利索了……"她的话音一落，水塘边的哭声更响了。

　　"扑腾"，有人跳到水塘里去了，我这才转过脸来，睁大眼睛朝水里看。我一眼就认出跳到水里的是铁旦，我的同班同学。他手里托举着一只铁爪钩。那种铁爪钩一般是三只爪，由于山地土硬，铁爪钩大有用武之地，刨地是比较好的工具。我去年起山芋就是用的它，一爪钩子下去，起一坨山芋。回到家我才发现手心磨出了血泡。很明显，铁旦是要用铁爪钩去捞漂在水上的尸体。很多人还没反应过来，后边才来的小巧冲着铁旦大声喊道："铁旦，铁旦，那爪钩子碰上去，人还不烂了！"她这一喊，塘边围着的人反过神来，我妈第一个跳到水里。

那一阵我的心情十分紧张。因为我知道妈想不开了就爱跳河，万一妈也学着河里那个已经死去的女人寻了短见，我和弟弟妹妹怎么办呢？所以，我的眼皮不敢眨一下，紧紧盯着水中的妈妈，眼睛都被风吹疼了。

小巧也跳到水里去了，和我妈一起向那个漂在水上的女人游去……

二

穷人的孩子早当家，灾难让人成熟得快。我相信这句话。那年，铁旦只有 10 岁，他弟弟才 7 岁。我至今清楚记得铁旦在他母亲的尸体被捞上岸后，脸色铁青，两眼通红，目光望着村后的山梁，连看也没看他妈一眼。他弟弟钢旦跪在他母亲的尸体边哭得死去活来。过了一会儿，他把钢旦拉起来，悲愤地说："她不要咱们了！"

他的话一落音，我妈和周围的女人都愣了。

小巧指着铁旦母亲的尸体说："铁旦，她是你妈……"

铁旦说："要是我妈，能不要我们吗？"

他那句话对我妈和塘边那些女人的刺激很大。我长大成人后，每次回味着铁旦那句话都有不同的感受，不同的理解。他心里是怪他母亲的。在他看来，她妈那样做是抛弃了做母亲的责任。事实上，打那以后，他就挑起了生活的重担。虽然我妈，瞎太太和村里不少人没少了帮助他哥俩，但是，总有许多事情是不能让别人替代的。一个 10 岁的男孩子，在家中当了主人，既是爸爸，又是妈妈；既要做饭、洗衣，还要缝缝补补，同时还得劳动挣工分。我记得生产队收牛草，我们一群孩子每天早晨起来去割草，然后送到饲养屋去过秤，记分。小巧负责过称，"野兔子"负责记分。每次，铁旦割的牛草都比我多出一倍，就是比和他大几岁的男孩子也要多出十斤八斤。他长到一米六左右，个子就没再长，有人说他是在长个子的年龄挨饿，也是被生活的重担压的。我小学毕业那年，铁旦的针线活都可以和村里任何一个女人媲美了。他不仅学会了生活，而且很早就学会了做人。他虽然自己不能上学了，可他不让钢旦辍学。从那年春节一直到钢旦小学毕业，他春夏秋冬只穿一条裤子。夏天把那条裤子剪短当裤头，冬天再把下边那两条裤腿缝起来当长裤。钢旦在初一写作文时，就以《我的哥哥我的父亲》为题抒发自己的感情，在全县获中学生作文一等奖。那时，我也已经上了初中。铁旦把全村的学生都请到家里吃喜糖，说是为钢旦庆贺。那天，我哭得最凶，我上大学走的那天，曾对钢旦说："我今后要当作家，一定先写铁旦哥。他是世界上最了不起的男人！"

那天从水塘边回到家里，妈像丢了魂儿似的，两眼呆呆地盯着一个地方，一看就是老半天。有时喊她，她也不搭理。妈不做饭，也没吩咐我做饭。其实，整个村子里几乎没有一家做饭，好像都忘记了那天是大年三十。快到中午时，富贵娘来了。她挎着一只竹篮子，里边不知放的什么东西，一进我家就和我妈关在我妈住的屋里。我听见她俩开始哭哭啼啼，接下来就是长一声短一声，高一声低一声的叹息，都抱怨自己的命不好，也说到沈家塘的风水不好，当初嫁错了地方。她俩谈得时间太长，我不敢一直趴在门口听，一来怕妈看见了骂我，二来我还要哄小弟弟。肚子饿得咕咕响，浑身觉得没力气，我才到锅屋里拿了只花卷，和妹妹、弟弟分着吃了。妹妹眼巴巴地看着包好的水饺，眼泪汪汪地说："姐，我，我想吃水饺。"我瞪了她一眼，没好气地说："你看不见家里出大事了？！"妹妹吓得低着头不说话了。

中午过后，富贵娘才从我家离开。后来我才知道，她那天来我家，是还前些日子借我家的山芋干的。

"妈，你饿了吧？"我问妈。

妈好像没听见。

我又问了一句。

妈看了我一眼，摇了摇头。突然，妈叹了口气，说："丫头，如果妈不在了，你能活吗？"

我吓得哭着说："妈，我要你在。"

妈闭了眼睛，很长时间没再说话。我能感到妈的心还在流泪。她的两只手不住地在床沿上搓着，搓着，好像要摸到什么希望。可是，当她认识到希望已经永远摸不到，床上会永远出现一片空白，又沮丧地叹气了，并且不明不白地说了一句："你爸他会恨我的。"

我爸和我妈几乎没有过安宁。我记得爸在家时，他们每天都要吵架，而且都是为了些鸡毛蒜皮的事。当然，与我爸和小芹娘相好也是有关系的。我妈一上火时，挂在嘴上的一句话就是："我看出你想让我早死，好再娶那个相好的。"

我爸就反唇相讥："想死你就死去吧，没人拦你！"到这时候，妈就会大哭大骂，说："做了亏心事的人十个有八九个命短。"妈经常说这句话，我的耳朵都被这句话磨出了茧子。

过了一阵，我见妈没再睁开眼，以为她睡着了。弟弟也在我的怀抱里睡了。我把弟弟放在妈的身边，然后坐在门槛上，靠着门框眯瞪了一会儿。我也累了。那时我才体会到，一个人的心累，更容易让人疲劳。

又过了一会儿，我听见外边有吵架的声音。侧耳仔细一听，是小芹家。出于对好朋友小芹的担心，也带有几分好奇，我想过去看看。我见妹妹精神很足，正在翻看一本连环画，就把她拉进锅屋，悄悄对她说："二妹，我出去一下。你在这坐着别动。要是妈出门，你就大声地哭。"

妹妹眨巴眨巴眼皮，不解地问："姐，你去哪儿？"

我装作没听见，抬脚就走。我怕妹妹好奇，缠着我带她出去。

小芹家在吵架。一个是她奶奶，一个是她妈。她奶奶坐在门框上，身子不住地前仰后合，两手不停地一起一落，可能是吵得时间久了，嘴角全是白沫。她妈妈靠在门前的槐树上，头发披散着，衣襟敞开着，一只脚上穿着鞋，另一只脚光着，让人看了十分可怜。小芹娘平时是村里比较爱干净、爱打扮的人。那天和过去比却判若两人。小芹坐在她家门前的石板凳子上，目光呆呆地看着天边，不时用袖子擦一下眼泪。让我感到奇怪的是，不像过去那样，谁家有人吵架，村子里很多人围观，只有我一个人过去了。我看那情景，也不敢凑得太近，悄悄站在小芹对面向她招手。可是她的目光非常专注，总是盯着一个方向，好大一会儿也没看见我。我心里一阵恐惧，妈呀，小芹千万别成傻子了？！

"黄土埋半截身子的人了，说话不能昧良心。"小芹娘哭着说，"就是小芹她爸凭良心说话，也不能骂我对不起他！他一年最少几个月在外边，家里地里、老的少的，不都是我照顾？"

小芹奶奶拍着巴掌说："亏你说得出口，俺儿为啥在外边时间那么多？还不是你和你那个相好的男人合计好，给他上的套！俺儿怕下地干活吗？俺儿不疼他老娘和媳妇孩子吗？再说了，在城里镇上干的全是些脏活重活，吃了上顿没下顿……"

小芹娘突然大吼一声："你儿子在外边有别的女人你知道吗？我是怕孩子知道，才打碎门牙往肚子里咽，忍着让着！"

我看见小芹浑身颤抖了一下，扭过头惊愕地看着她妈，然后又看了一眼她奶奶。这回，她也看见了我，跳起来就跑到我跟前，像受了委屈的孩子见了亲人，抱着我放声大哭。

这时，村街上又乱起来，有人在跑，有人在喊。我抬头一看，村南头浓烟弥漫，火苗仿佛饥饿的老虎吐着舌头，舔着天空，在寒冷的冬日里，令人心惊胆寒。我拉上小芹，急匆匆地向火光的地方跑去。小芹边跑边说："是富贵家失火了！"

二柱一手提着一只水桶正在找水。我们村里只有一口井。水井离富贵家比较远，水塘又在村外。富贵家的水缸上了冻，二狗子用铁爪钩刨了几下，砸破一层皮，露出一点白花。他气急败坏地抱起一块大石头向水缸砸去，水缸裂了一条缝，水哗哗流了出来。二狗子只舀了一盆水，水缸就见底了。他气急败坏地一屁股坐在雪地上，冲天大喊道："老天爷，你别造罪了！"

二柱不知从哪儿找来两个半桶水，可是浇到熊熊燃烧的大火上，几乎不见效。眼睁睁地看着房子被大火吞没。

富贵才7岁，吓得在一旁大哭。

这时候瞎太太、小巧来了。瞎太太问了火烧的情况，又问富贵说："富贵，你妈呢？"

富贵摇头。

瞎太太又问："你妈出门带啥东西了吗？"

富贵说："她，她拿了个小包。"

"噢，那就是走了！"小巧说，"咋都这么狠心呢！"她说的那个"都"字里肯定包括铁旦和钢旦妈。

原来，富贵娘昨天哭了一夜。她没有选择像铁旦妈那样投河自杀，却选择了另一条路：离家出走了。富贵不见他妈回来，也没有四处去找。他自己就在屋里点火做饭。他学着大人的样子，先在手里拿了一把麦秸，想用火柴点燃后放到灶底，然后再加柴。谁知，干麦秸见火烧得很旺，烫着了他的手指。他疼得扔下点着的麦秸就跑，那火一下子腾空而起……

瞎太太听富贵说他母亲走了，气得脸都变长了，愤愤地说："这些女人家，也不知咋想的。就这么一扔就走，孩子也不要了。当初，不该叫这种人生孩子！"

瞎太太又问富贵："你妹呢，也让你娘带走了吗？"

富贵脸上掠过一阵惊慌，指着烈火熊熊的屋子里说："妹在床上！"

瞎太太大叫一声，身子晃荡几下，一头栽倒在地上。小巧扑过来，一边扶瞎太太，一边厉声对二狗子说："二狗子，快去救人呀！"

二狗子发了疯似的大喊一声："晚了，什么都没留下！"

富贵好像明白了什么，哭着喊："妹妹，我要妹妹！"

二狗子眼睛突然瞪大了，两个拳头也握紧了，他一步一步逼向富贵，好像富贵是他的仇敌。富贵吓得哭声都变了调。我也为富贵捏一把汗。突然，二狗子扑通跪在富贵面前，失声痛哭："我不是男子汉，我不是男子汉呀！"他说着，又跳了起来，三下五除二脱掉上衣，赤裸着，自己用拳头对着胸脯打了几拳。接着，他又解腰带把裤子也脱掉，浑身上下一丝遮羞布也没有。他冲着二柱喝道："我是男子汉吗？"

二柱惊惶地连连后退。

二狗子把衣服抛向天空。他已经不哭，而且在笑了，那个模样让人十分惊骇。

"二狗子！"小巧悲惨地叫了一声。

"我不是男人！"二狗子又叫了一声，接着哈哈大笑嘴里反复喊着"我不是男人！我不是男人！"朝村外跑去。

二狗子就这样疯了。直到今天，二狗子叔还怕听响声，怕见火光，一触即叫："我不是男人！我不是男人！"

他可是我们村幸存的唯一的壮男子汉啊！

三

铁旦娘和富贵娘"走"了。一个是投河自尽，一个是离家出走。

出走和死亡，无非给陷入绝望的沈家塘雪上加霜，在村子里引起了一片震动和一场混乱。正在经历挫折与不幸，痛苦和灾难的女人们，仿佛受了传染，又都面临着选择。懂事点了的孩子，吓得缠着母亲寸步不离，几乎不断能听到嘶哑的童音在哀求："妈，你别走！""妈，别丢下我！"

我回到家里的时候，也不知道是什么时辰了。见妈还在床上躺着，心里稍安了些。这时，困倦已搅得我站立不稳，睁不开眼。我怕上床去会惊动妈，就钻到锅屋里，在锅门前的麦秸里睡下了，不久就进入了梦乡。

人的一生要做很多个梦，但梦毕竟是缥缈的，很快就会被人们忘记。而我那天做的梦，却一直伴随我到今天。

我梦见了爸爸，他正微笑着站在我面前。他头上戴着狗皮帽。那是他走的那天，我亲自给他戴上的。爸爸的脸上、身上都是雪，仿佛刚从雪堆中爬出来。我高兴地扑到爸怀里，亲热地叫着爸爸。爸用他又粗又硬又长的胡茬子在我脸上摩擦着，却一点儿也不疼。

"爸，他们说你死了？"我哭着说。

爸笑了："丫头，你信他们的话吗？你说爸会死吗？"

我摇了摇头。

爸说："对呀，我怎么舍得漂亮的丫头呢！"

我感动地说："有人咒爸爸死，爸才不死，让咒爸的人死。"

爸笑了，我也笑了，泪水在脸颊上闪耀着晶莹。忽然，我想起妈。问爸："妈呢？妈没跟你在一起？"

爸说："你妈死了，还在村里的水塘里泡着呢！"

我哭了："不，我要爸，也要妈！"

爸板起了脸。我这时才突然发现，爸的身上已不是白色的雪，而是殷红的血，并且是厚厚的一层。我大吃一惊，又十分害怕，赶忙向爸怀里钻。

爸却推开了我，说："我也死了，你以后要当好妈妈爸爸……"

我并没有被梦惊醒，而是记住了这个梦。

当我真的醒来后，却听见弟弟、妹妹在屋里哭。我赶忙走过去，屋里没有母亲的身影。我又钻到锅屋里，仍然不见妈。我那一刻真的慌了，抓着弟弟的衣襟问："妈去哪了？"弟弟摇头。我扬起手对他脸上打了一个响亮的耳光。那是我第一次动手打弟弟，也是一生中唯一的一次。多年以后，我曾内疚地问过弟弟："还记得姐打你那一耳光吗？"弟弟的眼泪唰地流了下来，点点头说："怎么能不记得，姐那一耳光是让我记着做人的责任！"

我马上就想到村西的水塘和水塘里漂浮的铁旦娘的尸体。我真的哭了，抱起小妹，拉着弟弟就朝外跑。

小芹在门口四下张望着，哭喊着妈妈。我好像长大了，什么也没问，对小芹说："快，跟我找妈妈去！"

小芹不太相信，踌躇不决。

我骂了她一句，说："你再不跟我去找，就甭想见到你妈了。"

小芹这才跟上了我。

也许都在找妈，也许出于好奇，我的身后跟上来十几个孩子，都是和我年龄一般上下的。我们都哭着："爸爸回来！妈妈别走！爸爸回来，妈妈别走！"

风把我们的哭喊声送出很高很远。

我们一口气跑到村西的水塘边。果然看见我妈和小芹娘在水塘边站着。她们好像在说话，看见我们来了，十分惊讶。

"丫头，你们怎么来了？"我妈问。

"小芹，谁让你出来的？"小芹娘说。

"妈，你别走！"我哭着，小芹也哭着，跟在我们后边的孩子，也许被感染，虽然不是面对自己的母亲，也都哭了。

妈把我和弟弟妹妹一起搂进怀里。我第一次感受到，母亲的胸怀是那样宽广，那样温暖。

就在这时，身后响起了一声断喝："那又是谁？丫头娘，还有小芹娘吧？"听到这个声音，我的心一下子落到了实处，眼泪也没有了。

来的是瞎太太、小巧，还有村里的一群女人。不过她们好像都是跟瞎太太来的。

瞎太太走到我妈和小芹娘的面前站住了，好大会儿也没说一句话。我只看见瞎太太手中的竹竿在空中踌躇了一刹那，劈头向我妈和小芹娘打去。小芹娘赶忙后退几步，躲开了。瞎太太的竹竿落在了我妈身上，一连十几下。妈动也没动，眼里一直在流泪。我扑过去抱着瞎太太的腿，哀求说："大太太，别打我妈，别打我妈！"

扑通一声，妈跪下了。她失声痛哭着说："大奶奶，你打吧！我认了！"

我惊呆了。

瞎太太的手停住了，也流下泪，说："我该死呀！都快 80 岁的人了，还死皮赖脸活在这世上……"

妈说："大奶奶您不能死，我们还得您拿主意！"

瞎太太说："我现在不能死！不管是阎王爷怎么催我，我也不能死！"

我妈和小芹娘，还有水塘边的大人孩子都停止了哭泣，望着瞎太太。

瞎太太抹了下眼睛，又说："你们一个个到水里照照自己的模样，不感到难过吗？孩子们都在跟前呀！你们都是做娘的人了。一点也不为孩子们想想啊！看看咱沈家塘，现在还有像人活着的地方吗？"

水塘静默极了。不知风躲到哪儿去了，结了冰的水面十分宁静，仿佛也在聆听这位老人的训诫。

瞎太太又抹了下眼睛，接着提高了嗓门，声音也响亮了，说："死还不容易。可是，人活着不能只顾自己。咱们村的男人不是自己要死的，是阎王爷催他们走的。要是他们自己死的，咱一个都不为他们哭。为啥，不值得！他不要咱了，咱还得活！现在，你们要死，孩子呢？让孩子死不死活不活的受罪，阎王爷也得惩罚你！要死，就把老人和孩子都烧死、淹死，这才死得安生。你们谁能呀？不能！男人死了，咱还有儿子，女儿，还会有男人。你们这些做母亲的，就替孩子想想吧！我替咱沈家塘的祖辈和活着的孩子们求你们了……"瞎太太说着，两腿一弯，跪在了雪地上。

那一刻，瞎太太跪着的形象仿佛一尊雕塑，永远屹立在我和小伙伴们的记忆中，谁也想不到会出现这种场面，它是那么的悲壮，又是那么的凄惨。

没有人召唤，水塘边跪倒了一片孩子。我们都哭了。

我妈是跪着到瞎太太面前的。她一句话也没说，给瞎太太磕了三个头。

瞎太太被小巧扶了起来。我们这些孩子没有一个起来的。妈妈，我们求您了！儿女们求你们了。

"扑通"一声水响，抬头看时，小巧已经下到水里。水塘边的人们都惊得目瞪口呆，一起喊叫着，还有几个人准备去救她。小巧举起右手，手中一盘绳子。她说："我去把那两个大姐接回家，不能让她们太冷了！"

小巧的这句话，又催下人们一片泪水。于是，能够帮忙的都开始张罗起来。水塘边虽然又是一片混乱，但这种混乱已是另一种性质了。

两具尸体很快打捞上来。那两个女人的孩子都扑过去哭得死去活来。我看见妈和小芹娘的脸上都带着愧疚。妈把妹妹从我怀里接了过去，又用另一只手揽住了弟弟。

忽然，村里传来一声别具一格的婴儿啼叫，是嘹亮的啼叫，是希望的啼叫。瞎太太脸上闪过了一丝笑容，大声说："今儿大伙都到我家去过年、熬岁！"

在痛苦中度过了一天一夜的山村，第一缕炊烟升起来了。

第三章

一

我记得是年初四那天午饭后，工作队才进沈家塘。

午饭后，天都快黑了。虽然这几天村里的悲痛气氛轻淡了些，但悲伤并没有散去。福大婶生下了个婴儿，也没冲散人们对死者的怀念。不论白天、黑夜，仍然可以听到此起彼落的抽泣声。大多数人家都已有了炊烟，也大都一天只吃一顿或两顿饭，主要是为了孩子不饿肚子。妈年初一包的一锅盖饺子，到年初四我们还没吃完。而妈自己这几天几乎没吃过饭。

二柱的爷爷是生产队的副队长，春节前这两个月都是他在家主持工作。不过，他的年龄大了，又有病，很少问事。特别是二柱的爸死了，他受了打击，一直躺在床上没起。工作队进村后找到他，先给他做了半天工作，让他"化悲痛为力量"，起来工作，他也没有爬起来。最后，工作队要开大会，就让二柱替他爷爷，拿着铁皮卷成的喇叭喊话，通知到村场上去。现在，村里的男子汉，老的老，少的少，只有二狗子年轻力壮，却疯得不懂人事。二柱就算年轻力壮了，因为他已经 15 岁了。可是，他没做过那样的事，第一句话就激起村里的民愤。他说："家里还有没死的，都到麦场上去开会……"话一落音，全村一片骂声。小芹娘还站在门口扯着大嗓门，提着二柱的名字骂。

工作队对于村里的人来说并不陌生。那些年运动不断，工作队的人也不断。我就见过几批工作队。因为工作队来了，村里要安排他们吃他们住。住好说，麦场有两间闲屋子，打扫一下，铺上地铺，他们都是自带行李，也不讲条件，席地而卧就解决了，而吃饭是大问题，因为村里没食堂，所以就挨家挨户派饭，也叫吃百家饭。我爸是队长，到我家吃饭的时候相对多一些。不过，以往村里人对工作队不是太欢迎。但现在情况不同了，一听说来了工作队，大家虽不欢迎却十分需要。因为在瞎太太家吃饭时，很多人就合计过几件事。一是要向上级要求，把亲人尸首运回来埋葬，实在不能找到人了，也要把骨头运回来。二是要让上级说清楚，亲人们死得是值还是不值，说得再明点就是他们死得是光荣还是不光荣。三是要上级帮助村里办几件事。现在工作队来了，正是反映诉求的时候。所以二柱一通知，大伙就都响应，纷纷到麦场上的大东屋去开会了。

大东屋就在麦场旁边，和饲养室在一起。村里穷，队部只有一间破草屋，队长也很少进。村里最大的房子就是大东屋，里边放着几辆大车。每逢开大会的时候，都在这里。今天到会的人不少，因为都想听听上级有什么政策和安排。不少人心里都在嘀咕，俺家男人总不能白白丧命吧。

女人们凑到一起，免不了又是哭哭啼啼的。

二柱爷爷病了，会议没有主持人。工作队听说瞎太太是老支委，登门去请她。瞎太太见多识广，没答应主持会，只以一般社员的身份参加。长大后我才明白，瞎太太那样做是有考虑的。她是想听工作队传达上级的政策，万一村民们不理解不答应闹起来，她可以发挥一下缓冲作用。

工作队共有三男二女，都很年轻，最大的那个男的不过30岁出头。另外年轻的二男二女看上去好像是城里下放的知青，临时抽来帮助工作的。过去的工作队中就有知青。他们进了会场，脸上还显得很轻松呢。站了两分钟后，看到村里的妇女的精神状态，感受了会场的气氛，预感到面临的是一件棘手的工作，一个个才神情严峻起来。于是，几个人在门外小声嘀咕了几句才回到屋里。那个留分头的、年龄30岁出头的男人开始讲话了。他大概想先给大家来个下马威，让会场安静一下！

"贫下中农同志们，都安静了！现在是开会，不是祭灵。不要哭啼了！"

然而，人们好像故意和他针锋相对，哭泣声更加响亮了。

"有没有阶级敌人搞破坏呀？""分头"说话恶狠狠的，"谁要是破坏会场纪律，就是，就是……"他还没来得及找到合适的词，旁边一个年轻的姑娘就打断了他的话，扬了扬手中的一张纸说："请贫下中农同志们静一静，我们是来传达上级指示的！你们不想了解上级对这件事的政策吗？"

这一下会场倒真的逐渐静了下来。人们的目光都望着她。这是位长得很俊秀的姑娘，白白净净的瓜子脸，像弯月一样的眉毛，一双水灵灵的大眼睛，微微泛红的嘴唇，眼角边、嘴唇边挂着的生动的笑容，给人一种亲切感，亲近感。她穿着一件洗得发白了的军装，显得非常干练，也衬托得她的身材更加挺拔。不知为什么，她不时地看我，眼里充满了笑意。她说出的话也甜甜的，一点儿也不生硬。

"这位是县贫协的汪副主席！""分头"指着另一个女的，大声介绍说，"汪副主席是咱们这个县有名的'铁姑娘'队长，带着她的'铁姑娘队'打过涵洞。现在欢迎汪副主席讲话！"他的话大人们一听就明白，就是告诉沈家塘的村民尤其是妇女，汪副主席有涵洞施工经验。

会场上没有一个鼓掌的。"分头"有几分尴尬，又有几分恼怒。那个汪副主席好像很理解目前的情形，态度仍然很平和。她打开手中的纸，轻轻咳嗽一声，清了清嗓子就开始讲话了。她是一个漂亮的姑娘，讲话却不漂亮，相反谬误百出。

"贫下中农，"她顿了一下又说，"同志们，我们是县委书记……"她又停住了。会场上一阵骚动。有人低声议论："刚才还介绍说是县贫协副主席，怎么又成县委书记了，而且几个人都是县委书记吗？县委书记全县可就一个呀！"

她停了一会儿才说："是县委书记派来的。"然后又是停顿。这还没引起会场上的骚乱，因为会场上的人没有谁关心她代表谁，只等着她后边讲的关于对村里的政策。她也许看出了大伙的心思，也许是被会场上的情绪惊动，显得十分紧张，说话就更加上句不接下句，句句都有毛病：

"……我在你们副队长家摸了半天……"她这话一说出口，会场上的人们齐刷刷地发出一声长叹："唏……"有的说："你一个大姑娘，在副队长一个老头子那里乱摸啥？"她急了，忙接上说："我是说摸到了一些基本情况。阶级斗争在水利工地跳出来了，在你们大队也是这个风已静而树不死，在你们大队施工的涵洞里，就有，就有阶级敌人，就有惊心动魄的阶级斗争。"

会场上一下子安静下来。几乎没有任何声响，好像喘息声在那一刻也停止了。

汪副主席和她的几个同行交换了一下眼神。看得出他们对这种结果比较满意。在那个年代，阶级斗争、阶级敌人可不是随便说的。任何事情只要沾上阶级斗争，性质就变了；任何人只要被戴上阶级敌人的帽子，就等于政治上判了死刑，连沾亲带故都会受牵连。会场上的人们谁也不知道"阶级敌人"的帽子会戴在谁家，所以，都睁大眼睛看着汪副主席。瞎太太一直拄着竹竿，靠着墙站在人群后。我扭头看了她一眼，虽然她面无表情，但两手却不停地搓着竹竿。这个动作或者说这个细节，是瞎太太只有心情很糟糕时才表现出来的。我想，瞎太太此刻心情一定很复杂。

汪副主席用目光向她旁边那个男的示意了一下。那个男的朝前走了一步，大声说道："你们听清楚了吗？谁家的男人出门前带了什么危险品，老实说出来！"

会场上没人吭声。

那个男的又问："你们谁家的男人出门前说过难听话没有？"

"我家男人说过！"洪大扯着大嗓门说。这几天一直没看见洪大出现，没想到她一出现就与众不同。她的话显然引起汪副主席和那个男的的注意。那个男的向她招招手："这位同志，请到前边来！"

洪大说："我就坐这里挺好，你让我站前边挨斗呀？"

汪副主席严肃地说："现在问题没搞清楚，还不能说谁挨斗。你把问题说清了，我们分析研究一下……"

会场上人们的目光都聚焦在洪大身上。洪大不慌不忙地说："我男人走之前说了，说了……"

"说了什么？"那个男的紧追不舍地问。

洪大说："我不敢说。"

汪副主席皮笑肉不笑，从人群中走到洪大面前，想和洪大握手。洪大假装没看见，弄得她十分尴尬。不过，她没有表现出恼怒，而是微笑着说："同志，你大胆揭发，算你立功！"

"奖钱吗？"洪大问。

汪副主席犹豫了一下，皱着眉头回答："这要县委县'革委会'定。同时，还要看你揭发的问题有没有价值。"

洪大捋了下头发，吭吭咳嗽两声，说道："我男人说，媳妇，过年我回来，咱再捣弄个孩子出来！"

"就这话？"汪副主席问，"他还说了什么？有没有对出远门上水利工地不满的话？"

洪大说："唏，他才不会呢！我家那个死鬼一顿能吃八个窝头。工地上吃食堂，敞开肚皮吃。"她看了一眼会场，大声问道："你们家男人也想上工地多挣工分，又能吃饱饭，是不是呀？"

"是！"会场上的人们齐刷刷地回答。

我看见瞎太太用手中的竹竿在地上捣了几下。

汪副主席气得脸色苍白。那个男的怕汪副主席下不了台，赶忙说道："出了这样大的事故。你们大队的第一位工作就是要狠抓，这个，阶级斗争。狠抓，这个，反击右倾翻案风。我们刚才在你们大队没找到，这个大，这个批判大字报。也没找到这个……"

"你没找到'黑缨枪'吧？"洪大问。

汪副主席一愣，继而好像发现了新大陆，问："什么'黑缨枪'？"

洪大说："你身旁的那两个男人都有，你在俺们村现在找不到这家伙了！"

要在过去，洪大这句话一定会惹得哄堂大笑。而今天，这句话却又引起一片啜泣声。

汪副主席这下明白了，脸唰地红到脖子根。她的嘴唇颤抖着，半天也没说话。那个"分头"男的指着洪大，恼羞成怒地说："你这个人是反革命！"

"我反你娘个头！"洪大丝毫也不示弱。人到了绝望的时候，胆子也大了。要是在以往，别说是县委书记派来的人，就是大队书记咳嗽一声，也没有人敢反驳一句。洪大跨了几步，指着"分头"男人说："你们别扯这风那风的，俺不管东风西风。你们告诉俺，俺男人现在在哪儿？你还俺的男人。"

"分头"男人和那个汪副主席都气急败坏，却又无可奈何。那个穿军装的姑娘悄悄拉了一下汪副主席的衣角，汪副主席狠狠地瞪了她一眼。憋了好大会儿，"分头"才打起点精神，问洪大："你男人是什么人？"

"你又是什么人？"洪大理直气壮地说，"我男人是民工！"

"分头"男人又问："我问你男人是什么成分？"

洪大说："你吃不吃粮食？哼，连用什么盛粪（成分）都不知道。沈家塘三岁孩子都知道，是用粪箕子盛粪！"

"分头"男人哭笑不得，解释说："我问你男人是什么出身？"

"搐身（出身）？"洪大恼了，"你爹都是用什么搐身（出身），难道不是用裤腰带搐身是用人皮条子？！"

"分头"男人气得半天才吼出一句话："我问你男人是贫农中农还是地主？"

洪大也急了，冲着"分头"男人吼道："我男人是贫农！我男人他爹是贫农，他爷爷是贫农！"

"分头"男人一下子软下来。

汪副主席走过来，对洪大说："贫农同志，我是贫协主席，咱们是一个战壕的。你听我这个……"

"我不听你这个！"洪大的唾沫星子喷了汪副主席一脸。

汪副主席尴尬地继续说："这个我们，认为这个水利工地有这个，阶级敌人破坏！我们这个就是来查这个阶级敌人的！"

"咕嘟"一声，会场上像煮沸了的锅，一下子乱了。人们不能容忍和接受这个年轻女人的话。人死了，不说怎么安排，还要查阶级敌人。于是，失望的人们都大吵大闹起来，纷纷拥向县里来的那几个人。有人抡起拳头，有人去抓汪副主席的头发，还有人用上了脚。孩子们也跟着喊，跟着骂，跟着拳脚相加。"分头"男人惊慌地拉着汪副主席，匆匆逃离了会场。

"告他们去！"我妈说，"这几个人肯定是假传圣旨，打死我也不相信县里会让他们来给咱雪上加霜！"

洪大说："我去。"

"我也去！"又有几个女人高声喊道。

瞎太太等人们平静下来，心平气和地说："丫头娘说得对，是得去上级说明说明。不过，咱沈家塘现在需要的不是闹，是求。"她喘了口气，又说："要把咱想说的、想要的都反映上去，让上级领导知道咱现在的难处。我说，咱家家都出点力，有钱的拿点钱，没钱的拿点好吃的，让丫头娘带几个到县里去一趟。"

我妈说："我愿意带这个头，要是不解决咱的问题，我就不回来……"

弟弟一听妈说不回来，哇的一声哭了。

二

工作队匆匆撤走了。据说，汪副主席他们回去后，给县委和县"革委会"写了报告，报告中说："沈家塘的女人个个都疯了……"

二柱的爷爷由于忧伤过度，加上本来就有病，不几天就与世长辞了。这样一来，村里更加混乱。人是不能没有主心骨的，这是我在那个时候就悟出的一个道理。瞎太太虽然能给大伙拿主意，可她不能上山，不能下地，行动不方便。村里急需一个带头人。

这天晚上，瞎太太、小巧和二柱娘到我们家来了。当时，我妈正在给妹妹喂饭。因为前几天一直点"长命灯"，油都熬光了。"双代店"又没开门，侯经理大年三十那天下午走后还没回来。屋里黑洞洞的，看不见她们的面孔。

瞎太太叹口气说："这样下去也不是个办法，村子里没人挑头不行！"

"是呀，反正不能天天靠眼泪打发日子！"二柱娘说，"他爷爷临死的时候，一个劲地说对不住全村的老少爷们儿。他是想带咱们好好过日子的，可他那病不容他呀！"

小巧抽泣着说："他也想儿子……"

她们都在抹眼泪。

瞎太太又说："丫头娘，你当过队长，你说说往后该怎么办？"

"我？我没想过。"我妈的声音很紧张。

我妈当过队长，那是两年前的事，后来生下妹妹，又常和小芹娘吵架，妈就不干了，让给了爸。爸当队长，其实爸很多时候还都听妈的。我记得有天早上，爸拿着个铁皮卷成的喇叭筒，爬到我家门前的树上（树上架了块木板），喊大伙出工，我听不懂他喊了些什么。他回来后，妈就骂他："你瞎指挥个屁！南山上那些白芋秧子雨后疯长，再不赶快翻秧，保准今年收成不会好！"

我爸说："是你当队长还是我当队长？"

我妈说："你这个狗屁不懂的队长，社员能服吗？你要是不听我的，我等三丫头一断奶就接着干，把你赶下台！"

我爸不说话了。吃饭的时候，爸低声对妈说："今儿我让小芹娘带着拨子人去南山翻白芋秧子！"

还有一次，洪大来找我妈诉苦说，她和小芹娘今天一起锄地，锄的趟儿一样多，可"野兔子"却给小芹娘多记一分。洪大说："小芹娘把她男人从城里买来的水蜜糖塞到'野兔子'嘴里一块。那'野兔子'的笔头就歪了。我给丫头爸说，丫头爸还说我吃饱撑的，没事找事……"那时候，队里都实行工分制。男劳力一天十分，女劳力一天六分，到年终决分。为一分争争吵吵的人每天都有。

"队长硬说小芹娘那趟比我这趟难锄。其实哪块地还不都一样。小芹娘干得慢怪谁？一下午钻了八次树棵子！"洪大愤愤不平地说。

我妈没听洪大说完就火了，骂道："这个杂种！我给他说过多少回，当队长的是干部。干部要一碗水端平。就像毛主席，管那么大个国家，如果不一碗水端平，还不乱了套！"她从洪大手里接过记分本，又问我要了铅笔，把洪大的工分提了一分。为这事，爸和妈又吵了一架，小芹娘也在门口指桑骂槐地叫了半天。那次妈又去跳了河，当然还是从河边慢腾腾地下去的，到了没腰深的时候又上来了。

瞎太太说："丫头娘，我们合计过了，还得你出来挑头呀！"

我妈着急地说："我不行，不行！大奶奶，你们千万别找我。我干不了。"

二柱娘说："你咋干不了？你当一年队长，大伙都心服口服。'野兔子'争着要当队长，能让她当吗？她要是当队长，还不把大伙带草棵里去吃兔子屎。"

我妈说："那会和这会不一样，那会，丫头爸还在，能做俺的主心骨，大队也有领导，做俺们的靠山。可眼下……"妈说着，泣不成声了。

屋子里出现了很长一段时间的沉默。

瞎太太是喜欢抽烟的。她手里除了一根竹竿外，肩膀上常搭着一根旱烟袋。可是，今天却没见她抽烟。我妈好像猜出了什么，对我说："丫头，去锅底看还有火吗，给你太太点根秫秸。"

我应了一声，向外走，瞎太太冲我背后说了句："小心点儿，院子里风大。"

我点了烟来，听见小巧在说话。

"婶子，这事你就别推辞了。我要不是才来咱沈家塘，人还都不熟悉，这队长你想当我还不同意呢！婶子，给你说心里话，我男人死了，我这时走了，也没有谁能说我不守妇道，我反正还没怀他家的孩子。不过，我左想右想不能走。我婆婆，他弟弟，还有咱沈家塘这么多苦难的人家，叫我心里舍不得放不下。我不是说什么大话。你当队长，我给你当助手，让大奶奶给我们参谋参谋，能行。我就不信咱们女人不争气。我主意定了，不过三五年，咱沈家塘的又一代男子汉就长成了，我不走！富贵这孩子，我先养着。"

小巧那番话对我妈的震动很大。妈好胜心强，凡事不喜欢别人占她上风。小巧这个刚嫁过来不久的年轻媳妇都能为沈家塘的生存甘愿付出，妈怎么能落后呢？

　　的确，小巧的婚姻是不幸的。她根本不愿嫁过来。听大人们私下议论，小巧上过初中，在学校里有男同学追她，她嫌两人年龄小没有答应。不过，她心里一直记着那个男同学。她爹想给她哥哥盖房子，让他哥找媳妇结婚。她公公和她男人是我们村的石匠，于是，他爹找到她公公，用她嫁过来做媳妇换了三间屋子的石料。我记得她结婚那天，我放学回来，在路上碰见了接她的马车，听见她在车上又吵又骂，哭成个泪人儿。拜堂成亲的时候，她硬是不肯跪下，她婆婆用竹竿敲她的头，把头上都敲出了个疙瘩。后来，又喊了几个男人硬按着她拜堂。再后来，她不愿入洞房，也是被硬拖进去的，听说家里怕她跑，还把她在床头上捆了三天三夜。为这，我妈她们都在私下骂她"贱"，说什么女人生下来就是给人家当媳妇的。有个男人就行了，闹什么，这都是命中注定的。如果按常理，小巧完全可以理直气壮地离开婆家。

　　果然，我妈十分感动地说："既然大家看得起我，我就干。不过，丑话说在前头，你们都得帮我！"

　　瞎太太说："这是什么话？我们又不是没有份。我们帮的是自己。"她吧嗒吧嗒地抽着烟，烟锅里的火明明灭灭，映着她苍老的面孔，"我还琢磨着要有个章法，就说'约法三章'吧！让大伙都表个态。"

　　"对，我赞成！"我妈说，"不能心散，你打狗我撵鸡。更不能人人拆台。还有，也不能今天你改嫁，明天她找男人，弄得全村鸡犬不宁！"

　　二柱娘说："丫头娘提得对，就得有个管着人的法儿，大伙才能心齐。人心齐，泰山移。要不，谁当头儿也干不好。"

　　小巧说："有个法儿是对的。不过，要是规定不让改嫁，恐怕人心不服！"

　　我妈说："怎么不服？按老规矩也得守三年。我们就得把话说明了，定个日子，在这个日子里，三年、五年、八年、十年，谁也不许改嫁走。要不然，开了个口子，人都走了，沈家塘还能活下去吗？"

　　屋子里又沉默了。

　　过了一会儿，二柱娘问："要是招女婿上咱庄来行吗？"

我妈说："那也不行。能招女婿也就能改嫁，再说，如果招婿，还不乱了套。"

瞎太太半天没说话，只是一个劲儿抽烟，现在说话了，声音慢吞吞的，显得很沉重："我看这些规矩都好，就是不知能不能做到。咱要开个会，把话给大伙儿说明白了，大伙都得摁上红手印。现在，孩子们都还小，要为孩子想想。当母亲的，能辛辛苦苦把孩子拉扯大，孩子们会感恩的。还有，你们几个就是沈家塘的头儿了，往后，要大伙做的，你们几个人都得先做。"

我妈说："大奶奶，你放心吧，别的不敢说，改嫁的事我不会做，也不会给丫头爸丢脸。男人已经死了，咱这活着的人再做对不起他们的事，日后到了阴曹地府，男人也不会要咱们团聚的。人要脸，树要皮，怎么说咱都得给自己活出个样子来……"

屋子里的女人都长长地叹了口气。

三

今天，是我们村又一个难忘的日子。

早晨起来，妈让我洗几块山白芋做饭，她抱着小妹到瞎太太家去了。按乡里规定，生男孩要在第十二天"吃喜面"，昨天妈就说过，今天要好好聚一聚，用喜事冲一冲丧气和悲痛。其实，那时候乡村里办喜事也没有多少排场，何况村里没有了壮男子，连个忙里忙外的人手也没有。昨天下午，村里杀了一头猪。提起杀猪的事，我还心有余悸呢。

那是一头二百多斤重的大肥猪，在生产队的猪圈里算个头最大，肉最多的。洪大是队里的饲养员，一个人管着猪圈，平时没少了费心出力。但是，杀猪这活都是男人干的。那天她自告奋勇杀那头猪。当时，全村人都惊动了，把猪圈围得水泄不通。男孩子能爬树上墙，女孩子却只有挤扁了头从人缝里看。我费了很大劲，差点没把脑袋挤平，才钻到人群里边。

洪大脱去了棉袄，只穿着一件单衣，手里拿着一根碗口粗的木棒，在猪圈里来回走着。我清楚看见她眼里含着泪花，肯定是她心里不舍得。那头肥猪毕竟是她平时一口一口养大的。那头肥猪大概看出了洪大要杀它，心里又不舍得，所以一开始不跑不动，用哀求的目光看着洪大。旁边支着一口大铁锅，锅里的水已经烧得沸腾，咕嘟咕嘟直冒热气。围在周边的人不耐烦了，有的喊："洪大，该动手了！"有的说："你要下不了手，就回家待着，让能下手的下手！"

洪大拍了拍那头肥猪，呸呸呸朝手心吐了几口唾沫。那头肥猪明白洪大要动手了，吓得拼命跑，发出一阵阵绝望的叫声。洪大围着它足足转了十多圈，手中的木棒举起又放下，始终没有落到猪身上，她自己倒累得满头大汗。

"对它的脑袋砸！"说这话的是侯经理。他昨天才回村来，哭丧着脸到各家转了一圈，表示慰问。不过，我妈很讨厌他，连门也没让他进，只在门口说了几句话。他像是看耍猴似的，骑坐在墙上，两只手还不停地挥舞着，大声为洪大加油。

洪大又转了几圈，好像终于找准了时机，手中的木棒落了下来，这一棒砸在猪的屁股上。那头猪屁股撅起老高，气急败坏地朝墙上爬，吓得几个小孩屁滚尿流地跳下墙。

妈大概看出洪大不忍心杀那猪，把妹妹塞给旁边的小巧，三下五除二脱去棉袄，一手按着墙，纵身跳进猪圈。二柱娘、小巧、小芹娘见了，也纷纷跳了进去。那猪一见来了这么多杀手，更加疯狂了，吼着，跳着，前边用头拱，后边用腿踢，张牙舞爪十分嚣张，看上去它恨不得把墙撞倒，把我们这个小山村也撞个底朝天。小芹娘吓得脸色苍白，连滚带爬地跑了。二柱娘也不知所措，茫然地站在一边。我妈急得"嗷嗷"地喊起来。四周的人都跟着喊起来。喊声如一阵阵响雷，那头猪愣住了。我妈一下子扑了上去，抓住了猪的一只耳朵。洪大、二柱娘、小芹娘和小巧一拥而上，把那头猪压在了身下。那头猪不服地翻腾着。我妈大声喊道："快把刀给我，快把刀给我！"

二柱也跳进猪圈，把刀给了我妈。我妈举起刀，对着猪的脖子、脸和身上一气扎了十几刀。我看见妈闭着眼，连看也不看。一个刀洞蹿出一股子血，溅得我妈她们几个人一脸一身。最后，那头猪不动了。我妈她们几个也疲惫不堪地瘫倒在地上。突然，那猪又跳起来，一声长啸。我妈她们惊呆了。周围的人也惊呆了。好在那头猪蹦了几下，一头栽倒在地上。

"没有男人，咱们也不能吃活猪！"我妈激动地掉下泪，用手一抹，手上的血全都沾在脸上，惹起周围一片笑声。再仔细一看，我妈的上衣在与猪的搏斗中，不知什么时候撕破了，整个雪白的胸脯全都袒露出来。我赶忙把母亲的棉袄扔给她。她一边穿棉袄，一边流着泪。

回到家，妈问我："丫头，你去看杀猪了吗？"

我点点头。

妈又问："你看妈怎么样？"

我说："好勇敢！"

妈激动地把我抱了起来，嫉妒得弟弟也吵着要妈妈抱。

突然，妈像想起了什么，又问我："你最后走的时候，看见侯经理和谁在一起？"

我想了想说："我看见他和'野兔子'一起走的。"

我妈"呸"了一口，陷入了沉思。过了一会儿，妈对我说："丫头，你去'双代店'告诉侯经理，让他明天送一箱酒到你大太太家。对了，小心看还有谁在他那儿！"

我明白妈的意思，高高兴兴地走了。

"双代店"顾名思义就是代购代销，是供销社设在我们村里的门市部。说起来可怜，在村里人心目中，"双代店"的侯经理简直就是天堂里的人。听说他对女人总不怀好意，凡去他店里买东西的，他不是摸一把脸，就是抓一把屁股。村里人私下说他和"野兔子"相好。虽然支书知道，也拿他没办法，因为他是吃商品粮的，不属书记管。就是在书记眼里，吃商品粮的人比他自己还高一等呢。

我到了"双代店"时，门是虚掩的。听见里边有说话的声音。

侯经理："这下好了，咱俩可以公开来往，没人管了。"

"野兔子"："我婆婆还在呢。"

侯经理："那老太婆，别理会她。你告诉她，再管咱们的事，连饭也不管她！"

我不识好歹地推开了门，看见"野兔子"正坐在侯经理的怀里。看见是我，站起来破口就骂："死丫头，连门也不敲，不懂规矩。"

我把妈的话向侯经理说了，侯经理不耐烦地把我推出门外，说了一句："叫你妈等着吧，夜里给我留个门。"就砰地把门关上了。

我回到家，把看到和听到的给妈说了，妈气得铁青着脸，说："等办了福大吃喜面的事，再跟这狗男狗女算账。"

那天一夜，妈翻来覆去睡不着，不知是在想侯经理和"野兔子"的事，还是在想福大家的事。

第二天，妈走时再三嘱咐，今天瞎太太家办喜事，人多，不要我带弟弟妹妹去。所以，我在家里一步也不敢外出。不过，我心里急得犯痒，老想去看个热闹，又怕妈骂我。左思右想，到了傍晚，才想了一个点子。对，让弟弟带着妹妹先去，然后我再去找他们。这样，妈就不会责备我了。我几句话就说得妹妹动了心，嚷着要找妈妈。我又以在家看家为名，让弟弟带妹妹到瞎太太家去，他们走了不久，我琢磨着该到了瞎太太家了，才赶忙去追。妈如果责怪我，我就说是找妹妹和弟弟。

瞎太太家的院子里，挤满了村里的人。几张桌子旁，坐着一个个东倒西歪的女人。看上去，她们都已喝醉了，丑态百出；有的脸上通红，有的披头散发，有的在哭，有的在骂，一片混乱，让人恐惧不安。二狗子叔也来了，他本来精神不好，又喝了点酒，在人群中走来走去，摸摸这个的脸，拍拍那个的头，竟走到小巧面前，不顾一切地抱着小巧。

小巧吓得大喊大叫。

我妈从屋里出来了。她气得两眼喷火，走到二狗子叔的身后，拧着他的耳朵，骂道："你这个窝囊废，欺负起寡妇来了。好吧，今天让你见识见识女人！"

二狗子叔还嬉皮笑脸，以为妈在和他开玩笑。

我妈大喝一声："来，把这小子捆起来！"

几个女人一拥而上，把二狗子叔捆了起来。

我妈把二狗子叔捆绑在门框上。二狗子叔这下可能明白自己惹了祸，急得大喊大叫："嫂子，饶了我吧！我不是男人，我不是男人！"

我妈一脸怒气。她掀起二狗子叔的棉袄，把二狗子叔的腰带扯了下来，扔在一边，又把二狗子叔的裤子褪了下来……

二狗子叔吓得脸色苍白，嘴吐白沫，连话也说不出来。

我妈又找来一把菜刀，在二狗子叔脸前晃了晃。院子里的女人都惊呆了。小巧一下子抱住我妈，哀求说："婶子，别这样，别这样。我替二狗子求你了！"

我妈并没有真动手。她丢开刀，严厉地对二狗子说："二狗子，你听着，从今天起，你如果还敢对村子里的哪个女人动手动脚，我就把你那家伙割下来喂狗，让你从此真的不再是个全男人！"

接着，我妈又转过身来，对着大伙说："大娘大婶，嫂子姐妹们，咱们这些日子苦够了。从今儿个起，不能再苦水里眼泪里泡了。都说人死不能复生，哭没有用，死也没有用，往后，咱要让眼泪像金豆子银豆子那样值钱，要哭，今天再哭一场，以后就把眼泪收起来吧，没有人可怜咱。"说着，她先哭了。

院子里响起了一片哭声。

小巧早悄悄把二狗子叔身上的绳子松绑了。

哭了一阵，妈又说话了："咱们是没有了男人，可是，还有老人、孩子。要我说，咱们今天把话说明白，不要老人、孩子的，就赶快离开。咱沈家塘要活，老人孩子要活。要活，就不能在眼泪里泡着。"

院子里一片寂静。

"往后，咱们就是主人了。又是男人，又是女人，又要当爸，又要当娘。咱们把丑话说前头，谁也不许给姑嫂姐妹脸上抹黑，不许让死了的男人背黑锅……"妈说着，眼睛却在四下里寻找。最后目光落在"野兔子"身上。

"野兔子"避开我妈和大伙的眼光，低下了头。

院子出现了一阵骚动，很快又安静下来，静得连掉根针都能听见声响。

瞎太太说话了，她很激动："我先代俺小孙子和孙子媳妇谢谢各位。刚才丫头娘说过了，大伙也都听见了。咱们就要吃个馒头争口气，让别人看看，沈家塘还活着！来，我老太婆为了孩子，为了老人，敬各位一杯酒，醉了也要喝！"

院子里的女人都举起了杯，一饮而尽，那场面，既悲壮又英勇。

第四章

一

那天，舅舅是半晌午来的。妈出门去了，弟弟也不知跑哪儿淘气去了，家里只有我和妹妹。

舅舅快 30 的人了，因为家里穷，还没说上媳妇，妈没少为舅的事叹气，也没少了跑腿。记得有一次，妈说舅找到了对象，女方要到外奶奶家相亲。为了不让女方说舅家穷，妈让我爸用平板车把我家的几只旧木箱和一头肥猪都连夜拉到外奶奶家，说是壮壮门面。不料弄巧成拙，爸在半路上摔伤了，木箱摔烂了一只，猪也跑了，好多天才找回来。舅的媳妇也没说成。

舅进了我家的门，人还未坐下，先号啕大哭。男人哭起来真叫人受不了，就像背书歌子。

"哎大哥儿，哎大哥……"舅一声连一声地哭着。我在一旁却觉得好笑。

哭了一阵，舅见没人劝他，也就不哭了。可就在这时，对门的邻居家却响起了哭声。我一下就听出是小芹娘在哭。

这些日子，村里人的村外亲戚们得知我们村出了这种悲剧，纷纷前来吊唁死者，安慰生者。这一来，家家户户的哭声又此起彼落了，人们也没心思干别的事。家家门前都搭起了灵棚。按我们那乡下规矩，灵棚下边要摆几种菜肴，除了在灵棚摆供，也为了各家招待来宾。为此，队里又杀了一头猪。这倒无可厚非。遗憾的是，有的亲戚来吊唁，还劝说自己的亲人改嫁，村里有的人还真被说动了心。村西头有一个女的，亲戚来时就带来了个男的，一见面双方就相中了，婆婆还支持她改嫁。一顿饭过后，那个女的就跟人家走了。我妈听说后，和洪大追了很远没追上，回头和那个女的的婆婆大吵了一架。

舅一听小芹娘哭，好像浑身不自在，一会儿起来走走，一会儿在凳子上坐坐，最后径直向小芹家走去。进了小芹家的门，他竟双手捂着脸，"唔唔"地大哭，嘴里叫着："苦命的哥来，你这撒手就走，让我苦命的嫂子带着孩子咋活唉！"不过，他的目光却透过手指缝看着小芹娘的脸。小芹娘呢，看上去是眯着眼睛哭，却没有泪。用乡下人的话说是"光听打雷不见下雨"，还不时看我舅一眼。我们两家是对门的邻居，对相互的亲戚也知道个八九不离十。小芹娘知道我舅没媳妇。我舅现在也知道了小芹娘是寡妇。两个人哭了一阵，好像是在用哭声对话。

小芹娘说："大兄弟，你看俺娘儿们日后怎么过呢？"

我舅说："是呀，家里没个男人，光靠你们一老一小，连工分也挣不够！"

小芹娘说："她爸好狠心哟！"

我舅说："唉！唉！这不能怪大哥。他也不想离开你们娘几个。碰上这事，没办法。"

小芹娘说："可这往后的日子……"

我舅小心地问："你有什么打算吗？"

就在这时，母亲的身影出现在小芹家大门口，对我舅呵斥道："小三，你是来看你姐的，还是在这儿嚼舌根子？快给我滚。"

舅很怕妈，听妈一声喝，赶忙灰溜溜地回到我家去了。

妈关上门，指着舅舅骂道："你的眼瞎了吗？人家男人死了没几天，你跑人家里说三道四，也不怕她男人的鬼魂来拉你。你是想作孽呀！"

"我，我没干什么。不信，你可以问问丫头。她在我旁边的。"舅把我抬了出来。我赶紧点了点头。

妈叹了口气，脸上的神情也平和了些。她递给舅舅一只板凳，自己一屁股坐在门槛上，问："爹和娘都知道了吧？"

我舅说："爹和娘都要来的。我说雪刚化，路上不好走。我去把姐接来。他们才没来。"

我妈的泪珠儿就像断了线似的落下来。

舅也在揉眼睛，说："姐，你要是在这儿不能过了，就回咱家吧！"

妈一听，抹了把眼泪，站起来冲舅舅说："谁说我不能过了？我不是还好好地活着吗？这是我的家。我有儿有女一家子人，怎么能没法过呢？你呀，怎么这么大了还不懂事呢！"

舅舅低着头，委屈地说："我也是为你好。你一个妇道人家，带着三个孩子，往后的日子多难啊！"

我妈的眼睛又湿了，过了好大会儿才抽泣着说："再难的日子也得过。谁的日子不难过呀！要说难，不就是少了你姐夫一个人吗？我还有这三个孩子呢。我把这三个孩子养大了，对得起他们的爸了，我也就心安了。"

舅说："你是这样想，村里的其他女人也都这么想吗？她们就不想改嫁了吗？"

妈一听，眼睛瞪了，加重了口气："小三，我告诉你，你不要打这村女人的算盘！"

我舅的脸腾地红到脖子根，辩解地说："我，我怎么会这么想呢！但换句话说，真有女人愿意跟我，那人家不犯法，我也不犯法。"

我妈急了，冲到我舅跟前，指着舅的鼻子厉声问道："小三，你这话是什么意思？你是不是想打她的主意？"

我舅站了起来，不满地说："你管这么多干什么。"

我妈理直气壮地说："我就要管。现在我是这儿的队长，我说了算。你现在就给我走！以后，我什么时候请你，你什么时候才能来。要不，别怪当姐的连口凉水也不给你喝！"

我舅的脸由黄变红，又由红变白，气得瞪圆了眼睛，恶狠狠地望着我妈，屋子里的空气顿时紧张起来。我吓得抱着妹妹，不知所措，赶快站到我妈和舅舅之间。

到底还是我舅先让步了。他转身向门口走去，到了大门口，回过头来说了句："你不认我这个弟弟，我从今也没你这个姐姐！"而后扬长而去。

妈望着舅舅的背影，无力地坐在地上。

果然，从那以后舅舅几年没进我家门。就是后来他到四川找了个媳妇，结婚的时候也没来接妈妈。直到我考上大学，妈带我到外奶奶家去，舅舅才和妈说话。舅舅最终原谅了我妈。

二

山村的夜晚十分静谧，犹如躺在大山母亲怀抱里熟睡的婴儿，连老牛倒沫的声音也能让人惊醒。

今天晚上，妈好像有什么心事。她让我们先上床，自己又坐在黑夜里纳鞋底。眼下，村里的女人更珍惜每一分钱，天很黑了才掌灯，而且很快就灭灯。妈纳鞋底都是摸黑干的。可是今晚却坐不住，一会儿到院子里去一次，而且都是轻脚轻手。难道妈在等候什么人？我不能胡思乱想，却睁大着眼睛，幼稚的好奇心让我伴着妈，等待着。

"丫头，还没睡着吗？"妈突然问了我一句。我吓了一跳，但没有回答。我怕妈骂我人小鬼大。

妈叹了口气，说："丫头，你要是不困，就和妈说几句话吧。妈心里也闷得慌。"

"妈！"我怯怯地下了床，摸到妈跟前。妈推了我一把，说："快进被窝里躺着，外边冷得很呢。"

我只好又重新躺到被窝里。

"丫头，再过几天就要开学了。妈寻思着，过几天再卖点山白芋干子给你交学杂费。"

我毕竟已经懂事了，知道我们家现在日子很难，以后可能会更难，就对妈说："妈，我不想上学了。"

"为啥？"听妈的口气，她一定是停下了手中的活儿在看着我。黑暗中，我看见了她脸上两颗仿佛星星一样闪烁的光亮。

"我在家带妹妹，做饭！"我怕自己哭出声，忙用被子堵住了嘴。其实，我怎么能不想上学呢？

妈没有说话，只是叹了口气。我想：完了，妈一定同意了，不让我上学了。我真的不能上学了，怎么办呢？都怪我自己嘴硬，把话说绝了，现在想改口，妈一定生气的。

"妈也这么想过，"妈过了一会儿说，"大伙让我当队长，我这担子不轻。你妹妹还小，没人带不行。不过，我越想越不能这样做。你不上学怎么能行呢？妈虽然只上到小学毕业，可比起那些没念过书的有用多了。大伙让我当队长，一半原因是冲我念过书。妈别的大道理不懂，可知道这读书还是有用的。妈没什么指望了。你要能念出个名堂来，妈这辈子也就有个交待了。对你弟弟，妈倒没想让他多念书。妈想等他长大了，送他去当兵。男儿当兵够威风的。你妹妹呢，还有几年才能念书。再有几年，咱的日子可能要好过点了。"

"我听妈的！"这句话我说得很快，好像怕妈再改口似的，"妈，我一定好好念书。明年还得考个双百！"

我想妈听了这句，一定会笑的。因为今年我考了个"双百"，回到家以后，妈高兴得几天没合拢嘴，逢人就说："俺丫头这回考了两个一百分呢！那些男孩子都不如她。"可是，我没有听见妈笑，相反听见妈叹了口气。妈说："今年开学，还不知有几家的孩子能上学校去。过几天，得开个社员会，好好讲一讲，让大伙都把孩子送学校去。再苦再累，不能耽误了孩子们的前程！"

过了一会儿，妈又问我："丫头，你看见小芹娘今天同'野兔子'吵架了吗？"

我说："看了，吵得可凶了，还打了呢！小芹娘把'野兔子'的脸都挖破了。"

妈问："她们当时吵的什么，你还记得吗？"

我想了一会儿，说："别的都记不清了。好像她骂她不要脸，她也骂她不要脸。"

妈愤愤地说："两个女人没有一个好货，都不要脸。"

小芹娘和"野兔子"是傍晚时候在"双代店"门前吵架的。当时，"双代店"门前没有几个人。我是去"双代店"里买煤油正好碰上的。好像小芹娘从"双代店"出来，"野兔子"正要进去，记不清谁先张口骂的。我是个小孩子，平时很少留心大人们的事。到她们俩吵起来，我才发现。乡下女人吵架喜欢揭短，陈年旧账都一股脑向外翻，两句骂过就厮打在一起了。"野兔子"又粗又壮，抱住小芹娘的腰，小芹娘个子高，就用手抓"野兔子"的头发和脸。还没见分晓，侯经理就过来把她俩拉开了。小芹娘边走边骂："又不是你男人，想独占，呸，不要脸！"

"野兔子"不甘示弱，反击道："不就是俺们家的支书不在了吗？要是他还在，沈家塘有几个敢在姑奶奶面前大声放屁的？！"说着，她哇地哭出声，提着她男人的名字边骂边说："你这个死鬼，到了阴曹地府就不当官了。好歹你也给你媳妇撑腰，把欺负你媳妇的坏东西都带走……"

侯经理去拉她。她抱着树死活不丢手。侯经理只好把她抱了起来，放到柜台上。小芹娘一看更加恼火，朝柜台里"呸"地吐了一口痰，转身走了。

妈听了我的叙述后说："你小孩子家不懂这些，不要到处乱说。你先睡吧。"

可是，我的困意已经无影无踪了，翻了几次身，还是睡不着。我对妈说："妈，你也睡吧。"

妈说："妈不睡，妈今晚要抓贼！"

"抓贼？"我不解。

妈说："是呀，抓偷花贼。"声音里含着愤怒。

我说："咱家没有花呀，是来咱家偷花的吗？"

妈没回答，却轻轻向外走去。我的心一下子吊到了嗓子眼。我虽然弄不清妈要抓的贼是什么模样，但知道贼是坏人，而坏人都是十分凶恶的。她一个人能行吗？可是我没有力量帮助妈呀！

这时，我听见对门邻居的门响了一声，很轻微。

这一天我感到，山村里的夜晚有很多秘密。

后来我才知道，那天夜里的一声门响，是侯经理钻进了小芹娘的屋里。

三

大约是后半夜，我睡得迷迷糊糊，被锅屋里一阵动静惊醒。我赶忙从床上爬起来，想过去看看，心里却又犯怵。天太黑了，万一是妈说的贼闯进来了，我怎么对付得了。于是，我靠近窗户，偷偷把窗户拉开一条缝，听着锅屋里的动静。

"这在被窝里让咱们抓了个现行，她嘴再硬，也不能不承认。"这是洪大的声音。

"依我说，队长心太软。"这是二柱娘的声音，"把那对狗男女光着身子绑在树上，先冻他俩一夜。第二天再让全村的人看。小芹娘不羞得跳河才怪哩！"

"唉，咱不能那么做！"这是我妈的声音。妈说："咱抓他们偷偷摸摸做贼是为啥？是为了让小芹娘别和咱三心二意，带着孩子好好过日子。要是羞她，她跳了河，咱几个姐妹怎么对得起小芹和她兄弟那两个孩子，怎么对得起小芹死去的爹？！"

"可是就这样不惩罚他们就放了，村里人知道了，那，那是什么影响啊？"小巧不服气地说，"再说了，咱们不是白忙活。"

"最起码让她知道自己做错了！"我妈说，"这个姓侯的不能再待在咱沈家塘了。"

"他是吃公家粮的，咱能怎么他？"二柱娘说，"你又不让打他骂他，怕小芹娘的脸没处搁。干这种事情不是一方责任，要撕破脸皮，两个人一个不能饶！"

我的心怦怦跳得很厉害。

漆黑的锅屋里沉寂了好大一会儿，我才听见我妈坚定地说："反正得把姓侯的赶走！他留在沈家塘就是个祸害！"

第二天，我妈带几个女人到公社告了侯经理一状。公社此时也不敢惹沈家塘的一群寡妇，只好同意撤了侯经理的职。公社供销社派不出人来，说是一听来沈家塘都害怕。撤了在沈家塘的点吧，县供销社不同意。他们最后提了个方案，让村里安排一个人。我妈和小巧考虑到福大媳妇要照顾老人孩子，下地干活不方便，就推荐福大媳妇接替侯经理管起了"双代店"。

那些日子，我妈为了稳住沈家塘寡妇们的心思，真是费尽了心思。这是沈家塘特殊环境里的一段特殊的日子。真难为了这些失了男人的女人们。

第五章

一

春天悄悄来到山沟里。我有一种体会，山里的春天，是被好奇的孩子们用好奇的目光发现的。

那是个星期天，妈一早就喊人到南山白芋沟去了。自入了旧历二月，地里的活就多了起来，母亲们开始忙碌了。很多过去是男人们干的活，现在也都落在了她们的身上。

我刚做好早饭，正在给妹妹穿衣服。弟弟风风火火地跑了进来，手中举着一根小草，惊喜地说："姐，你看，河边的草都绿了。"

我很兴奋。是啊，春天来了！春天是一首令人激动的诗。春天里，学校要组织小朋友去踏青；要去烈士墓前过队日；春天，满山遍野是红的花，黄的花，绿的树，绿的草；春天的阳光暖融融的；春天的小河也活泼……

正在这时，我妈回来了。

看到弟弟手里的青草，妈好像发现了新大陆，盯着看了老大会儿，突然，她转向我，亲热地问道："丫头，春天到了吗？"

我点了点头。

妈眼睛一亮，脸上也泛起了红光，一手抱着弟弟，一手抱着妹妹，兴高采烈地说："丫头，春天一到，咱们的日子就暖和了。脱了棉袄，有奔头了！"

其实，春天给我们带来的，并不都是美好。现在妈面前难题就来了：队里没有收入，欠了几百元的账，急需购山白芋秧拿不出钱来。

在我们山里，山白芋不仅是主产品也是我们一村人一年的主食。春白芋能否取得好收成，关系到一年的饥饱和夏白芋的收成。可是，我们村里没有育秧田。过去，这些事儿根本用不到女人操心。可眼下不光要她们操心，而且每一件事还要具体去落实。没有山白芋秧，不能及时插秧，会直接影响到今年的收成。到哪儿去弄钱呢？村里的女人犯了愁，而最愁的自然还是我妈。她那几天整个人就像霜打过的茄子秧，没有精气神儿。一提这事就怪我爸当队长没给社员积攒点家底。

我妈这个人平时是个"马大哈"，可干起事来却十分认真，心里一点儿事也搁不下。这几天，妈脸上就找不到一丝儿喜色，话也懒得说，饭也吃不下。我虽然知道因什么事着急，也懂得妈需要安慰，但不知如何安慰她才好。

"妈，您吃点饭吧！"我恳求着说。

妈向我点了点头，勉强拿起碗里一块煮山芋，刚要吃，不知想到什么，又放到碗里。

我替妈难过得差点儿掉下泪来。

正在这时，瞎太太来了。我赶忙搬了个板凳让瞎太太坐。瞎太太抚摸着我的头脸，夸赞说："丫头越来越懂事了，看你母亲的饭凉了吗？给你妈盛碗热饭去！也给我来一碗。"

我应着声进了锅屋，帮妈和瞎太太各盛了碗热饭。瞎太太说："丫头娘，吃饭。你要不吃，我也吃不下了。你想把老太婆饿死呀！"

妈这才端起碗，可只是扒了一口饭，又把碗撂下了，愁眉不展地说："大奶奶，季节不等人。这山白芋秧怎么办呢？"

瞎太太说："别急，船到桥头自然直。你先把饭吃了，我保准让你满意。你是当队长的，是头儿，也就是领大家过日子的主儿。你要是身子垮了，就是有山白芋秧又有什么用？用谁挑头哇，听我的话，先把饭吃了。"

妈无可奈何，长长地出了一口气，端起饭，三下两下扒了个精光，把碗一推，抹了下嘴，就急不可待地问道："大奶奶，你说吧，有什么好法子？"

瞎太太也已经吃完了饭。她的手在衣袋里摸索了半天，摸出一个包，往桌子上一放，然后掏出旱烟袋抽起来。

我妈急忙打开了包，一片金碧辉煌映亮了她的眼睛。我也从来没见过那些东西，那是金戒指、金耳环等珍贵的首饰。

"大奶奶，你这是哪儿来的？"我妈十分惊奇，她的手颤抖着，翻来覆去地看着手里的东西。

瞎太太有些不高兴，说："怎么，你大奶奶瞎着两只眼，还能去偷人家怎么的？就是偷也偷不来这些东西。我不是说小你，像你这个年纪的，这些东西可能只听说过，恐怕没见过吧？"

我妈说："大奶奶，这些东西一定是您老人家一生积下的珍宝，说什么也不能用您的。"

瞎太太说："我都土埋了脖子的人了，还能有几天蹦跶，留这些东西也没什么用。你找个人带出去卖了，钱用来买白芋秧子。我估摸着，这些钱买山芋秧子恐怕用不完，剩下的就存在队上吧。我没别的要求，福大不在了，等我死的时候，只求你们给我买口棺材，让我有个容身的地方就行了。"

两行泪珠从我妈的眼里蹦了出来。

瞎太太叹了口气又说："老韩要不是被人家害了一把，也许能帮帮咱。唉……"

"大奶奶，这万万使不得！"我妈说着，把那几件东西包起来，硬往瞎太太手里塞。

瞎太太生气了，磕了磕烟锅，忽地站起来，说："丫头娘，你要真不要，我就把它们都扔河里去。你是队长，要为咱沈家塘老老小小这百口子人吃饭着想，不要老顾及我一个老婆子，再说，我老婆子要它们真没什么用。"

我妈小心地问："福大媳妇她……"

瞎太太说："我和她说过了，那孩子懂事。她说，人要活不下去，再贵重的东西和坷垃头有啥区别。我原想让她出去一趟，把这事办了。她说还是给队长吧。"

我妈只好含泪接过了瞎太太的小包。

让谁出山进城去办这件事呢？我妈和瞎太太商量了半天。最后，妈说："'野兔子'请假，说是到城里看一个亲戚。要不，就让她把这事办了？"瞎太太扑哧扑哧抽了几口烟，想了想，点了点头。

然而，妈没想到，这件事引起了一场风波。

二

我记得"野兔子"是被公安局的吉普车带回来的。

在我们沈家塘，别说像我那么大的孩子，就是大人也没几个见过吉普车。车顶上有一个红色的灯不停地转。几名穿着白色警服，佩带红色领章的公安威风凛凛。车子一进村，先是我们这些孩子纷纷围了上去，后来大人们也都围了上来。

"野兔子"垂头丧气从车上下来，一看见我妈，"哇"的一声哭了，埋怨地说："队长，你害得我好苦。这种事你们都不去，为啥偏让我去？害得我蹲了两天大牢……呜呜……"

我妈当时很吃惊，一时不知发生了什么事。那两天不见"野兔子"回来，我妈还挺着急。毕竟她带走的那几件值钱东西是我妈亲手交给她的。小巧曾疑惑地说："'野兔子'不会是把东西卖了，钱自己拿着，不再回来了。她没孩子，家里光景比咱好，但也没多少值钱的……"我妈摇头。妈认为"野兔子"不会这么干。她对小巧说："'野兔子'生活作风是不干净，但手脚还干净。再说，她能走到哪儿去？沈家塘缺这笔救命钱她不是不知道。她真要私吞了，不怕咱追到天涯海角把她撕成八瓣？！"

"野兔子"在公安局已经交代过了，所以公安一到就开始问我妈那几件珍贵的东西从哪儿弄来的。我妈这才预感到可能要出麻烦，坚持说那是自己的东西，是出嫁时娘家陪送的。她当时是想，不管出什么事，不能牵扯了瞎太太。公安听了直摇头，其中一个老公安对我妈说："我们到你娘家调查过了，你娘家那地不比你们这富裕。你娘说这辈子都没戴过这些东西。"我妈的脸一下子红到脖子根，两眼干瞪着，好大会儿没说话。

老公安盯着我妈看了一会儿，笑了笑说："我看你就别藏着掖着，实话实说吧。说清楚了，没事。"

我妈没吭声。

正巧福大媳妇也在人群中，她知道这件事的来龙去脉，就匆匆跑回家去告诉了瞎太太。瞎太太让福大媳妇回来，叫那几个公安去她家说话。一个年轻的女公安急了，红着脸说："她谁呀，这么大架子，让我们去拜她！信不信我把她给铐来？"老公安摆摆手制止了她，问我妈："是不是那个双目失明的大奶奶？"我妈一愣，忙说："不是，不是。你见过的那个大奶奶早就……"她又不想咒瞎太太，说了一半的话，就装出一副十分难过的样子，没有往下说。老公安说："我十几年前被抽调'三夏'工作队，到你们沈家塘来过。大奶奶那时身体很壮实，说话、做事很利索。"说完，让我妈带他和女公安去瞎太太家。我妈犹豫了一会，最后还是下了决心，喊上小巧、福大媳妇，带着那两个公安去了瞎太太家。

他们一动身，二柱娘和洪大向大伙招了招手，大伙呼啦啦都跟在了我妈她们后边。我妈她们进了瞎太太家，大伙就在门外等着。大伙都有一个共同心愿：天塌下来大伙顶着，不能给瞎太太找麻烦。

三

洪大脾气急躁，当着大伙的面向"野兔子"发火："看看，队长信任你，让你出去办事。你倒好，事没办成，把公安引来了。你给大伙说说，你怎么招惹的他们？"

"野兔子"好像受了莫大委屈，一把鼻涕一把泪地诉说起她在城里的遭遇，免不了又是添枝加叶。但大家从她的话中多少知道了一些公安局来此的原因。她说公安局的说了，那几件东西是老件，只有过去大富大贵人家里才有。咱村有这东西十有八成是偷来的。抓住了，不杀头也得关一辈子。

"放你娘个屁，大奶奶那样子能去偷东西？"小芹娘骂"野兔子"，"还不知你告的什么黑状呢！"

"野兔子"拍着胸脯说："咱们村眼下这个样子我又不是不知道。我想把心扒出来，能把咱村的事办好都行。我还能干那缺德的事嘛！"

"大奶奶来咱村有几十年了，从来没出过村，再说她眼睛看不见，怎么还能去偷？兴许是公安局里的人瞎疑乎吧！""野兔子"的婆婆七奶奶说。

"瞎太太是为了咱们村，把自己珍贵的东西拿出来。咱不能让他们给大太太泼脏水。什么公安局母安局的，只要动大太太一根指头，咱们和他们拼了！"洪大手里拎着个粪耙子，做出一副随时准备拼命的架势。

"不过，那几样东西很值钱。瞎太太怎么会有呢？"有人低声议论。

"是呀，一般人家弄不起这玩意。再说，那玩意儿都是男人给自己媳妇的。大奶奶是讨饭来咱村的，又没有……"

就在人们胡乱猜疑的时候，瞎太太家的门打开了。福大媳妇哭得眼圈都红了。我妈、小巧也悄悄地抹眼泪。瞎太太却神态坦然，仿佛没发生过什么事。不过，从她迟疑的脚步看，她是在竭力克制着内心的颤抖。

那两个公安在瞎太太门前的台阶上站住了。老公安神情有些茫然。女公安两眼在人群中扫视了一遍，严厉地说："沈家塘的社员同志们，向大家宣布一件大事。咱们这个沈家塘村，还留着一个阶级敌人的后代，按照成分划分，应该说是个大地主，漏网的大地主！"

听到这一宣布，瞎太太脸上掠过一丝阴云，两手扶着门框才没有倒下。

福大媳妇却号啕大哭。

我看见妈也惊得目瞪口呆。大伙一个个都被这突如其来的事情弄得晕头转向。

女公安大声说："现在我宣布，对这个漏划的大地主实行管制，由大队生产队负责！这个大地主的东西没收！"

这一下子，人群像炸了营，乱嚷嚷地吵开了。只见二柱娘三步并作两步蹦到台阶上，指着那个女公安骂道："你满嘴喷粪放臭屁。哪个是漏划大地主，你拿出文件给俺看看！"

我妈也不示弱，走到台阶上手指着那个女公安的鼻梁，反驳说："你刚才怎么说的。听了老奶奶一席话，才知道老奶奶也是个受过苦的人。怎么一转眼就翻了个子。告诉你，你这话说了没屁用！"

人群也叫喊起来。

女公安瞪大眼睛，大喝一声："你们想造反了呀！造反也不看看对象，老子可是无产阶级专政！"

"把东西留下来！"我妈说着伸手去夺女公安手中的包。二柱娘也扑了上去。

女公安突然从腰里拔出枪，举过头顶，对着天空："砰砰"开了两枪。我是第一次听到枪声，看到黑洞洞的枪口冒着一缕青烟，吓得哭出了声。

人群一下子安静下来。

女公安借机发挥，摆出一副趾高气扬的架势，训斥道："你们这个沈家塘，就是天高皇帝远，不抓阶级斗争，隐藏着阶级敌人都认不清，你们不抓，倒有胆对无产阶级专政进攻。再这样下去，你们不光是死了男人，还……"她知道说走了嘴，赶忙走下台阶，想溜走。二柱娘突然扑过去，抱住了她的两条腿，喊道："打这个坏蛋，打呀！"

这时候，和女公安面对面的是我妈和小巧。她们没有闪开，只见妈镇定地解开了衣扣，脱下了夹袄，赤裸着上身，两只奶子像两只茄子不住摆动着。接着，小巧也脱了，二柱娘也脱了……我永远也忘不了那个场面。在女公安的面前，出现一道血肉的墙。

女公安脸上的汗珠直往下掉，拿枪的手在颤抖，拎包的手也在颤抖，二柱娘乘机一把夺过了她手里的包。她用求救的目光看着老公安。老公安一句话也没说，忙把她护下台阶。

这时候瞎太太说话了："大伙别闹了，听人家上级的，我是个漏划的大地主。今后，我老老实实服从大伙的管制。你们快让开，让上级的同志走吧！"说着，她摸索着进了屋。过了一会，拿了块白布走出来，挂在门前的钉子上。

那年月天天讲阶级斗争，地、富、反、坏、右的家门口，都要挂一面三色形小白旗，大伙一看瞎太太给自己挂了一面白旗，更加不满了。小巧上前就要扯那块白布，被瞎太太挡住了。突然，瞎太太两腿一弯，跪倒在地上，恳切地说："大伙别为我一家，违背了上级批示，耽误了农活。我老太婆担当不起。我在这里求大伙了！"

"大奶奶！"

"大太太！"

人群发出一片哭声，也都纷纷跪了下来。

老公安乘机拉着那个女公安匆匆走出人群。

人们没有理睬公安局的吉普车是什么时候开走的。瞎太太让大伙起来，她自己也站了起来，第一句话就是："快点儿让人再进城去，山白芋秧不能再等了。"

这次是妈和小巧一起进的城。

那天晚上，瞎太太、二柱娘、洪大都到我家来了，来陪我们几个暂时没有母亲的孩子，我们丝毫没有孤独感。

到了后半夜，我听到外边有声音，赶忙爬了起来，仔细一听，原来是细雨的呻吟。我心里很不安生。妈和小巧这会儿在哪儿呢？妈吃饭了吗？妈冷吗？我真想现在就看到妈。弟弟被尿憋醒，哭着要妈妈。我急了，也跟着哭。我们姐弟俩这一闹，惊醒了半个村子。

妈是第二天下午回来的。当时，还下着毛毛雨。

妈进屋时一头一脸一身都是泥水，头发披散着盖住了半张脸，还在向下落水，而且左边的脸上还红肿了一块，妈赤着脚，两只沾满了山地的红泥巴，已面目全非的鞋子拿在手里。她一进门，"扑通"一声坐在地上。

"妈！"我认出了妈，扑了过去。弟弟也哭着扑到母亲的怀里。我当时恨弟弟太不懂事，他只知道需要妈妈，却不懂得疲惫不堪的妈妈需要休息。

要知道，妈那时是一宿未睡，三顿没吃饭了。

听说妈回来了，村里人都来看她。一见妈那副模样，不用问也知道受了不少的苦，不少人都掉了泪。

妈见到了我、弟弟和妹妹，好像心里踏实了些。她站起来，对大伙说："山白芋秧运来了，在山口放着。老天爷这回睁了眼，给咱下雨助力，不用到井里塘里担水插秧了。走吧，趁这个天气，咱们抓紧插秧。"

大伙走了，妈也要走。她拿了一块硬得像冰棒一样的窝头，啃了几口，又舀了一瓢凉水，咕嘟咕嘟一气喝了下去，然后就消失在春雨中。

后来我听说，怕瞎太太贡献出来的那几件宝贝再出什么岔子，我妈和小巧没敢去国营的收购部，是托小巧的表姐夫私下低价转卖了，价钱刚好够买几十亩地的山白芋秧子。而小巧的表姐夫却从中赚了比这多几倍的钱。再后来我听说，那个老公安回去后与那个女公安在会上闹翻了。他据理力争，说东西是人家那个老奶奶自己的，公家没收没道理。再说，沈家塘眼下缺钱用，老奶奶无私奉献有什么错？县公安局采纳了老公安的意见，没再找沈家塘的麻烦。

后来，我和小芹在县城上高中，学校里的校工就是那个女公安。她因为在"文革"中当过造反派的小头目，参与制造了几起冤假错案，"文革"后被开除了公职。她每次看见我和小芹，远远地就躲开。小芹说："人在得意的时候别太猖狂。"我回家给妈说了，妈沉默了一会，叹了口气。那年山芋下来，我妈还让我给那个女公安带了一小口袋送给她。她接到后，眼泪吧嗒吧嗒地掉，抽泣着说："那时候我就有一个预感，沈家塘的天塌不下来！"

第六章

一

转眼间，清明节就要到了。那年清明节对我们沈家塘来说，又是一个悲痛的日子。

在那之前的七八天，妈就一直陷入忧虑之中。

"咱们得向上级提个要求，把死鬼们的骨头运回来，不能人死了连个窝也没有。"那天早上开队委会时，二柱娘先提到了这件事。

当时的队委会有五个人，我妈，二柱娘，小巧，福大媳妇，洪大。原来是六个人，因为瞎太太遇到那件事后，自己就要求不干了。

我妈也是赞成的。不过，她又说了一句："这事得问问大奶奶行不行！"

那时候，虽然我妈是队长，但什么事都要找瞎太太商量。瞎太太点头的事，我妈才办，瞎太太不点头，任凭谁说，我妈都不会办的。用句"垂帘听政"形容那时的瞎太太，一点也不过分。

其实，我妈那年还不到 30 岁。她是 17 岁上嫁给我爸的。在我之前，还生了个女儿，不过没过三个月就有病死了。我是妈 19 岁那年冬天生的，所以满打满算，妈那年是 27 岁，虽然有一股子闯劲，毕竟经验并不足，考虑问题也不全面。她依赖瞎太太拿大主意是顺理成章的。

洪大说："这事问大奶奶，大奶奶也会同意的。她也不是不想福大；做梦都想把福大接回来。咱要再不办这事，人心都要散了。"

我妈说："是呀，把那些死鬼请回来，也能给这些娘们壮壮胆，也有个寄托，少做噩梦。不过眼下正在忙头上，我担心再折腾几天，耽误地里的活儿。"

弟弟听了她们的话，高兴地又蹦又跳，问我："爸要回来了吗？"

我点了点头，眼泪却在眼眶里打转。

说起来也可怜，我爸和全村大多数涵洞塌方死去的男人连张照片也没留下。村里没有照相的，而爸和他的父老乡亲中竟然有很多人没进过城。我记得有一次爸进县城开会，回来后接连好多天见人就说县城的稀奇，俨然成了我们这个山沟一个见过大世面的人。他竟然拾了半书包避孕套回来，说是气球，还骂城里的孩子"洋眼"，好几天，村里的孩子人人吹那玩意儿，我也吹破了好几只。

"县里的头头还和我们一起合了影！"爸夸耀说，"咱是贫协会员，大家看得起。"

妈问："你自己也没照张相？"

爸说："照个屁，你瞧咱这熊样是进照相机的人吗？当时，我吓坏了，那小玩意能装这么多人，还不都挤扁头。照过相，我先摸头，嘻，还在！"

我上大学以后，出于对爸的怀念，也是妈病重时的再三要求，我找到县里，"贫协"已经撤了，但人家还存着一张合影照。我在那一片人头中，认不出爸爸，就带回家，母亲的眼睛趴在照片上找了好几遍，才在角落里找到爸的脑袋。妈说："这就是你爸！"

我当时差点哭出了声。

瞎太太果然支持我妈她们的意见。不过，瞎太太也同意母亲的另一种意见，就是暂不要大张旗鼓地进行，以免分散人心，影响农活。先派几个人去办这事，等落实后再向大伙公布。

我妈又召开了一次队委会。经过协商，让小巧和洪大作为代表去经办这件事。

可是，洪大和小巧还未去，村里就都知道了这件事。于是，村里又像开了锅的水沸腾了。

这天早上，我家正在吃饭，小芹娘和一群妇女吵吵嚷嚷拥了进来，把我家的小院挤得风雨不透。

"队长，为什么不让俺们去接人？"小芹娘首先发问，咄咄逼人地说，"你们是不是想偷偷摸摸把你们几家的亲人接来，把俺们的亲人都丢在那儿喂狗？"

我妈瞪了她一眼，没有吭声。

"是呀，你们当干部的想男人，俺们当社员的就不想了吗？你们的男人是人，俺们的男人就不是人吗？""野兔子"说，"俺男人生前好歹也是沈家塘最大的官。"

"要接大家都接，要不接都不接，你们别想占便宜！"

"你们当干部的占多大块地，我们也都得占多大块。"

人说三个女人一台戏，那十几个女人，唾沫乱飞，你一言，我一语，差点要闹个天昏地暗。

我妈正是血气方刚的年纪，怎能容得别人污蔑。她开始是强忍着不理，但后来确实忍不住了，"砰"的一声把饭碗扣在桌上，忽地站了起来，骂道："你们人多是狗仗人势怎么的？姑奶奶什么时候变得你们说的这么坏？谁告诉你们不接你们的男人、亲人了？我当这个队长图个啥？行好不落好，还反倒落人骂。姑奶奶从今个起不干了。"

我妈说罢，钻进屋子，朝床上一躺。见我进去，妈流着泪说："丫头，妈从今个起不当那个熊队长了。天天多受苦多受罪不说，还没人理解。你爸活着的时候，最反对我当干部，说女人当干部事多。现在说再好，我也不干了……"

其实，我心里也巴不得妈不当这个队长。上学，我经常迟到，因为走得比别人晚。妈早上起来就上山或下湖，我在家又要做饭又要带弟弟妹妹。有好几次我到校时，学校已上了一节课。老师知道我妈是队长，事情忙，很多家务事是我做，所以也不批评我，我自己心里不好过，特别怕耽误学习，退步。放学后，我就拼命往家赶，回到家好干家务。虽然别人的母亲很忙，但我母亲比别人的母亲更忙。妈收工又没个准，有时回来得早，有时回来得很晚，就是饭做好，我们也等她回来吃，经常是热了一遍又一遍。

那些围在我家院里的女人见我妈动了真格的，又尴尬又难堪，灰溜溜地走了。

正要外出的小巧和洪大，听说妈要撂挑子，一起来到我们家。

"你们来说也没有用。我已经下了决心，无论谁说，我也不干这个队长啦！"

"你不干谁干？你不干俺也不干，再干是龟孙！"洪大是个急性子，说话也直来直去，大伙背地都叫她"大炮"，我妈之所以选她当队委，也与她的脾气有关系。在我们村里，洪大是出了名的"臭头"，别说女人，就是男人们也怕她三分。

小巧虽然年纪轻，但读过书，有文化，处事比我妈和洪大冷静。她笑着劝慰我妈说："不干就不干呗，犯不着生气。生气害自己，又伤脑筋又伤肝肺，咱才不犯傻呢！"

我妈坐起来，委屈地流着泪说："咱哪点对不起沈家塘了？看看，什么罪孽都落在咱身上了。我就想不通，为什么老是有人把咱想得那么坏。其实，咱干啥事不是为了大家好？"

小巧说："是呀，现在人心也不知怎么搞得这么散，这么乱。大婶你的心思我们还不知道吗？你做事都是为了大伙。大伙都理解，就是有几个人总瞎闹！我看她们也可能是想当队长。"

"她们要当队长，还不定把沈家塘摆弄得啥模样呢！"我妈愤愤地说，"不是吹牛皮，让小芹娘来当一天队长试试，她一天也干不了！"

"是呀！要是让她们干，咱沈家塘的老少爷们娘们连西北风也喝不上！"小巧说，"大婶子，你想让她们干吗？"

"我……"我妈一时语塞，答不上来了。

这时，瞎太太带着小芹娘等几个人来了。小芹娘她们好像并不十分情愿，是被瞎太太赶来的。瞎太太用手里的竹竿拐杖指着她们，厉声说："还不快给队长赔礼道歉！"

"队长，我，我们……"小芹娘结结巴巴，好大会儿也说不成一句话，"我们对不住你。你是当队长的，就别跟俺们一般见识了。"

瞎太太说："咱沈家塘的女人，眼下活得够难的了。你们再不争气，天天吵吵闹闹个没完没了，还不是自己给自己罪受？"

小芹娘和其他几个女人都低下了头。她们的脸上虽已有悔恨、自责，但也还有几分不满和怨气。人与人之间，本来就不是能轻易低头的。

我妈的气消了些，想到还有正经事要办，于是打发小芹娘几个走后，就催小巧和洪大赶快上路了。

二

不知为什么，二柱哥这些天总爱朝"双代店"跑，我上学来回的路上，几次看见他在店里，不是和福大媳妇说话，就是帮助福大媳妇干些活儿。我还注意到，每到这时候，二狗子就会带着他的两条狗在"双代店"附近转来转去，嘴里还不住地哼着我听不懂的小调。

"丫头，你妈又去坟地了吗？"今天，我放学经过"双代店"的时候，福大媳妇大声问我，"洪大家的回来了吗？"

我摇了摇头。

福大媳妇不再理我，和二柱又说起来了。

"二柱，我明天想去山外进点货，你跟我去吧？"

"得跟我妈和队长说一声。"

"说啥，半天工夫就回来了。"

"那队长不会给我记工分的。"

"不记工分就不要呗！我给你钱作补助。一个工分才几分钱？我给你的脚力钱，够你挣一个月工分的。"

"行，我跟你去！"二柱高兴了。

回到家里，我把这事向妈说了。妈沉吟一会儿，叹口气说："眼下没人给她帮助，只有二柱了。"

我妈自洪大和小巧走后，就搀着瞎太太爬东山，上南坡去选坟地。那时候我还不懂，人死了找个地方就行了呗，怎么还要东跑西跑费那么大工夫选地呢？长大了才知道，选坟地是件了不起的事，而且还很有学问。什么身份的人，多大年龄死的，是男是女，生辰八字，身子应当怎么个躺法，都是很有讲究的。涵洞塌方，沈家塘有几十个壮男人身亡，几乎牵扯到家家户户，如果一家的坟地选得不理想，就会闹出一场乱子。一闹乱子，沈家塘的人心受影响，生产受影响。直到今天，我们家乡在选坟这件事上还十分讲究，有的人家还花钱请来风水先生看坟地，比造一栋房子还要麻烦得多。

自我爸死后，我妈与我的话多起来。虽然我还是个孩子，但毕竟是个大孩子了，能和妈说上话。妈呢，心里有话就想找个人说，倾吐一下内心的苦闷和孤独，我就是她倾吐的对象，这对她来说也是一种安慰。

"这回给你爸找的地方不知他满意不满意。"妈说，"我以后也要和他一起在这个地方的。他满意，我就没啥子不满意的。就像当初嫁给他，我也没嫌他这三间茅草屋。"

妈虽然没哭，但神情是忧郁的，仿佛她自己已到了病入膏肓的地步。

过了一会儿，妈又说："我寻思着，不管能不能把整个儿接回来，也得给他做身新衣服。我已经叫福大媳妇帮着扯布去了。你爸喜欢穿中山装，说那是干部穿的，山外的干部都有一套。我从没给他做过。以后，他想穿也穿不上了。这回，我就给他做身中山装，让他穿着中山装上路。"

别看我年龄小，经不住妈天天和我叨唠，也学会了几句讨妈欢心的话，于是，我对妈说："妈，我爸会高兴的！"

妈点了点头。

这天夜里，我在梦中被说话声惊醒，睁眼一看，屋子里亮着灯，是洪大、小巧在说话。

洪大："丫头娘，这事真不好办。我俩都到那个地方看了，洞塌方，就像山断了腰一样，要扒出人来，难呀！"说话的声音带着哭腔。

小巧："是呀，我们也找当地的人问了。他们说要想扒出来，还得像当初掏山洞那么大的工程。咱们哪有这个力量呀！我和洪大也没主张，想回来和你商量，可是又怕见到村里人再说三道四引出麻烦，就在山口蹲到天黑才进村来的。大婶，你看怎么办？"

我的腿被人抓了一下，疼得差点叫出声。这是母亲的习惯。她每逢遇到难题，找不到答案时，就爱用手抓东西，而且是碰到什么抓什么。有一回，她抱着弟弟和别人说话，一急之下，把弟弟的肚皮上抓出了几道血痕，疼得弟弟哭闹了半天。过了好久，妈才说："问问大奶奶去吧！"

小巧说："现在不能去大太太家，福大媳妇还在家里呢。要让她听到了，一哭一闹，全村人还不都知道了。"

我妈说："那咋办呢？还不急死人了。再过两天就是清明节，大伙要是跟着要人，咱怎么回答？"

洪大说："就是，早知这样的结果，还不如当初俺和小巧不去呢。村里人真闹起来，俺们俩这笨嘴笨舌的又说不清事。"

我妈说："这样吧，我去大奶奶家一趟，就说是问福大媳妇借个箩子。"

洪大和小巧都同意了。

那时候我们村里还没通上电，吃面要靠石磨，箩子筛。村里并不是家家都有箩子。我妈想这个点子也是顺理成章的，因为很多人家都是夜里磨面白天吃。

我妈走后，洪大和小巧又小声嘀咕了一阵。说真心话，我是很佩服小巧的。她虽然年龄不大，但遇事沉着，老练，看问题有时比我妈和洪大都透彻。那几年，我妈身边如果没有小巧，也许不知要多遇多少解不开的难题。

妈很久才回来，显得很高兴，因为我从母亲的声音中听出她很轻松。

"大奶奶说了，如果是这样，不如你们在山外买好两口棺材，拣一些骨头放里边。反正大伙都明白，人压在石头底下，是不会有个人模人样回来的。骨头也不分了，都埋在一起吧，在南山上修个土坟，立块大碑，请人把咱村死去的男人的名字都刻上去。大奶奶说，这就叫……"妈一时没想起来那话是怎么说的。

洪大说："这能行吗？都不是一家，不一个姓，再说，辈数也相差几代。"

小巧说："不这样做也没办法了。百家坟也算是有个寄托了。他们活着在一个村，在工地时还一锅抹勺子，现在死了还住在一个地方，也能说过去。"

我妈说："大奶奶就这个意思。"

洪大说："也只有这样了，我们啥时再走？"

我妈说："最好趁这个时候走，大伙还不知道。明天，我先开个社员会，让大奶奶给社员吹吹风，有个准备。"

小巧说："这样也好，不过，富贵那孩子这两天不知怎么吃的睡的？"

我妈说："这你放心吧，他不会受委屈的。我看不如把这孩子正儿八经过继给你算了。"

小巧说："我怕大伙说我……"

洪大说："怕啥？你还怕富贵不认你这个妈？不会的。这孩子虽然人还小，蛮懂事了。他长大会孝顺你的。"

小巧叹了口气。

她们又说了一会儿，洪大和小巧就连夜上路了。

三

清明节的头天夜里下了雨，是春天常见的那种雨，不大不小，不紧不慢，有几分凄凉和忧郁。因为今天要迎灵，黎明开始，全村又陷入极度的悲痛之中，啼哭声也此起彼落。家家户户门前都重又搭起了灵棚，男女老少都穿上了孝褂，戴上孝帽，稍宽绰的人家，还穿起了孝袍。

昨天晚上，妈召开了一次社员会。会上，妈拐弯抹角地把建"百家坟"的意思透露出来。瞎太太、二柱娘也跟着敲边鼓，大伙还是有一半能想通，有一半想不通，吵到半夜也没个结果。因为大多数人家都为死去的亲人准备好了新衣、新鞋或其他陪葬的礼品。再说，这毕竟是件新事，新事不是能一下子被所有的人接受的。我妈感到满意的是还有一半以上的人支持。总算勉强地让大伙都同意了，不过，暗中骂我妈的人还是有的。

散了会，妈回到家又忙了一个通宵，给她自己和我们姐弟三人每人缝了一顶白孝帽，一双白鞋做新鞋是来不及了，也没有那么多钱，妈就用我们的旧鞋蒙上一层白布，既省工又省钱。

吃罢早饭，全村人都拥到山口去迎灵。有的打着伞，有的披着雨衣，更多的人是什么遮挡也没有，就那样在雨中站着。

半晌午的时候，远处出现了一辆平板车。人们骚动起来。随着平板车走近，大伙看清车上有一口棺材，还飘着白幡。于是，人们不约而同地跪倒在地上，哭声惊天动地。

平板车走近了。这是公社安排附近村出的一趟"公差"。尽管昨天晚上开过会，人们还是不能理智地控制自己，争先恐后地扑上去，把平板车围住了。

"洪大，怎么只有一口棺材，俺家小玉她爸呢？"

"小巧，你们是不是只把你们两家人接回来了，把俺们的人丢那儿喂狗？"

"我的男人呢，怎么没回来？"

小巧流着泪，把和我妈商量好的，还有她和洪大精心编造的一套话说了一遍："……他们都压在山底下，费了好大的劲，才扒出一堆骨头。所以，所以，也不好再分你家我家，反正都是咱沈家塘的爷们儿……"

人们疯狂了。

"不行，把那山炸平也得把咱的亲人接回来。他们的魂儿不能丢在那儿！"

"对，不能再耽误了。再耽误恐怕骨头都要沤成灰了。那些当官儿的没有爹没有哥没有男人吗？要是他们的亲人压在山底下，他们能不管不问吗？"

"没有个家，今后俺死了到哪儿和他们合葬去。生着把俺和他分开，死了也不让俺们在一起吗？不行，俺要男人！"

"走，咱自己找去，把山挖平也得找到咱们的亲人！找不到就死在那里！"

在这群已经失去理智变得疯狂的人们面前，任何语言都将是苍白无力的。我妈突然推开小巧请来的拉车人，自己拉起车子，毅然向村里走去。

身后人们的哭声更响了。但是大多数人跟在了灵车后边。有几个发了疯似的女人看到没有多少人响应她们，跑了一截地，也跟着走了回来。

那口棺材停放在村场上。于是，村场上又重新搭起了一个大灵棚。女人们带着孩子，轮流到棺材前哭。哭声恸地，纸灰蔽天，人世间的悲痛仿佛此时此刻被表现得淋漓尽致。

这天晚上，我和弟弟妹妹跟着妈在场上的灵棚下守灵。

我是第一次守灵，但在记忆中留下的是一片空白。记忆是不应该有空白的，但那次的确只给我留下了空白。

村场上的守灵持续了一个星期。

安葬的前一天，村里出动了全部劳力，在南山上用了整整一天的时间，挖了一个大坑，但要埋的，只有一口棺材。

安葬的情景令我至今难以忘怀，那场面、那气氛是我今生今世不可能再见到的。尽管每个民族都有自己的风俗，但是我却固执地相信，那个场面是绝无仅有的，真的。

棺材落下坑以后，人们的悲痛到了极点。连我一向认为最有耐性和克制力的瞎太太，也扔了她的长竹竿拐杖和烟袋杆。人们排成一个长队，围着那个大坑向里边撒土，用我们当地的话说叫圆坟。人们哭着、走着，不时有人磕倒……当棺材被土掩埋以后，很多人都躺在地上发疯似的号叫。此时他们都虔诚地相信，那棺材里就是他们的亲人。接着，人们开始把准备好的衣服、鞋袜、礼品向坑里扔。

当坟垒起来以后，人们都围着它跪倒了。妈把弟弟扯了过来，"跪下，给你爸磕个头！"此时妈对弟弟的严厉，我以前没见过，以后也再没见过。

接着，就是插孝棍。村里家家户户都做了孝棍，我弟弟拉了一根棍。那些还小、不能出门的孩子，都是用托盘端着来的。

　　人们都给自己的孝棍做了记号，这时，大家出乎意料地有秩序。他们心里都有着一个悲壮的憧憬。

　　十多年过去了，那些柳木孝棍有的的确长大了，比人还高了，有的却再也没有长出地面。我记得去年清明和弟弟一起去扫墓时，他还找了半天，问我道："姐，哪棵是我当时的孝棍呢？"

　　我难以回答。

第七章

一

这天，村子里来了个外地男人。他是个石匠，但又不是个普通石匠。他是村里请来为"百家坟"刻碑的，不请不行。因为村里过去有石匠，现在没有了。即使有石匠，也不是每个石匠都会刻碑。事前，我妈征求过村里人的意见，大家提不出反对意见，所以就请来了。

妈把石匠安排住在二狗子叔家。"二狗子，给你找个做伴的，"我妈对二狗子说，"你好好跟人家学点技术，今后也好混碗饭。"

二狗子嘻嘻笑着，高兴得一蹦一跳地走了。

二狗子叔虽然疯了，但他是个"文疯子"，不闹事，不腌臜，一般情况下不发疯，和正常人一样，所以村里人并不讨嫌他。只是他什么事也不干，终日带着"小黑"和"小花"在村里逛，神气活现的俨然成了沈家塘的巡逻兵。

"小黑"和"小花"是两条狗的名字。"小黑"是只很漂亮的公狗，通身黑得没一根杂毛，它正是出力的年龄，终日精神抖擞的，每次见它，都是走在二狗子叔和"小花"前边。"小花"是只挺惹人喜爱的母狗，它可能比

"小黑"大一点，和"小黑"在一起时，总是谦让着"小黑"，从来不与"小黑"争食。它虽然总是走在二狗子叔和"小黑"后边，但一遇到动静，它就奋勇往前冲。

那个石匠姓田。第一次见面妈叫他田大哥，让我喊他田大爷。

"这，这……"田石匠脸红了，"俺还没老婆呢！"

妈也脸红了，忙改口说："丫头，喊田叔叔。"那时，我还不懂大爷和叔叔有什么区别。

这个姓田的石匠叔叔是包工，所以他开始几天是自带干粮，在二狗子家由二狗子给他做饭吃。二狗子叔有时一天不回家，有人见他在山上一躺就是大半天，不到天黑不下山。这样，田叔叔吃了上顿没下顿。后来妈知道了，做饭时就多做一个人的，让我给田叔叔送饭。妈说："人家是咱请来的客人，不能让人家饿着肚子干活。传出去了，外边人还不知怎么败坏咱沈家塘呢！"

田叔叔人很好，个子又高又壮，国字形脸上长满了络腮胡子，乍一看上去样子很凶。其实，他说话慢声细语，脸上带着笑容，胡子里也藏着微笑，可亲切了。我给他送过几次饭后，就喜欢上了他，没事就爱到他那儿去，看他用锤子把一个个方块字刻在石碑上。那是沈家塘在涵洞塌方时死亡的男人们的名字。

"丫头，你想爸爸吗？"田叔叔有一次这样问我。

我点了点头，鼻子一阵阵发酸。

田叔叔过了一会儿，又问："你妈也想你爸爸吗？"

我说："妈可想我爸了，一提我爸就掉眼泪。"

田叔叔望了我一眼，不说话了。

"田叔叔，你为啥不娶媳妇呀？"我好奇地问田叔叔，"娶媳妇生孩子不就有人喊你爸爸了吗？"

田叔叔叹了口气，说："叔叔家里穷，讨不起媳妇呀！"

我说："我家也穷，我爸怎么娶得起媳妇的？"

田叔叔笑了："你这丫头呀！那是你爸有福气，你爸你妈有缘分。"

回到家后，妈也好像在想田叔叔的事。

"你田叔叔问你什么了吗？"妈问道。

我把和田叔叔的对话告诉了妈。

妈听后，沉思了一会儿，才叹息一声说："你田叔叔也是苦命人呀！"

这几天，去二狗子家看田叔叔的女人多起来。她们都是去看丈夫和亲人的名字的，当然也有的是耐不住寂寞，去找田叔叔唠唠心思的，毕竟田叔叔是个老爷们儿，成了我们村的稀罕物。今天，我到后不久，小芹娘就到了。小芹娘还挎了个篮子，里边放着一个大黑碗，显然是送饭的。

"田大哥！"小芹娘甜甜地喊着。

"你是……"田叔叔不认识小芹娘。

小芹娘说："我是沈家塘的，队长对面的邻居。咱们见过面，只是你记不住了。那天，我给你送过我家那个死鬼的名字。"

"噢，来的人多，我这记性……"田大叔赔着笑脸道歉，"你有什么事吧？"

"哟，瞧你说的，没事就不能来看看你了吗？"小芹娘一屁股坐在石凳上，故作扭捏地说，"俺看你天天吃不着热的喝不着暖的，心里……心里不是个滋味。你一个人出门在外也够难为的，俺给你做了碗汤送来……"

田大叔说："丫头已经给我送饭来了。我是个粗人，干的粗活，吃饭也没那么多讲究。你家现在也青黄不接的，还是带回去自己喝吧。"

小芹娘一脸不高兴，嘲弄地说："田大哥，我做的饭里又没有下药，再说，你是为我们大伙儿忙的，又不是为哪一家子。"说着，她趁田叔叔不注意把汤扣在他碗里。

回到家我对妈说了这事。妈听后骂道："这个骚狐狸又忍不住了，浑身都痒。人家田老大能瞧上她那个熊样才怪呢！"

妈说完又问我一句："丫头你说呢？"

我使劲点了点头。

长大后回想那一幕，我明白了妈是在吃醋。

下午，我上学去的路上，小芹娘赶上了我。她是下湖去的，我妈早已出工走了，她却现在才走。

"丫头，学校里功课忙吗？"小芹娘没话找话地问我。

我点了点头，加快脚步想避开她，但是，她却寸步也不离我。

"丫头，你天天给田叔叔送饭，不如把田叔叔接你家吃饭，省得你跑路，也省得饭凉让田叔叔吃了肚里难受。"小芹娘的话酸溜溜的，让人听了心里不舒服。

我说："我妈说那不行！"

小芹娘问："为什么不行？"

我说："我妈说有人舌头长，喜欢说人这不好那不好，我妈说遇到这样的事说不清楚。"

小芹娘说："不怕，你田叔叔是为咱村做好事的，管他吃饭是应该的，有谁说什么？你妈不也给田叔叔送过饭吗？"

那天是因为我要喂妹妹吃饭，妈说她正巧要去瞎太太家有事，顺便把田叔叔的饭给带着。小芹娘怎么知道的呢？我很惊奇。

小芹娘开玩笑说："你妈给田叔叔送饭不怕别人说闲话吗？丫头，你妈是不是做贼心虚呀？哈哈……"

"你才做贼心虚！"我狠狠地瞪了小芹娘一眼，跑着离开了她。

小芹娘冲着我的背影大声喊道："那个田叔叔是你妈早年最要好的朋友，说不定他在沈家塘不走了，以后要当你爸呢！"

我惊呆了，也感到恐慌。到了教室，前边的两节课我几乎没听进去一个字，反复想着小芹娘的话。我不敢相信这是事实，也不愿有这样的事实。我的爸爸已经死了。田叔叔是我的好叔叔。好叔叔怎么能成爸爸呢？不过，我要是有个爸爸就好了，我妈就不会那么累了。真的，一个家庭不能没有男人，生活也不能没有男人。

回家的路上，我没有和伙伴们一起走，我怕他们拿田叔叔的事取笑我。

妈收工后，我没敢向妈说这事。但是，我有心事却被妈看出来，问道："丫头，你今天怎么了，是不是又挨老师批评了？"

我摇了摇头，反问妈说："妈，我是不是又要有爸爸了？"

妈听了，先是惊奇，继而嗔怒地打了我一个耳光，骂道："死丫头，跟谁学的这么嘴贱？说，谁让你这么说的？"

我把小芹娘的话讲给妈听了。

妈气得脸色苍白。她二话没说，拉起我就走，我被妈拉扯得踉踉跄跄，几次都差点栽倒。妈一出门就提着小芹娘的名字破口大骂。

小芹家的门紧闭着。小芹带着她的弟弟趴在门口的石桌上写作业。她弟弟见我妈那副凶狠的样子，吓得直往小芹身后躲。

"小芹，你妈呢？让她别当缩头乌龟！"我妈怒吼着，"姑奶奶我做事光明正大，问心无愧，在背后嫁祸于我的才是真正的坏娘们！有种就站出来，当面锣对面鼓说清楚。"

小芹吓得不知所措，眼睛一个劲儿看我。我用力扯了一下母亲的衣角。妈把我的手拨开，指着小芹家的门边骂边走过去，看架势她要把小芹家的门踹开。突然，我面前有个身影一闪，跃到我妈的前边，挡住了我妈。仔细一看，原来是小巧。小巧两只袖子高高挽起，好像是在井台那边洗衣服，听到我妈的吵骂声赶过来的。她对我妈说："队长，消消气。你们两家是对门的邻居，别为几句闲话撕破脸，伤了和气。"

我妈说："她自己犯贱，还往我身上泼脏水。这回我不能轻饶她！"

小巧说："那行，我去给你拿把刀来，你把她的嘴给割了喂狗！"

小巧说完转身要走，我妈一把拉住了她，长长地叹了口气。

小巧笑了。她是为自己的激将法起到了作用而得意地笑。

这天中午，我没给田叔叔送饭。

二

富贵对我比对小芹好。他不知从哪儿听说了小芹娘说我妈坏话，就把小芹骂哭了。老师把他叫到办公室狠狠地训了一顿。下午，富贵没有去学校。

我想富贵一定是挨了老师的训，心里不舒服，故意逃学。放学以后，我到地里找到妈，把这事向妈说了。妈一听十分着急，对我说："丫头，你也别回家了，去找找富贵，不然小巧会着急的！"

富贵能在哪儿呢？我边走边想。他这会儿一定不会在小巧家的。小巧也在地里，可是妈不让我问她，一问不就叫她心里着急吗？但我一个女孩子，到哪儿去找富贵呢？

我先上了南山。在坟地转了一圈，没有看见富贵，却看见了田叔叔。他一个人正在"百家坟"前站着，不知在低头想些什么。听到我的脚步声，他转过脸，脸上的神情明朗了。

田叔叔："丫头，你怎么知道我在这儿？是你妈叫你来找我的吗？"

我摇了摇头。

"那你……"田叔叔指了指"百家坟"。

我点了点头。

"丫头，你能给叔叔说说你爸爸吗？"田叔叔说。

说我爸爸？从哪说起呢？田叔叔要打听我爸爸干什么呢？可是，田叔叔的态度是诚恳的，笑容是亲切的。于是，我就向田叔叔讲起了我爸爸，我眼中的爸爸。讲他是个开朗的人，不像田叔叔那样沉默。讲他平时喜欢我，也喜欢抽烟，一天到晚烟不离手。还讲他喜欢喝酒，喝醉了就用胡茬子扎我的嫩脸皮。爸爸很威风，不管在田里干活还是在村里开会，只要他一说话，没有人敢不看他的眼睛的。讲他喜欢骂人，碰到不顺心的事就骂街。然后又讲他对妈妈有几分惧怕，但是他不喜欢妈妈，常常惹得妈妈生气去跳河……

田叔叔认真地听着，不时地点点头，或抿着嘴笑一笑。

我们一边讲着我的爸爸，一边下山去，我竟忘记了去找富贵。不知不觉走到了村场上。村场上除了几间场屋，还有饲养室。二柱哥就在饲养室里伺候几头牲口。我突然想起富贵很喜欢和二柱哥一起玩，说不定他在饲养室里。我走进饲养室，田叔叔也跟着进去了。刚一进门，就听见有人在说话，是一男一女。

"二柱，你知道我这儿长的啥吗？"女人娇滴滴的声音问。

二柱："知道，是奶子，女人都有。"

"你见过？"

"我还吃过我妈的！"

"我和你母亲的不一样。"

"啥子不一样？"

"你看看就知道了……"

田叔叔拉了我的手就向外走，说："快，我想起富贵在哪儿了！"

田叔叔是怕我冒冒失失撞进饲养室，破坏了二柱和那个女人的好事。

当时我听不出那个女人是谁，因为她说话的声音很低。我也没听明白说的是什么意思，就没把这事朝心里放。田叔叔当然是懂得的。

路过"双代店"时，我看锁了门。门上还贴了张条子，写着"今日盘点"四个字。

田叔叔把我带到二狗子家。二狗子正躺在地上，呼哧呼哧地生气，胸脯一起一伏。

"二狗子，快起来，地上凉会生病的！"田叔叔去拉二狗子。

二狗子朝田叔叔踢了一脚，自言自语地骂道："狗男狗女，狗男狗女，我要宰了他们！"

"别胡说八道了，"田叔叔说，"来，咱们来杀盘棋！"

二狗子一听，也不生气了，忙爬起来，坐在地上，摆出了一副架势。

田叔叔从他的包里拿出了象棋，摆在地上，又脱下一只鞋，垫在屁股下。我也学着田叔叔的样子，脱下鞋子垫在屁股下。

一玩起来就没完没了。二狗子叔每次都要输，而他越输越不服气。他们二人杀得天昏地暗，二狗子仍然不罢休。田叔叔几次要收棋，二狗子叔都不愿意，甚至搬了块石头放在自己脚边，说是田叔叔如果不下了，他就要砸死田叔叔。我呢，也上了瘾，恋恋不舍，直到天黑下来，棋子都看不见了，我才依依不舍地离开了二狗子家。

"富贵——"小巧在村里喊着。听那声音，就可以知道她此刻心情很着急。

我回到家里，妈劈头盖脸骂了我一顿，问我到哪儿去了。

"我，我去看田叔叔他们下棋了。"我在妈面前从来不撒谎。

妈过来拧我的耳朵，严厉地说："谁让你往那儿跑了？你难道还要妈再受别人的污辱吗？"

我感到很委屈。

妈也很难过，连饭也没吃就搂着小妹妹上床睡觉了。

不一会儿，小巧来了，一进门就哭着说："富贵这孩子到现在也没回家。我去问过别的孩子，都说富贵下午没去学校。这孩子会不会……"

妈赶忙下了床，边提鞋子边向外走，说："走吧，咱们一起去找找。"

妈和小巧走后，我上床去哄小妹妹。不过我的心里却很恐惧。我也在为富贵着急。他能到哪儿去呢？为什么到现在还不回来。他的肚子不饿吗？如果他死了，小巧会怎么样呢？其实，他又不是小巧的亲骨肉，小巧为什么要对他这么好呢？他知道小巧不是他的亲妈妈，以后能对小巧好吗？想着想着，一阵倦意向我袭来，我昏昏然进了梦乡。

我梦见了一个不可思议的场面。

一个阳光明媚的日子，村子里张灯结彩。

打扮成新郎官的富贵，穿戴一新，威风凛凛，满面春风地等待着新娘到来。

一辆披红挂花的马车驶进村街。我拉着弟弟妹妹，和小伙伴一拥而上，团团包围了马车。

新娘子在两个女人搀扶下走下车来，她的头上顶着一块红布，那块红布把她漂亮的脸蛋也遮住了。

新郎和新娘在欢快的唢呐声中拜了天地，新郎当众揭去了新娘脸上的红布。啊。新娘原来是小巧！

周围的人都目瞪口呆。

突然，天空乌云滚滚，电闪雷鸣。一个披散长发的老太婆手执一根竹竿拐杖，怒吼着从天而降，劈头盖脸向新郎新娘头上、身上投掷石块。新郎新娘叫喊一声，双双头破血流，栽倒在地上……

我醒来了。我胆战心惊地把那个可怕的梦锁在了记忆中，若干年后，当村里传说富贵要娶小巧时，我暗暗为十年前做过的那个梦感到惊异。

过了一会儿，妈回来了，一起来的还有小巧和洪大。她们三个人脸上都怒气冲冲，仿佛刚和别人吵过架。

洪大说："这对狗男女太不像话，不好好整治整治他们还得了吗？"

我妈说："主要是福大媳妇太可恶，和一个15岁的孩子干那种事，真该天打五雷轰呀！"

洪大说："我看还是该告诉大奶奶，让大奶奶心里有个数。再说可以听听大奶奶的意见。如何处置他们，不给大奶奶打个招呼不行，福大的孩子还小呢！"

小巧说："我看这事就别张扬了，又不是全村人都看见了，也不是大太太已经知道了，张扬出去反而不好，人心不就更乱了吗？还有，大太太这么大把年纪，能经受住这样的打击吗？如果大太太有个三长两短，福大媳妇再受不了刺激出了事，福大的孩子怎么办？你们想过了吗？"

我妈说："那怎么办？假装没看见，让他们还这样折腾下去？早晚有一天村里人会看见的，那时候再处置，大奶奶知道咱们瞒过她，不埋怨咱们吗？还有，他俩这样闹腾下去，有一天如果生了孩子，村里人又怎么想呢？"

小巧说："这事也不能全怪他们俩，一个是刚结过婚的生过孩子的女人，一个是初生牛犊似的小伙……"

我妈火了："话怎么这么说呢？咱们全村哪个女人不是女人，如果都像福大媳妇那样，还不乱了套。"

小巧不语了。

我听到这里明白了她们在为什么生气，我也突然想起傍黑时和田叔叔在饲养场门口听见的那一男一女的话。究竟福大媳妇和二柱在一起干了什么坏事，让妈和洪大、小巧这么生气呢？难道他们真的这么坏吗？

三

眼看着农活忙了起来。田野里，小麦开始拔节。但是入夏以后一直没有下雨，天气十分干旱，土地裂开了一条条口子，犹如张大了焦渴的嘴巴。我妈这些天很急，很晚才回家来吃饭，有时拿了块窝头就走了。村西水塘里的水都干涸了，水井也深了，我家挑水用的井绳入夏以来接了几次，现在足有三十多米长。我去打水，井绳都要拉好大会儿，累得气喘吁吁。

一天，田叔叔见到我，对我说："丫头，你放学了到叔叔这儿来，叔叔再和你下最后一盘棋。"

我当时没弄懂田叔叔话中的含义，就跟田叔叔说："我妈不让我去找你，我不能去！"

田叔叔听后，脸上罩上一层阴云，说："丫头，叔叔明天就要走了，那盘象棋留在二狗子家，你去拿回来，算叔叔送你的礼物。"

"什么，叔叔要走了？"我睁大了惊异的眼睛，"你要到哪去？"

"回家！"

"叔叔家远吗？"

"从你们这儿走，要走两天。"

"叔叔还回来吗？"

田叔叔摇了摇头，神情十分沮丧。我也觉着心里很难过，眼泪却在眼眶里转，差一点儿没掉下来。

回到家，我问妈妈："妈，田叔叔真的要走了吗？"

妈妈没说话，脸上却阴沉着。

"妈，田叔叔说不回来了！"我又说。

"去，小孩子懂个屁，唠叨什么！"妈很恼火，朝我瞪了瞪眼睛，我赶忙闭了嘴。

我想起昨天晚饭后，妈曾出去半天，回来后就让我去叫洪大、小巧。洪大、小巧来后，我妈对她们说，碑已刻好了，明天送到南山上去。妈还决定由妈和小巧跟石匠田叔叔一起去，不要惊动村里人了。

今晚，妈没有吃饭。妈很急躁，脸上总是阴着，我和弟弟、妹妹一句话都不敢说。妈今天是怎么了？我怎么也琢磨不透。过去，妈只要在外生了气，回到家就骂个不休，所以妈为什么生气我都会知道。妈骂人是连爹带娘甚至祖宗都捎带上的。可是，今天妈既没提谁的名字，也没骂娘，只生闷气。

吃过饭后，我拉着弟弟、抱着妹妹，小心翼翼地准备溜出去玩儿。刚到门口，妈就叫住了我。

"丫头，把小三放下。你去把她们几个喊来！"

我知道她是叫我去喊洪大、小巧她们几个队委。我已成了母亲的通讯员。只要她一说去喊人，我就知道该进谁家的门槛。

我到了小巧家，小巧正在吃饭。她婆婆和小叔子在另一间屋里，她和富贵住在一起。看见小巧把富贵搂在怀里，端着碗送到富贵唇边，那种亲热的情景，让我都感到嫉妒。

"丫头，你先去叫二柱娘和洪大，我马上就到。"小巧说，然后又对富贵说，"贵儿，一会儿去奶奶屋里玩儿好吗？"

几个队委很快就到了我家。

"昨天才开会，今天又开，有什么事？"洪大一进门就发牢骚。

我妈朝洪大笑了笑。

可是，她们坐下一阵后，妈吞吞吐吐什么也没说。

"怎么，开哑巴会呀？"洪大又来火了，"都是自家人，有什么话就说，有什么屁就放，要没事，俺先走了，家里还一大堆事呢！"

"嫂子，你听我说嘛！"我妈这才说话，但奇怪的是妈低着头，显得扭扭捏捏："咱队的猪圈该垒了！要不连个猪也圈不住……"

"屁大个事，还值当开会？"洪大说，"你队长一句话，让谁干不就行了吗！"

"还有，饲养室的墙也该再加高……"我妈又说，"二柱说好几次了。"

"别听他小孩的！"二柱娘说，"那牛那驴又不会跳墙，要那么高的墙头干什么？"

我妈说："这垒墙都要用石头，就是垒泥墙也得有人。这些都是老爷们儿的活，咱女人什么时候干过。"

"哟，你当初怎么说的，死了杀猪匠不能连毛吃猪。垒个墙还有什么难的，不会就学呗。"洪大说。

我妈静静地听着。

　　小巧说："我看这些都是技术活。就说摆弄石头吧，咱们也能干，可那不是一天两天就能干好的。弄不好伤了人不说，那墙垒得不结实，一阵风就吹倒了。"

　　小巧的话把一屋都说笑了，气氛轻松了。

　　"那你说怎么办？"洪大问小巧。

　　小巧说："田师傅把碑刻好了，咱们再留他一段时间，把猪圈和饲养室的墙垒好再走。"

　　我妈赶忙说："小巧说得对。你要不提田师傅，我还忘了，准备再请师傅呢！"

　　小巧偷偷地笑了。

　　我一听也乐了，只要田叔叔不走，我就可以跟他学下象棋，和他一起谈心了。

　　"这样吧！"我妈开始作决定了，"明个早上，我让丫头给田师傅送饭，顺便告诉田师傅一声。"

　　这天夜里，我乐得半夜也没入睡，妈却睡得很香。

　　第二天早上，我到二狗子家去给田叔叔送饭。我喊了几声"田叔叔"，没听到回声。我又到他睡的地方一看，仍不见人影，我随即便跑了出来。

　　妈在村场上的麦秸垛里找到二狗子。二狗子每天都要在这儿消磨三分之一的时光。他在这儿晒太阳，和两条狗儿玩耍，有时还脱得精光捉虱子。

　　"二狗子，田师傅到哪儿去了？"我妈问，那样子要把二狗子吃肚里去。

　　二狗子说："走了！"

　　"什么时候走的？"

　　"没吃饭就走了。"二狗子在妈面前从来都是老老实实的。

　　我妈对我说："丫头，你先回家，我去把你田叔叔追回来！"

　　我嘴里答应着，却没有真格地回家，而是偷偷跟在妈身后向山口走去。妈走得很急，就像一阵风。我在她身后紧跟慢跑，累得一头汗，还被她抛了好远。

　　到了山口，看见了田叔叔的身影。妈高声喊起来："田师傅，田师傅！"

田叔叔回过头来，站住了。

母亲的脚步却慢起来，双腿好像突然灌了铅。

我怕妈看见我，赶忙钻到路旁的树棵子里。妈在离田叔叔十米远的地方站住了。

"队长，你还有什么事吗？"田叔叔说。

"我，我……"我妈吞吞吐吐。

我心中着急，真想大叫一声：妈妈，你快说田叔叔别走！

过了一会儿，田叔叔说："这些天给你添了不少麻烦。本来走时应该告诉你。可是，可是又怕别人说，就不辞而别了。"

我妈低着头，还是没说话。

田叔叔又说："队长，如果没有什么事的话，我走了！"

"等等！"我妈急了，这才说话，"田师傅，你急着回家，有什么人等你吗？"

田叔叔摇了摇头："我是孤身一人，可我在这儿的活儿做完了当然要回家。"

"不，你的活儿没做完。我想把你留下来，帮我们把猪圈、饲养室垒好。你看行吗？"

我妈这会儿很温柔，的的确确像个女人。

田叔叔很高兴，说："当然可以，只是又给你们添麻烦了。"

我妈的脸红了，说："是你帮我们的忙，怎么能说给我们添麻烦呢？"

田叔叔犹豫了一会儿，说："我是怕别人说闲话，让队长生气。"

"你都听说了吗？"

田叔叔点了点头。

我妈说："那都是娘们舌头长，瞎说，你别朝心里拾掇，再说，我这拖儿带女的，怎么会有非分之想呢。"

我妈和田叔叔说着，已经转身向村里走去。我在树棵子里却十分着急，心想怎么能赶在妈之前回到村里去呢？对，沟底有条小道儿，就从那儿走吧。我想着，于是撒开腿跑起来，直累得气喘吁吁。

当我赶到山口向下看时，却不由傻了眼。道儿上看不到妈和田叔叔的影子。他们明明是从这条路上来的。我再朝沟底的小路上看去，只见妈和田叔叔正沿着这条路走过来。他们二人边走边谈，而且靠得很近，几乎肩碰着肩了。

我不明白他们为什么要走沟底的小道。

突然，妈和田叔叔站着了。我以为他们看见了我，赶忙蹲下了身。我正要溜下去，又看见妈和田叔叔突然抱在一起了。但那只是短暂的一瞬，妈马上推开了田叔叔，向前走了几步，以至于我怀疑是自己看花了眼。是的，一定是我的眼睛花了，我这样想。

第八章

一

天气越来越旱，人们白天夜晚嗓子里都冒火。许多人的嘴唇都裂开了一条条血口子。妈这几天总是说弟弟的小便黄。可不是，我也发现弟弟不光小便黄，而且越来越少，大便也解不下来。妈说是天旱，人上火，小孩子也上火。

妹妹说："妈，我没上火。"

妈抚摸一下她的头，笑着说："男孩子比女孩子火气大！"

眼看着地里小麦、山芋都要渴死，妈很犯愁。村里人都焦虑不安。

二柱娘说："晚上咱们到南山去烧龙王爷吧！"

妈沉默了一会儿，点了点头。

我还是第一次听说要烧龙王爷，所以十分好奇。

吃晚饭时，妈严肃地对我说："丫头，你晚上哪儿也不要去，好好在家带弟弟妹妹。"

我答应了。心里却想：求龙王爷的事我怎么能不去看呢？

妈吃过饭后，拿了根绳子走了。我听到村街上有很多人走动的声音，十分嘈杂混乱。我偷偷溜到小芹家，小芹娘不在家，也可能上南山去了。我就对小芹说："小芹，你一个人在家不闷吗？到我家去玩吧！"

小芹吹灭了灯，高兴地跟我回家了。

我和小芹一起玩了一会儿，就对她说："你在这儿和三丫他们一起玩儿，我出去一会儿就回来，回来给你们买糖吃。"

出门以后，正巧碰到二柱。

"二柱哥，你到哪去？"我问。

二柱答道："我去饲养室！"

我正愁没人带我去南山，就对二柱说："二柱哥，今天南山有烧龙王爷的好戏，你去看吗？"

二柱哥想了想，说："你等等，我到'双代店'给福大家的说一声就回来！"无意中他在我面前暴露了自己的秘密。

一会儿，二柱哥急急忙忙回来了。原来，福大媳妇也被我妈她们拉上南山了，只是她没来得及告诉二柱。

上南山没有正道儿，只有一条弯弯曲曲的小路。过去，上山的路要绕塘一圈，现在塘里的水干涸了，从塘里走过去，省了一段路。只见一路上撒的都是麦秸草，犹如在小道上铺了一层金，在月光下隐约放光。

南山上人声嘈杂，而且都是女人的声音。

我和二柱哥刚走到"百家坟"前，突然闪出一个人来，拦住了我们。

"你们干什么去？"原来是福大媳妇。

我说："我们要上山看求龙王爷。"

福大媳妇说："不行，你妈有话，除了她带着已经上山的，其他任何人不准上山！"

"为啥子？"二柱问。

福大媳妇说："我也不知道。反正队长这么对我说的。对了，你是男人就更不能上去了。队长还专门嘱咐的。"

二柱说："我不信。为啥子男人就不能上去。我要上去看看。"

福大媳妇说："你去吧，你要是去了，我就再也不理你了！"说着，她把脸一扭，坐在地上，果然像生气的样子。

二柱急忙过去赔礼说："不去就不去吧，我在这儿帮你看着人还可以吧。"

我乘机说："你们不去，我去了！"

福大媳妇没说话，二柱却挺认真地说："丫头，你也不能去的，你妈……"他还未说完，我看见福大媳妇用手拽了下他的衣角，他又改口说："那要去你就自己去吧。"

我很委屈。因为虽然我也常上山，但从来没有一个人晚上上去过。

走了不远，我突然产生了好奇，于是弯着腰，蹑手蹑脚又走回来，偷偷向"百家坟"前望去。月光下看不见他俩，仔细寻找了一会儿，才看见他俩已躲到树棵里，只见二柱和福大媳妇紧紧拥抱着，脸贴着脸，嘴亲着嘴。二柱的一只手正在解腰带……我羞得转身就跑，脚下被树根绊住了，"扑通"跌倒在地上，膝盖疼得钻心。

我还没爬到山顶，眼前忽然一亮，抬头望去，只见山头上已点燃了五十堆火，火焰直扑向天空，烈火把半个山头都照亮了。我好奇怪，难道这样就能烧着龙王。我睁大了眼睛望着火尖，期待着龙王出现。真的，我非常想看看龙王是个什么模样，看看龙王在火中如何被烧焦。

山头上的人开始大喊大叫起来。那叫声有些歇斯底里，但是听不清她们在叫什么。好像有哭的，又好像有笑的，越仔细听越听不明白，甚至越叫人感到莫名其妙。

过了一会儿，火焰开始小了，还是没见龙王出现。是不是太远了看不见呢？我又向山上爬去。离山头只有十几米了，火堆旁的人影都看得清清楚楚了，我悄悄地躲在了一块大石头后边。

突然，我看见火焰又一次升腾起来，原来有人又在火堆上添麦秸。天气十分干旱，火焰在空中升腾，仿佛要把天空燃着似的。

"龙王爷，开开恩吧！"我听见山头上的女人们在喊，而且都已声嘶力竭了。

这时，我借着火光看到，原来那些女人都光着身子，赤裸裸地在火前跪着。我这才明白为什么不让孩子和男人上山。熊熊的火焰映照着雪白的身躯，仿佛一道道鲜红的血印。我的眼睛瞬间被泪水模糊了。

那天晚上，是我永远也不会忘记的一个夜晚。

过了很久，我怕弟弟、妹妹在家里闹，就悄悄溜下山。躺在床上，我怎么也睡不着，山头上火光中一个个赤裸裸的身影在我的眼前不断浮现。

一觉醒来，鸡已经叫头遍了，可是一伸腿，床那头还空荡荡的。怎么，妈整晚没回来，会不会出了什么事？我不禁越想越害怕，赶忙穿衣下了床，轻轻地开了门，南山头的上空，仍然是一片火红，而且还响着哭声、呐喊声。村街上，只有几条狗在觅食。一阵风儿吹过，我不禁打了个寒战。

我心里喊了一声："妈！"

二

求雨未成，村子里的女人都十分沮丧。一股悲观情绪在村里蔓延。不少人又陷入了绝望，认为天灾人祸都来了，怪沈家塘的风水不好，怪自己的命不好。

"这样下去怎么办？得想个法子！"妈又召开队委会，还把瞎太太也请来了。

"有啥法子，老天爷存心不让咱娘儿们过，咱能斗过老天爷吗？也不知怎么积的怨呀！"二柱娘说着抹开了眼泪。

洪大冲二柱娘说："一定是村里有人干了缺德事，老天爷看不顺眼才惩罚咱的。当初我就说过，对那些不要脸的人不能迁就，可是你们就是不同意惩罚。看看，现在地下的男人也知道了，给咱信儿了吧。"

我妈给洪大递了个眼色，示意她不要再往下说，因为瞎太太也在旁边。可是洪大根本就不理睬这一套，她已经上了火，人在火头上是不那么容易理智的。果然，她又开门见山地说了："一个十五六岁的毛孩子，和一个18岁的寡妇，勾勾搭搭干那种事，别说老天爷看不下去，就咱这凡人百姓也看不惯！"

"你说什么？"二柱娘好像听出了洪大话中有话，忽地站了起来，脸色铁青，指着洪大说："你别嚼舌根，这庄上眼下十五六岁的男孩子不多，你要说什么就明说。"

我妈和小巧都急了，赶忙去拉洪大和二柱娘。可是到这个份上也已经晚了。

洪大说："说就说，你儿子跟人家福大媳妇的事，俺们都看见了！"

我看见瞎太太的身子晃了几晃。

二柱娘一屁股坐在地上，哭着说："这是哪辈子造的孽呀！"

我妈急得团团转，没一点儿办法。

到底是小巧的主意来得快，她先忙着劝瞎太太，说："大奶奶，您老千万别生气，保重身体要紧。福大媳妇的事，我们已经说过她了，她说以后不和二柱来往了。再说，他们俩只是在一起说说话，也没干什么见不得人的事。"

瞎太太很镇静，说："二柱娘，你别哭了。你还怕村里人不知道咱两家的丑事吗？你一哭一闹，人家都来了，看着你这当娘的和我这老太婆脸上光彩呀！"

我妈也劝二柱娘。

二柱娘这才抹抹眼泪不哭了。

我妈又说洪大："都怪你嘴上没个站岗的。看看，村里的事已经够为难的了，你又弄出这么一拐子！"

洪大不服，扭着脖子说："我没说错吧？我是为全村的人好。就说昨个夜里吧，咱们那么真诚地求龙王爷，龙王爷为什么不开恩。后来，我下山背麦草，经过'百家坟'时，看见他俩又光着腚在那儿搂着抱着，已经睡着了。天哪，我当时肺都气炸了，就差没拿石头把他俩砸死。我寻思着，龙王爷也是冲这不开恩的！"

我妈听了，叹了口气。

其实，像我妈这一代人，也不应该那么迷信，因为他们大多数人虽然出生在旧社会，但却成长在新社会的。但在大自然残酷的现实面前，她们又向神灵屈服了，她们只能这样做，没有别的办法。

"丫头娘，"瞎太太说话了，"你打算怎么处置这两个孽种？"

妈没有思想准备，一时语塞。

洪大抢过话头，说："这还不好办吗？按咱乡里的老规矩办！"

瞎太太问："你说说按哪条老规矩办？"

洪大也答不上来了。

其实，她们也都没碰到过这种棘手的事。就说我爸和小芹娘的事，我妈知道，村里很多人知道，又有什么办法呢？最多是我妈一生气和小芹娘吵一场骂一场，然后自己去跳河。而且，村里这种事也不是个别的。所谓老规矩都是她们听老年人讲过，这几十年根本就没用过。毕竟时代不同了。

小巧说："我看让他们两个都认个错，以后不再来往就算了，这事闹大了，村里人都知道了更不好。"

"感情上的事能说不来往就散了吗？"我妈说，"男男女女一有这种事，拆也拆不开。弄不好，他们会越来越好。"我妈好像是深有感触。

"是呀，丫头娘说得对！"瞎太太说。

二柱娘愤愤地说："我把俺儿子管好。如果他不听我的话，我等他夜里睡着了把他砍死。俺不能丢沈家塘的人，更不能拖累全村的人。"

小巧说："砍死人要蹲班房的。"

二柱娘说："蹲班房我也不怕，反正不能让这个败家子儿给咱沈家塘抹黑。"

洪大听到这里，也有几分后悔了。她对二柱娘说："你不要干那种傻事。我也是一时性急把这说出来的，你出了事可不能怪我呀！"

"现在说别的没用，你们几个人拿个处置办法吧。"瞎太太说。

屋子里陷入了沉寂。我妈看见我，朝我瞪了瞪眼，示意我走开。我低下头，假装没看见。我的心里紧张又害怕：能砍死二柱哥吗？二柱哥是个好人。如果砍死了他，那多吓人呀！我甚至想赶快去找二柱哥给他报个信，让他快点跑得远远的。

我妈想了想说："我看让他俩到'百家坟'前去罚跪。让他们跪三天三夜好好反省反省，然后把二柱交给二狗子管几天。再不然，就打发二柱到他外奶奶家去住几个月。他是个孩子，可能分开了会慢慢疏远的。"

小巧又摇了摇头。

我看见瞎太太也摇头。

就在这个时候，二柱却突然风风火火地闯了进来。

屋子里的人全都愣住了。

二柱说："妈，我到处找你。"

"你，你还不死，找我干什么？"二柱娘气急败坏，上去就要打二柱，被小巧拦住了。

"妈，你，你为啥咒我？"二柱十分委屈，说，"我找你有正经事儿。"

小巧说："二柱，你妈正在为不下雨生气。我们几个都在生气……"

二柱说："不下雨能怪我吗？怎么拿我出气。我也怪不下雨，连饮牲口的水都没有。我和红英姐商量了下，用平板车想去西大坝水库拉水呢！"

"哪个红英姐？"我妈惊奇地问。

"是福大媳妇的大号！"瞎太太接过来。然后又说："二柱，到太太跟前来，太太有话跟你说。"

屋子里的空气紧张起来。

二柱什么也不知道，大大方方走到了瞎太太面前。

"扶太太站起来。"瞎太太的声音颤抖着。

二柱把瞎太太扶了起来。

瞎太太两只手颤抖着，把二柱从头到脚摸了一遍，连声说："这孩子长这么高了，像个男子汉了。咱沈家塘有希望呀！"

大伙都莫名其妙。

二柱问："大太太，没啥事我走了。"

二柱走后，屋子里的人才松了口气。

瞎太太问："你们想好办法了吗？"

我妈她们又紧张起来。

瞎太太说："你们要是没想好，我倒想了个办法，不知你们同意不？特别是二柱娘，不知你会不会骂？"

"怎么会？大奶奶，你有什么好法子就说出来吧！"我妈急不可待了。

瞎太太说："我想让二柱和福大媳妇成亲！"

我妈和那几个女人都惊呆了。

瞎太太接着说："二柱也长成个男子汉了。咱们山里十五岁的男人结婚生孩子的不止一个。听你们刚才的话，他俩的事也已经都发生过了。我也看到福大媳妇这几天有反应，说不定又怀孩子了。我同意丫头娘的话，到了这个份上，想拆开他们不容易；二柱娘说的也不是个办法，你把孩子杀了又有什么用。咱沈家塘就这么几根香火，更不能灭。我想来想去，不如让他俩结婚，成全他俩。这样倒是两全其美。"

我妈说："可是，咱有言在先，十年不能嫁娶。"

瞎太太说："当然不能轻而易举破规矩，要让他们结婚，也要惩治他俩，让村里的其他女人以后不敢为了再结婚而受惩罚。这就得用你刚说的法儿，让他俩受点罪，在'百家坟'前罚跪不算什么受罪。老规矩可以治他们，就是让福大媳妇再求一次雨。"

接着，瞎太太把老规矩求雨的办法说了。

二柱娘说："大奶奶的话也对。自他爹死后，我也就琢磨过，等过几年就给二柱提亲，不管娶不娶先在一起过。现在这样办，也好！"

洪大也同意了。

只有小巧没表态。

二柱娘又说："大奶奶，等他俩成了亲，您老也一起到俺家过吧！"

瞎太太苦苦一笑，说："不了，我把我的小孙子养大，再去见福大，福大不会怪我这个当奶奶的。"

我看见妈在抹眼泪。

三

按照瞎太太的"老规矩"，红英和二柱今天开始求雨了。

没见过这种"老规矩"的人，怎么也想不到在我们那个山旮旯里还有这么愚昧的习俗。现在想来脸上都发烧。

鸡叫头遍后，天不但没亮，夜色反而加重了。人说黎明前的黑暗，可能就是指这段时间。如果不是闹肚子，我就不会有机会看到红英和二柱求雨的情景了。那天恰好我的肚子作怪，想爬起来上厕所。那时候，村里家家户户都在正屋的边上垒个厕所，隔天把大小便交到队里。队里收时还给记工分，然后用来给庄稼施肥。

起床以后，我才发现妈不在床上了。妈能到哪儿去呢？我一下子想起她们昨天晚上商议的事，心里充满了好奇与疑惑，于是，我穿好衣服，溜出了家。

黎明前的风带着黎明的嘱托，勇敢地驱赶着夜色。走在街上，一种冷清感袭来，不禁令人颤抖。

临近井台，我看见人影绰绰，但没有声音。

我悄悄走近，在一家断墙后边站住了。忽然，旁边有个身影在闪。我吓了一跳，正要逃走，那个黑影说话了："是丫头吧？别怕，是我！"

田叔叔走过来的，把我抱在怀里，说："别说话，看看闹什么动静。"

"你不知道呀？是让二柱和红英求雨呢，这是惩罚他们。"我说。

田叔叔惊讶地问："你怎么知道的？"

我说："昨天，她们在我家开会时定的。"

"噢……"田叔叔沉默了。

一阵冷风吹过，我不由打了个寒战，田叔叔把我抱得紧紧的。

井台上有人说话了。

瞎太太："老天爷，您睁开眼看看，这里有两个凡人，一个再过两个月十六，一个十八；一个是有丈夫有孩子的媳妇，一个是乳毛未干的孩子。他们偷偷摸摸勾搭上了，玷污了您的尊严。今天，在这儿惩罚他们，他们也愿意向您认罪。请您开开恩，降雨给我们人间吧！"

夜色中，有一星火亮了一下，看得见是擦火柴点香的。

香点燃以后，分别供在井台四周。

"咱们慢慢地向跟前走，看她们到底怎样。"田叔叔说。

我和田叔叔越过断墙，悄悄地沿着山白芋沟爬了过去，在离井台还有十米远的地方停住了。这里，能够看见井台上的人的脸了。现在我才看清，井台上站着瞎太太、我妈、二柱娘、小巧和洪大，还有二柱和福大媳妇红英。

就在这时，鸡叫二遍了。

"快点吧，鸡叫二遍了，再过一会有人来挑水了。"我听见洪大说了一句。

这些天因为天旱，井水也降了许多，很多人家都是在鸡叫三遍前后起床来井台排队挑水的。

"大妈，我……"福大媳妇哭着，突然跪在瞎太太面前。

瞎太太说："福大媳妇，昨夜里我把话都给你说过了。你也答应过了。快向龙王爷请罪吧，过一会天亮了，龙王爷看不见了，你也就晚了。"

福大媳妇啜泣着。

二柱很快脱光了衣服，说："红英姐，别怕，我妈说过了，只要求龙王爷开了恩，咱们就可以结婚了。"

红英站起来，哭着扑倒在二柱怀里。

二柱用手慢慢地为红英解着衣服。直到今天我都坚信，二柱哥那会儿手一定在颤抖不停。

井台上有鸡叫声。

我看见妈一手拎着一只大公鸡，一手拿着寒光闪闪的菜刀。不知为什么，手中的刀在鸡脖子上滚了几个来回，鸡还在叫，还在扑腾。

"给我！"洪大一把夺过妈手里的公鸡，一手扯着鸡腿，一手扯着鸡头，两只胳膊向两边一分，鸡头就掉了。她扔掉鸡头，把喷着血的鸡在二柱和红英身上擦了几下。

瞎太太一句话没说，拄着竹拐杖走下井台，向村里走去。突然间，我觉得瞎太太的腰弓了，腿也弯了，好像一下子苍老了许多。

洪大对二柱和红英说："你们俩要想成就你们的好事，就得心诚一点。龙王爷眼睛在看着你们呢！"说完，洪大气冲冲地走了。

小巧扶着已哭成泪人的二柱娘，说："咱们也该走了。"

我妈和二柱娘、小巧一起走下井台。走了几步，我妈突然又走了回去，不知低声对二柱娘和小巧说了些什么。

我看妈已经走回家，心里十分害怕。万一妈到家后看不见我，会出来找我，知道我在这儿偷看，一定不会饶了我，我起身就要走。

田叔叔抱着我不放，说："丫头，别怕，你妈她们不会回家的。"

我不信，问道："为什么？"

田叔叔拿起我的手向井台西边一指，说："你看看。"

我顺着田叔叔指的方向看去。果然妈和小巧、二柱娘还有洪大都躲在一个厕所后边，正偷偷向井台张望。

这时，井台上的二柱哥推开红英，说："我在这儿先跪，你跑第一圈吧！"

红英哭得弯下了腰。

二柱说："红英姐，你要是想和我做一辈子夫妻，就快开始吧！"

二柱说完，跪在地上。

红英双臂护着胸前，不情愿地围着井台跑起来。开始，她不是跑而是走，慢慢才加快了。

后来，我慢慢长大了才知道：那种老规矩的求雨办法实际上就是地地道道的惩罚人的。求雨的一男一女，轮流围着井台跑，要在几炷香燃尽，天亮之前跑完八百圈，而惩罚要到一直下了雨把身上的鸡血淋掉，才能告结束。否则，是不允许把鸡血洗掉的。

田叔叔看到这些，叹口气说："这不是要把人折腾死吗？"

我也学着田叔叔，长长地叹了口气。

"走吧！"田叔叔说，"小心点，别让你妈她们看见。"

我在村街上和田叔叔分了手。

回到家里，我赶忙钻进被窝。

鸡叫三遍的时候，我妈回来了。她朝床上一躺，就长长地叹息了一声。

早上，妈还没起床，小芹娘就慌慌张张地来敲门。

"什么事？"我妈揉着红肿的眼睛问。

小芹娘大惊失色地说："队长，不好了，井台上有血。大伙都怕有人夜里投井了，不敢挑水。不知井底下有没有人？"

我妈冷冷地说："别大惊小怪的，没有人死，那是鸡血！"

"不对！"小芹娘分辩地说，"怎么会有人半夜三更跑到井台上杀鸡呢？一定有人自杀了。你快去看看吧，大伙都着急着呢。"

我妈看拗不过，就披上衣服跟小芹娘走了。

吃罢早饭，我去上学，故意经过井台。见井台上的血迹已经被擦去了。可是，那几炷香留下的残灰还在。而且，井台四周，一圈新土翻了出来，我仿佛在那圈土上，看到了二柱哥和福大媳妇的汗水与屈辱。

到了学校，小芹把我拉到一边，挺神秘地问道："丫头，昨夜里咱村井台上闹鬼的事，你听说了吗？"

"没有。"我回答说，并装作莫名其妙地问道，"怎么闹鬼了？"

小芹说："我妈今天早上去挑水，看见井台上有血，可是，井里什么也没有。我妈说离井台近的人家说，昨天夜里听见井台上有动静，看见有两个光腚小鬼在井台上跳舞，吓得他们连门也没敢出。可是天一亮，那两个小鬼就不见了。"

我当时毕竟还小，又好胜，不知道话的轻重分量，就脱口而出说："不是小鬼是人！"

"人？你看见了吗？"小芹睁大了眼睛。

我点了点头，低声说："我昨个夜里看见了，是二柱和福大媳妇。"

"不对！"小芹根本不相信我的话，犟着说，"我妈说是小鬼。"

"你妈没看见，当然不知道了。"我还有几分神气。

小芹也毫不相让，说："我妈是大人，大人的话才对。"

"你妈的话对个屁！"我说，"你妈什么都不知道，又没看见。她说是小鬼，是骗你的。"

"你妈才骗人呢。"小芹生气了。

我也生气了。我们俩你一句，我一句地吵了起来，一直吵到上课铃响才回教室。下课以后，小芹没理我，我也懒得理她。

放学以后，我独自一人回家去，路过"双代店"时，我看见门上着锁。

回到家，我就忙着点火烧锅做饭。饭还没做好，妈怒气冲冲地回来了，人还没进院门，就骂开了："死丫头，你是作死没作够！"

我愣怔地望着妈，不知又犯了什么错。

妈顺手摸起一根竹竿，拧着我的耳朵把我从锅屋里拉出来，厉声问道："你昨天夜里跑到井台上去了吗？"

我看妈已经知道了，就点了点头。

"好啊，你人小鬼大，天天跟着看热闹了。我问你，你看到什么了？谁让你扯舌头乱说的，你是想气死我呀！"妈骂着，一阵竹竿打在我的脊梁上、屁股上，疼得我"哇哇"大哭。

"看你以后还敢不敢向外乱说，再乱说我把你的舌头割下来！"我妈还在骂。

突然，妈手中的竹竿不打了。有人抱住了我，我抬头一看，是田叔叔。

田叔叔说："队长，你别怪孩子。我这么大的人，还想看稀奇，何况小孩子！"

我妈丢下竹竿，呼哧呼哧直喘气。

田叔叔又说："其实，你们那样做也不是办法。就是把他俩累死了，龙王爷也不会开恩降雨。再这样折腾下去，地里庄稼非渴死不行。"

我妈擦了擦脸上的汗，气色缓和了些，问道："那你帮我们想个法！"

田叔叔说："出了山，走几里地就是西坝。西坝那不有座水库吗？我打听了，水库里的水虽说比往年少了，但还没见底……"

我妈打断他的话，说："西坝村的人能让俺们引水吗？弄不好再打架，俺们这些孤儿寡母，可不是他们的对手！"

田叔叔说："话不能说绝了。人心都是肉长的。你们到西坝村去一趟看看，说点好话，也许人家会心软同意的。我和西坝村的胡主任有过交往，替他父亲刻过碑，我可以给你们引个线。"

我妈想了一会儿说："我也不是没想过这事，只是怕这样一来，欠了西坝村的人情，他们要是以后到村里来……俺们可有规矩不许男人……"

田叔叔有点不悦地说："到了这份上，救庄稼就是救人命，哪还顾那么多规矩。再说，西坝村的人也不一定就要来你们村。"

我妈说："我跟大奶奶和几个队委商量一下，再定吧。不过，谢谢你了……"妈望了田叔叔一眼，又忙低下了头。

第九章

一

西坝村和我们村是冤家对头，这一点我刚懂事就知道了。村里的上辈子人，一提起"西坝"二字，都恨得咬牙切齿，称之为"西霸"。

其实，西坝是我们村最近的邻居，相隔只有五里山路。由于历史上两村结下了不解之怨，这五里路早已没有路了。

除了历史上的原因外，还因为我们村和西坝村属两省两县，正常交往不多。我听村里大人说过一段顺口溜："沈家塘稳，西坝口狠，山口外的政策摸不准。"意思是说两省两县在一些政策上不一样。就说眼下开展的反什么风运动吧，西坝那边就轰轰烈烈，满村到处贴满大字报，村干部又像前几年戴高帽子游街。我们村的社员在山上干活时，如果遇上顺风，那边高音大喇叭里播放的内容可以听得见。

沈家塘和西坝口多年来还不兴相互通婚的。

两个村何时结的仇怨，我那时还不知道。后来听说是因为"水"。西坝，顾名思义就是有一条坝。那条坝不知是何年修筑的。坝里拦水，形成了一座水库。我听妈说，那水库很大很大。连接我们两村的一条大沟同时能通到水库。过去，每逢山洪暴发，水库里的水涨了，要溢了，西坝人就放水，水顺着大沟冲下来，就把我们村变成汪洋大海。而到了旱天，我们村求爷爷告奶奶，西坝人都不给一星子水。我们村的就联合邻近村的去争水，偷水、抢水，发生过无数次械斗，也死过人。两边属于两个省，两个省的地方的头头脑脑都偏向当地，处理起来没完没了，没有个结果，最多是各打五十大板，各管各的。所以，两个村的村民之间仇也越结越深。

去西坝村没有路。路是人走出的，没有人走的地方当然就没有路。两个村中间那条大沟中也长满了芦苇、杂草，平时根本没人到那条大沟去。还听说沟中有狼。

我妈按照田叔叔的建议，召集了一次队委会。当然又把瞎太太请来了。

我妈把话刚说完，洪大第一个反对。她的理由是违背了村里的老规矩。洪大说："咱沈家塘人就是渴死，也不求'西霸天'。"这话把妈激怒了："老规矩，好像人都不如你知道得多，不如你孝敬老祖宗。动不动就搬出老规矩来压人。如今，咱沈家塘地里的庄稼不能等，人也不能等，再等下去，庄稼死了，人也要活活饿死。我觉得什么老规矩也不能讲了。"

小巧说："我支持队长的意见。不管过去咱沈家塘与西坝口有什么仇什么恨，那都是过去的事。作为邻居也该和好，何况咱还有求于人家。"

二柱娘也支持我妈。

瞎太太也说话了："我看丫头娘这个办法想得好，那些老规矩该破就破。"

洪大见自己的意见已经孤立，吭哧吭哧半天，最后无奈地同意了我妈的意见。

可派谁去西坝口呢？我妈不能去。因为过去我妈我爸当队长时和西坝口的头头都吵过骂过。如果我妈去，说不定会把事办糟。二柱娘和洪大也和西坝人吵过打过。只有小巧来的时间短，没参与过与西坝口人的冲突，让小巧去是最合适的人选。

"小巧，这事只有拜托你了！"瞎太太说，"这全村一季子的收成不是小事。我来到沈家塘这么多年，见饿死过人，难死过人，没见过沈家塘的人出门要饭。今年如果没有收成，出门去要饭，还不如饿死在村里！"

小巧很激动："这也是我自己的事。我是沈家塘的人，大伙又信任我，没什么二话可说。就是去了不能回来，我也不会含糊。不过，我想把富贵、铁旦、钢旦都带上，让西坝口的人看看。不是说让他们可怜咱，是让他们也凭点良心。"

我妈又说："咱村穷，没什么礼物，就杀头猪带上。"

洪大一听说杀猪，又不高兴了，嘟哝道："那几头猪瘦得皮包骨，快变成黄狼子了，不如从'双代店'赊两瓶酒带着。"

我妈说："咱在'双代店'赊账不少了，下步还得赊化肥农药。福大媳妇说她去公社供销社进货，要三能批一就不错了。不是怕她为难，我是怕咱丢不起人！"

洪大不吭声了。

小巧当天就带着富贵他们去了西坝口。

小巧走后，我妈、二柱娘、洪大就分头找各家各户谈放水做好掏闸口的准备。很多女人一听说又要动石头动土，马上就心惊肉跳。

"这种活儿都是老爷们儿干的，咱们这些娘们儿家能行吗？万一再有闪失，怎么向那些死去的老爷们儿交代！"

"是啊，咱们老娘们儿没摆弄过那些家伙。让我们干什么都行，就是不能干那活儿。"

"我家几个孩子怎么吃饭？再说，我要是也让乱石砸死了，大水冲走了，我那几个可怜的孩子谁养活？我怎么到阴曹地府去见孩子的爹呀……"

村里一时间乱哄哄的，说什么话的都有。

我妈被大伙这一说，心又软了。

田叔叔不知怎么知道了这事。他到我家来，在门口站着，大声说："队长在家吗？我有事要找队长商量。"他的话隔壁邻居、对门小芹家都能听到。我后来想，他是故意那样做的。

我弟弟牵着田叔叔手，把他拉进了我家。

田叔叔开门见山地说："你当队长的，可不能耳根子软。说什么话的你都得听，但不能都信。要是十八口子乱当家，公说公有理，婆说婆有道，你这个队长就别当了。"

"我也怕有闪失！"我妈说心里话，"都是孤儿寡母的，真有闪失怎么好呢？"

"丫头娘，咱认识也有一段时间了。我觉得你干事还行，不好的一点就是事前总是前怕狼后怕虎。"田叔叔说话很严厉，"做人是要小心，但要看什么事。生活在世上，本身就要有勇气，就说这掏闸口的事，你也认为该掏闸口，这就是你的勇气。因为按有些人的话说，和西坝口的人打交道就破了规矩，破规矩没勇气行吗？"

我妈听了田叔叔的赞扬，十分激动，脸上红光焕发。她想说什么，看见我在旁边站着，好像想起了什么，对我说："丫头，你抱三丫出去玩吧，妈和田叔叔有事商量。"

我十分不情愿地抱小妹妹出了门，迎头碰见小芹娘。她正鬼鬼祟祟地向我家张望，看见我出来忙向我又招呼又挤眼。我只好走了过去。

"丫头，田叔叔现在在你家吗？"小芹娘问。

我点了点头。

小芹娘又问："你妈和你田叔叔在干什么？"

我马上警觉起来，认真地回答道："我妈和田叔叔在谈事，谈掏闸口的事。"

小芹娘诡秘地一笑，说："我只是随便问问，你千万别向你妈说呀！"

正在这时，二狗子叔大摇大摆地走过来。虽然天气已经暖和了，但村里的人大都还长衣长裤，而二狗子叔却只穿着件裤头。那件裤头还烂了几块，摇摇摆摆的，跟裙子差不多。他身上肌肉发达，看上去很壮实，地地道道的男子汉样子。那两只狗一前一后地跟着他，好像在为他护驾。他本来是旁若无人地走过去的，小芹娘却喊他："二狗子，你到哪儿去？"

"小叭狗，上南山……嘻嘻！"二狗子叔做了个鬼脸。

小芹娘热情地说："二狗子，你来一下，嫂子有事找你帮忙。"

二狗子直瞪瞪地望了小芹娘一会儿，点了点头。小芹娘让二狗子进院以后，"砰"地关上了门。

我家的门也响了。田叔叔红着脸走了出来，看见我，很不自然地笑了笑。

我回到家，看见妈也满脸绯红，像年轻了许多。其实，妈本来就很年轻，由于心情不好加上肩上担子太重，使她忘记了自己的年纪。

"丫头，你在家带着弟弟、妹妹，我去大沟看看就回来。要是有人问，你就说我去南山了。"妈对我说，态度出乎意料的亲切。

我刚才抱妹妹出去的时候，弟弟一个人正坐在院子里玩"尿窝"，我进来后，他已经玩够了。

"妈上南山了。姐做饭，你别调皮！"我对弟弟说。

弟弟头一昂，说："不对，妈和田叔叔去大沟了。"

"你怎么知道的。"我问。

"我刚才听到的。妈说，家里有孩子，在家不行，到大沟去吧。"弟弟学得很认真。

我坐到锅门前，点燃了锅灶的火。我望着火苗在灶里蹿跳，心里乱糟糟的。我不知道自己是不是有心事，该不该有心事，而且是不是属于心事，只是在想妈妈和田叔叔去大沟干什么。

二

小巧当天去西坝口没有回来。

我妈急得坐卧不安。一会就赶我去小巧家看看。

"该不会出什么事吧？"二柱娘说。

村里来了很多人，都是听说小巧没回来，到我家来听消息的。她们个个脸上都露着焦急，人人眼睛里流着期待。山里的女人，有时心特别宽，能装事，好像没有能难倒她们的事。但有时心特别窄，一点事就装不下，用她们自己互相贬对方的话说："心眼还没有针眼大。"何况她们中大多是年轻妇女。一时间，我家不大的屋子里挤满了人，有在床沿上坐的，有在地上坐的，也有站着的，整个屋子里乱糟糟的。

洪大又亮开了高嗓门："我说不要去求他们吧，你们偏不信，看看，去的人到现在没回来，说不定……"

洪大这样一说，大伙心里更是火上浇油。

"西坝口的人心狠毒，什么坏事都能做出来。小巧这回可要吃大亏了！"

"如果小巧吃了亏，咱不能饶了西坝口的人。干脆和他们拼个你死我活。"

我妈很着急。但是，她却表现得格外镇静，不管大伙怎么吵怎么嚷，甚至有的还骂娘，她都一句话不说。等到人们争吵过一阵后，我妈说话了："我的心里跟你们一样急，不过，光急也没有用。不如这样吧，大伙明早还要上工，都回去歇着。如果明天中午小巧和富贵他们还不回来，我亲自去一趟。我就不信光天化日之下，他们敢把一个女人和一个孩子怎么着！"

洪大说："丫头娘，亏你说得出口。那是一个女人和一个孩子呀！"

大伙一个跟一个地走了。洪大走在最后，对我妈说："明天要去的话，我跟你一起去。咱们每人都带一把刀，砍死一个够本，砍死两个赚一个！"

我妈只笑了笑。

送走村里的人以后，妈让我们先上床。她自己坐在灯下，什么也没干，呆呆地望着墙壁出神。

我不敢看妈，但忍不住要翻身。

"丫头，你还没睡着？"妈叫我，"想不到你这么小，心里已能装很多事了。我问你，你想你爸吗？"

"嗯。"我回答，鼻子一阵发酸。

我妈说："我也想他也恨他，他走得太早太突然了。你这个年纪，不是该失去爸爸的时候。"

我的眼泪禁不住掉在枕头上。

过了一会儿，妈又说："妈不能做对不起你们的事。可是，谁又对得起妈呢？"

"妈，我以后不惹你生气了！"我赶忙说。

"你还小，还不懂……"妈说，声音已经哽咽了。

灯灭了，大概是没有油了。

三

小巧和富贵是第二天早饭时赶回来的。

西坝口村同意让我们村掏闸口，这是出乎意料的。

当天晚上，我妈就在麦场上开会点将，动员掏闸口的人上工。她自己是一马当先，小巧、二柱娘、洪大也都派上了。最后，总算在年轻力壮的女人中挑选了十八个人，分三班，六个人一班，轮流作业。

掏闸口首先要在闸口的上方筑一条坝，把闸口的水用戽斗翻上去，让闸口附近没有积水，才能开始干。

回到家里，妈对我说："丫头，妈有事跟你商量。"

我还从没见过妈用"商量"二字和我说话，就规规矩矩站到妈的面前。

妈说："丫头，妈就要去掏闸口了，我想了又想，你得向老师请几天假，在家带你弟弟妹妹。"

我很不情愿地点了点头。

妈说："丫头，妈有一分办法也不会让你误课。现在你不请假不行了。妈这些天要吃住在闸口。这闸口过去西坝人在那边堵，咱沈家塘人在这边堵，听说光石头就有不少方。时间不等人，季节不等人，庄稼也不等人。我们掏闸口的，一刻不能停下来。就是轮班也只能回家来看一眼，不能在家待。这家里除了我，就你大了，你不请假怎么能行呢？"

我没说什么，如果是现在，我会安慰妈几句，如"妈放心去吧，我会照顾好弟弟妹妹"之类。

妈开始在灯下收拾东西。她找出几条绳子，又找出坎肩。后来，妈望着那只足有几十斤重的铁锤和钢钎发呆，还叹了口气。

"丫头，你先带弟弟妹妹睡吧。妈出去有点事儿。"妈说着，扛着铁锤，拎着钢钎走了出去。

"妈，你是去闸口吗？"我问了一句，可是妈没有回答。

我们对妈外出已经习以为常了，弟弟妹妹也都不缠妈妈。

我一个人坐着纳鞋底。我们村的女孩子，没有几个不会做这种常见的家务活的。纳鞋底需要力气，我们的指头没有劲，就用牙咬。有时针尖扎破舌头，血也往肚里咽，因为大人们都教我们有血就要往肚里咽。说这也是老规矩了。

过了一会儿，弟弟困了，打着哈欠，爬到床上睡了。他像个小男子汉，还轻轻打鼾。妹妹也玩困了，不声不响地睡着了。我的两只眼皮直打架，但是不敢睡。妈妈啥时回来呢？透过窗户，我看见一钩月牙儿孤零零地挂在天幕上，显得十分凄凉。我的心里翻腾起来。妈去了哪里，去了这么久？我突然想出去找妈妈。

我悄悄开了门，刚要出去，突然听见小芹家的门吱呀响了一声。我赶忙缩回身子，趴在门缝上朝小芹家看。她家门外站着一个人，正隔着门缝和屋里人说话。

"二狗子，嫂子给你做了鸡蛋面条，你进屋吃去吧！"小芹娘的声音。

二狗子："我吃饱了，看，我的肚子像西瓜吧，好胀呢！"

小芹娘："你是个男子汉，多吃一碗也撑不着，再说，明天我就要去掏闸口了，你想见我也见不到了。"

好像是小芹娘从屋里伸出手，把二狗子拉进了屋，然后关上了门。

我从家里出来，到了村口，听见南山坡上有叮叮当当的响声，就沿着坎坷不平的山路往上走。这时，一阵空荡的感觉袭上心头，我想大声呼喊"妈妈"，又想失声痛哭。

经过井台时，我看见井台上坐着一个人。难道二柱哥和红英这么早就到井台来了？我蹑手蹑脚走了过去。月光下，我看见那个人佝偻着腰和散乱的头发，身影十分苍老。我差点叫出声，原来是瞎太太！

瞎太太听到脚步声，说："丫头，你到哪儿去呀？"真神，瞎太太从我的脚步声就辨出了是我。

我走到瞎太太身边，看见她怀里抱着孩子，脸上挂着泪珠。

"丫头，你妈不在家吧？"

"嗯。"

"你是找你母亲的？"

"嗯！"

瞎太太叹了口气："你这么大了，还离不开妈，正在吃奶的孩子就不用说了。"

我望着瞎太太，瞎太太坐的方向面对着南山，南山坡上有"百家坟"。瞎太太在想什么呢？她真可怜呀！

瞎太太说："丫头，你妈不容易。你是大孩子，要听你妈的话，替你妈多想点，能帮点手就帮她一下。太太年纪大了，帮不了你妈多少忙。不过，我好好再活几年，也算帮你母亲的忙了。"

一阵风吹过，我看见瞎太太怀里的孩子动了动身子。瞎太太把孩子抱得更紧了。她从怀里掏出一个馒头，掰了一小块儿，放进自己的嘴里，慢慢咀嚼一会儿，又用手抠出来按到那个孩子嘴里。

"丫头，"瞎太太又说话了，"你要找你妈，就到南山上去找吧，跟着这叮叮当当的声音，保准能找到你妈。"

"我妈在南山上干吗？"我问了一句。

瞎太太叹了口气说："她在忙她的事呀！你到那不要喊她，看她一眼就回来，丫头是大孩子了，大孩子乖，听话啊！"

我应了一声，就告别瞎太太，向南山走去，那个叮叮当当的声音越来越清晰，一下一下好像在敲打我的心。

走近后，我看见南山坡上有两个人影，一个蹲着，一个站着，一个扶钎，一个打锤。那个蹲着的，我一时没看清是谁。那个站着打锤的是我妈。只见妈脱去了外衣，只穿了件贴身的短袖衬衣，大锤在她手里不停地挥舞着。

"哎哟。"蹲着的人叫了一声。

我妈扔下锤，忙抓住那个人的手问："田师傅，伤着了吗？"我这才知道那人是田叔叔。

田叔叔说："不要紧，继续来吧。你这一气打了八十锤，比壮男人还厉害，不简单！"

我一下子明白了，妈在跟田叔叔学打锤。我一阵激动，但想起瞎太太的话，我没有惊动他们，自己摸着黑回来了。

第二天早上，母亲的手肿得像发面馒头，连筷子也拿不住。我看了，眼泪一个劲往心里流。

第十章

一

我妈她们去闸口工地了。我向老师请了一个星期的假，在家带弟弟妹妹。

吃午饭的时候，瞎太太抱着小重孙到我家来了。这些天，瞎太太明显老多了，那张布满皱纹的脸上，几乎看不到一点精气神，眼睛也黯然无光，走路蹒跚，几乎是在一步一步艰难地挪动。

"丫头，你妈没让你去上学吧？"瞎太太问。

我的眼圈红了，点了点头。

瞎太太叹息一声，说："也不怪你妈，咱们村的人活得太难了！这样吧，我和小巧婆婆、七奶奶商量过了，把村里没上学又没人看的孩子都集中在一起，我们几个人看着。这样，又省得你们父母担心，又不耽误你们上学。"

"太好了，大太太！"我高兴地跳起来。

就这样，我们那个偏僻的小山村在十年前就办起了"托儿所"，只是当时没人会用这个名词。我妈夸奖瞎太太："这老人家总是替别人想。"

下午，我就高高兴兴上学去了。

晚上，瞎太太让我把小芹等和我年龄差不多的孩子们召集在一起，又给我们出了个好主意。

"你们的妈妈在掏闸口，十分辛苦，你们疼不疼你们的妈妈呀？"

"疼！"我们异口同声回答。

瞎太太说："好，今儿下了课，你们就自己动手包饺子，煮好了送到工地上去，慰劳你们的妈妈们。你们同意不同意？"

我们当然高兴。原来，瞎太太下午就抱着小重孙子，逐家逐户去讨白面。那个时节，村子里有白面的人家不多，但大家还是被瞎太太感动了，这家一瓢，那家一碗，有的把缸底都掀了个底朝天。

"闸口掏通了，今年保证麦子多收，到那时也不愁没面吃了！"瞎太太逐家逐户地游说，"人是铁，饭是钢，她们在闸口那么辛苦，咱不能让她们亏了身子。人也得讲点良心。她们舍家撇小图个啥，还不是为咱沈家塘的老少几代人能活下去，要想过好日子，就得你帮我，我帮你！"

没有肉，瞎太太就动员大伙捐了几个鸡蛋，用蒜苗鸡蛋拼成素馅子。

其实，我这么大的女孩子村里有不少，都是从小就学会了针线活和做饭，包饺子也不陌生。我们十几个小姑娘一起动手，不大工夫就包了几百只饺子。

饺子在沸腾的锅里滚着，我们都高兴地笑了。

"别忘了孝敬南山你们的老子！"小巧的婆婆提醒说。

第一碗饺子汤，我们崇崇敬敬地捧着，举过头顶，然后向南山默哀一会儿，庄严地洒在了地上。那是敬我们逝去的亲人。

然后我们用一只大铁桶盛着饺子，由铁旦和富贵抬着，大伙跟着，高高兴兴地向闸口走去。因为要赶在天黑之前把饺子送到工地上，瞎太太怕我们从山口要多绕十几里地耽误了，就让二狗子叔给我们带路，从大沟里走。大沟里没有路，长满了芦苇和草，只走了没多远，不少小伙伴的手、脸都被剌破了，而二狗子却没了踪影。

"我怕……"小芹先哭了起来，其他几个女孩子也都嚷了起来。

天又快黑了。夜色正向大沟逼近。

"丫头，咱们还走吗？"富贵问我。

我反问道："你想不想你小巧妈妈？"

富贵点了点头，说："想！"

我说："走，不愿去的回去，咱们走。反正这水饺要送给妈妈吃。"

那几个要回去的孩子见我们都决心不回去，加上她们也不敢自己瞎摸着回去，也就答应继续朝前走。于是，我们又向前进了。

天黑以后，我们到了闸口。虽然一个个累得精疲力竭，但是十分高兴。

我永远不会忘记在工地看到的情景：一只昏黄的马灯下，十几位像泥猴似的女人围在一起，有的双腿叉开坐在地上，有的半跪半蹲在地上，还有的仰面躺在地上。她们手里拿着像石头块一样的山白芋面窝头啃着，连口开水也没有。可是，她们还谈着闸口，谈着水……

"妈！"我们都喊叫起来。仅仅一天没见，仿佛过了几个春秋。

听到喊声，那些女人都转过脸来。一时，我们谁也分辨不出自己的妈妈。因为她们脸上都溅满了泥，好像个个戴了鬼脸面罩。可是，她们看得出我们，一个个都扑过来，把自己的孩子紧紧拥抱在怀里。

那个夜晚变得格外美丽。

"丫头，你怎么来了？"我妈虽然是训斥的口气，但充满了亲昵和疼爱。

小巧搂着富贵亲个不够。也许太累，她一屁股坐在地上，富贵也倒在地上。她索性抱着富贵，在地上打着滚儿亲。

我把事情的由来向妈说了，妈激动地抹着眼泪说："你大太太想得真周到啊！"

妈妈们吃起饺子来都津津有味，甜甜蜜蜜。

"丫头娘，你看看，咱沈家塘怎么会倒下呢！"小巧激动地说，"有大太太这么好的老人，有这么多懂事早、孝顺老人的好孩子，咱们沈家塘会越来越兴旺，越来越幸福的。"

我妈连声说："是啊是啊，咱沈家塘是个有福的地方。看今天这样，咱们就是再吃苦再受累也值得！"

洪大也高兴地说："真没想到麦收前还能吃上白面，而且还是白面饺子。咱们这么把年纪就得了孩子们的福。我说丫头娘，加把劲，咱争取后天就把闸口掏通，让水通过大沟，流进咱沈家塘。"

二

鸡叫三遍以后，我就起了床，找了个小桶到井台去提水。妈走时虽然匆忙，也没忘了挑满一缸水。可是昨天一天都用光了。

我走到井台上，突然吓了一跳，井台上躺着两个赤裸裸的人。我马上就想到是二柱和福大媳妇，走近一看，果然是他俩，都已睡得昏昏然，二柱还不住打鼾。他躺在福大媳妇怀里，头枕在福大媳妇的肚子上。我不敢叫醒他们，又不知怎么办。看了井台边，已经没有一点火光，说明几炷香已燃尽。可能是他俩太疲劳了吧？我很可怜他们。

我想去喊人，喊谁呢？我妈不在家。如果喊瞎太太……不行！把瞎太太喊来了，事情一定会更糟的。小巧、二柱娘……她们都不在村里，都上闸口工地了。对了，去找田叔叔。我赶忙离开井台，一溜小跑赶到二狗子家。可是，门上锁了，奇怪，田叔叔这么早能去哪儿呢？会不会在饲养场干活了呢？我又跑到饲养场，田叔叔果然在那，他光着脊梁，正在搬着一个大石头。

"丫头，这么早有什么事吗？"田叔叔边擦汗，边走过来问我。

"井台上，井台上……"我十分着急。

田叔叔一听就明白了，一句话没说，把我抱起来就向井台边跑。

我们赶到井台上时，井台上已经围了几个人。好在她们都是女人，也不存在什么羞辱感了。

田叔叔正要走过去，却被一个女人喝住了。我认出她是小巧的婆婆。

"站住，你一个男人，又是外村的，不要过来！"小巧婆婆严厉地说。

田叔叔已经看见了福大媳妇和二柱，他很镇静地说："我可以不过去，但是你们要把他俩送到赤脚医生那儿去！耽误了可能要出事。"

小巧婆婆："我们村的事不要你管。他们俩不要脸，是自作自受，死了也对不起咱沈家塘。"

"你们，你们拿人命开玩笑！"田叔叔气愤地说，"这样逼死人，你们沈家塘更丢脸！"说着田叔叔就冲了过去。

小巧的婆婆突然挥起扁担，对着田叔叔就打，我惊叫一声本能地扑过去，那扁担从田叔叔肩膀头滑下，落在我的头上。我只觉得两眼直冒金花，一头栽倒在地上……

我醒来的时候，已经是太阳升起一丈多高了。

我的床前站着田叔叔，弟弟妹妹都围着我哭。

"丫头，头还疼吗？"田叔叔问我。

我哭了。

田叔叔说："你妈从闸口捎来信，说不能回来。你现在感觉怎么样？"

我这才感觉到头上缠了条带子。

"田叔叔，我会死吗？"我问。说心里话，那时我真以为自己要死了。其实，小巧婆婆那一扁担是先打在田叔叔肩上的，因为我去抱田叔叔，那扁担又落在我头上。如果是直接打在我的头上，不死也落个残废。

"田叔叔，二柱哥死了吗？"我又接着问了一句。我真的从心里为二柱哥和福大媳妇担心，因为当时我看见他们时，他们都是不省人事的。

田叔叔叹了口气说："送到大队医疗室找赤脚医生看了，现在没事了。不过……"下边的话，他没有再说。也许看我还小，不一定能明白吧。我也没有再问。后来才知道，福大媳妇醒来后就吵着嚷着要去死。

田叔叔又愤愤不平地说："都什么世道了，还这么野蛮地摧残人。"田叔叔的脸十分阴沉。

过了一会儿，田叔叔见我没事了，就嘱咐我好好休息，然后就走了。

我知道弟弟妹妹还没有吃早饭，就从床上爬起来，头还有点儿疼，又有点儿晕，但是我坚持着做好了饭。

刚要吃饭，弟弟急急忙忙地跑了回来。

"姐，田叔叔……"弟弟说。

我忙站起来，头一阵晕眩，差点儿栽倒，仍急着问："田叔叔怎么了？"

弟弟："一群人围着田叔叔骂。"

我一惊，拉着弟弟就向外跑。

离村场老远，就听见那儿的吵嚷声。走近了，果然有一群女人围在饲养场门口，指指点点，骂个不停。

"你想破俺村的规矩，给俺们招灾引祸呀，不挨刀剐也得叫雷劈！"

"看你的样子就不是个好人，终日眼睛四下滴溜溜转，想干什么坏事？告诉你，沈家塘女人不下贱，你别想占便宜！"

"让你垒个墙，磨磨蹭蹭好几天垒不好。你一想坑俺们的血汗钱，二想从俺们沈家塘拐个媳妇走。"

我悄悄挤到人群前边，睁大眼看着田叔叔。只见他铁青着脸，皱着眉头，额头上的青筋如一条条青龙纵横卧着。但是他仍默默地干着手中的活。

叫骂最凶的是小巧婆婆。虽然瞎太太也在场，但我没听瞎太太说一句话，既没劝小巧婆婆她们，也没有指责和辱骂田叔叔。看上去，她好像在想什么心事。

我很着急，她们凭什么辱骂田叔叔，田叔叔可是个好人啊！但是，我又不敢说，更不敢跟小巧婆婆她们顶撞。这时候，我一心盼着妈妈赶快出现。我相信妈妈会向着田叔叔的。因为田叔叔是个好人，大好人。只要我妈说一声，她们就不敢再骂田叔叔了。

又过了一会儿，瞎太太终于说话了。她对小巧婆婆说："该到上工的时候了吧？队长不在，你带大伙下地干活去吧。"

小巧婆婆很不甘心地带着那几个女人准备走，临走，还恶狠狠地说了一句："等队长回来，就撵你滚蛋！"

"队长不舍得赶他滚。他也不舍得离开沈家塘！"我没听清是哪个女人这样说了一句。

小巧婆婆她们走后，瞎太太说话了："这位田大哥，她们骂你，你为什么不还口？"

田叔叔低着头干活儿，连头也没抬说："不讲理的人，犯不上理！"

瞎太太又问："你觉得我们村做得过火了是不是？"

田叔叔这次抬起头来，望着瞎太太，一字一句地说："是的，不但过火了，也太绝了！像我长这么大的人，都没见过有这种法儿治人的。"

瞎太太叹了口气，说："你说得对！这都是几十年前用过的规矩了，不过，你来俺村也不是一天两天了。你看看俺们庄这个样子，没有个法行吗？国还有国法，家还有家规呢？如果不好好地治他们，都这样下去，俺这个庄还不散等啥？"

田叔叔静静地听着，最后点了点头。

田叔叔的点头瞎太太是看不见的，她又接着说："家家有本难念的经，村村都有自己的难为。你出去不要说俺庄这些事了。"

"我懂！"田叔叔说。

瞎太太满意地笑了笑，说："哪儿都一个理，只要人的心不散，就乱不了……"

田叔叔又点了点头。

三

天擦黑的时候，闸口那边捎信来，说是今天晚上西坝的水可以通过大沟流过来。全村一下子沸腾了，扶老携幼拥向村外的大沟。

二柱哥也来了，还带了一挂鞭炮。他到底还有几分童心，虽然受了屈辱，好像没什么事儿一样。不过，他的身边没见到福大媳妇。

"二柱，你怎么不把红英也带来。她肚子里有你的儿子，让你儿子听听他爹放的炮声，你这当爹的多威风啊！"小巧婆婆当众挖苦二柱。

二柱咧嘴笑了笑。

站在旁边的瞎太太神情却十分冷峻，听了小巧婆婆的话，身子抖动了几下。过了一会儿，瞎太太转过身，走了。

这天晚上有月亮。天幕上，月牙儿静静地挂着，好似有几分忧愁，几分不安。月牙儿四周不知为什么罩了一圈一圈红晕，看上去仿佛是沾了血。

人们在大沟堤上，聚精会神地望着沟底，等待着西坝的水来。

很长时间过去了。

有的孩子吵着肚子饿，要回家吃饭。当妈的不但不心疼，还打耳光，

"饿，饿，能饿死咋的。没有水，明年你非饿死不可！"

大概到了半夜了，沟上还没有人离去。

二柱趴在地上，侧着耳朵对着沟底，大声说："哗啦啦……我听到上边有动静了！"

"动你娘个腿！我咋没听见？"小巧婆婆骂道："你年纪不大，贼心贼胆在咱沈家塘谁都比不了！"

突然，我看见瞎太太循着二柱的声音，向二柱跟前走去。二柱当时正趴在沟沿上，专心致志地望着沟底。

"二柱！"瞎太太轻轻唤了一声。

"大太太……"二柱哥慌忙爬起来。他一定很心慌，声音有点儿惊愕。

我当时就在二柱哥旁边，听见了瞎太太和二柱哥的对话。

瞎太太："二柱，你老老实实给太太说，你喜欢红英吗？"

二柱哥点了点头，不过显得很紧张。

瞎太太："二柱，你是真喜欢红英，那喜欢红英的孩子吗？"

二柱哥不知是没有准备还是没有想好，一时没回答上来。

瞎太太："这么说，你只喜欢红英，不喜欢她的孩子？"

二柱："喜欢，只要是红英喜欢的，我都喜欢！"

"当真？"瞎太太又问。

二柱哥认真地点了点头。

瞎太太说："二柱，太太这么把年纪也活不了多久了。你和红英的事，我看也差不多了。我放心不下的是，红英和福大的这个孩子，如果红英嫁给了你，你不疼这孩子，不能把他拉扯大，我和福大在地下是不会饶了你和红英的。你要当心着点。"

二柱哥又郑重地点了点头。

就在这时，不知谁喊了一声："水来了！"

果然，当大伙抬头望去时，看见一片亮光从树丛和芦苇中钻出来，像是突然泻出来的碎银子，在月光下闪闪发光。沟上顿时一片欢腾。

"这水怎么这么红，好像是血！"

不知谁这么说了一句。

水流向了村西的水塘。

水流向了山下的田野。

山村喧腾了。

有人捧起水洗脸；有人赤脚跳进水里，在水中戏闹着，欢呼着。

瞎太太说："给我一口水喝！"

当时，没有人带盛水的工具。小巧婆婆摘下顶头的毛巾，折成一个口袋状，舀了一捧水，送到瞎太太嘴边，瞎太太只抿了一口。

"哎，队长她们怎么还没回来？"有人问。

"是呀，这么晚了，该回来了！"有人应。

"会不会出什么事……"又有人说。可是后边这个声音刚落，立刻听到一片斥骂声。但是，斥骂声过后，沟上一片沉寂，人们在期待着，甚至可以听到心跳声。

又过了很久，不知谁从村里跑来，脚步声又急又乱。回头望，看见二狗子跌跌撞撞跑了过来。

"出事了！又出事了！"二狗子叔喊着，"我不是男人，不是男人……"

没有人追问他出了什么事，一个个发了疯似的蜂拥着向村里拥去。

村街上，响着一片哭声。只见一辆平板车放在村街上，车把上挂着的马灯摇摇晃晃，显示着一种不祥。

大伙不约而同地扑了过去。

只见我妈和几个女人围在车旁哭着。二柱娘躺在车上。

村里人"哗啦"一声都哭了。村庄又沉浸在一片悲哀之中。

"妈，妈？"二柱在平板车下哭得死去活来，"妈，你别走，别离开我呀？我对不起你，让你为我受惊受怕。妈呀，我的妈妈呀，你快醒了吧，以后我不和红英姐来往了！我听你的话，不让别人骂咱祖宗八代了。妈呀，我的好妈妈，你别生气，别离开我呀！"

二柱哥痛彻心扉的哭声搅得大伙心里都不安宁。很多人都围着二柱娘哭。

那天，村街上的人们一直哭到天明。

"二柱娘死了，二柱还有个妹妹，以后家里怎么过呢？我看，让他和红英结婚吧！"洪大啜泣着说，"再说，他和红英也被罚了这么多天，龙王爷就是不开恩，也不会怒了！"

"哼，说不定龙王爷搂着龙王奶奶睡觉了呢！"有人说。

要在过去，这样一句笑话，会引来村街上人们的一阵哄笑，而今天却恰恰相反，引来的是一片哭声。

我妈的脸又黑又瘦，看上去苍老了许多。她的眉头锁着，半天没有说话。

突然，红英从家里跑了出来，边跑边喊："队长，队长……"

"怎么了？"我妈迎上去问。

"奶奶，奶奶她……"红英说着，一下子昏了过去。

人们七手八脚，忙乱一阵，才把红英叫醒。

"奶奶，奶奶上吊了！"红英又昏了过去。

村街上的人们先是一愣，继而像潮水般向瞎太太家涌去，我妈发了疯似的跑在前头，像一只离弦的箭。

四

瞎太太院中有一棵歪脖子榆树。每年，村里的孩子都会到她家摘榆树叶。榆树叶拌点面蒸熟了，既可以当饭吃，又可以做菜吃。瞎太太虽然眼睛看不见，但总是站在树下边，不住反复叮嘱："小心点，小心点。"我想，她是在树下守护着。一旦有孩子不小心从树上掉下，她会毫不犹豫地用瘦弱的身子来承接。树上最粗壮的树枝上，还拴了一根麻绳。福大说是瞎太太让他特意在树上加的一根"安全带"。上树容易下树难。爬树累了的孩子，可以抓住那根麻绳滑下来。我也去瞎太太家摘过榆树叶，从麻绳往下溜到地上时，由于站立不稳，摔了个嘴啃泥。小朋友的笑声、树上知了的叫声融合在一起，充满了乐趣。此时，那根麻绳还在，上边却挽了个圈，瞎太太的头就在圈里。我第一次看到人有这种死法，吓得闭上了眼睛。

人们七手八脚把瞎太太抬下来。我妈喊着，"快送大队医疗室！"

小巧摸着瞎太太的手，说："晚了！"

我妈"哇"的一声哭了："大奶奶，你为什么要这么做啊？你为什么不等着跟我说一句话，就扔下我走了呀！"

院里院外，被一片哭声笼罩着。

红英也跪在瞎太太身边，哭得死去活来。

突然，人群中有人骂："臭婊子，还有脸哭？大奶奶要不是因为你偷人养汉，能这么去死吗？"

"是呀，大奶奶是咽不下这口气！"有人接上说，"把这个女人吊死，让她到阴间追着大奶奶赔罪去！看大奶奶和福大会怎么收拾她！"

人们在吵着。

我妈慢腾腾地站了起来。

"队长，发话吧！把她和二柱一起埋吧！不能让大奶奶吃这口气。"

"是呀，大奶奶一辈子好人，到头来死得这么惨。不行，不能饶了这对狗男女！"

我妈说话了，声音很慢，但吐字很清晰："大伙别吵了。大奶奶不是这个意思。前几天，大奶奶就给我说过，如果她活一天，二柱和红英在一起，老少娘们就不会装聋作哑。那样，苦的不是他们两个人，得有很多人跟着苦……大奶奶是想成全他们俩！"

人们一下子静下来。

"奶奶！"红英扑在瞎太太身上，哭得更响了。

后来，妈还对我说过，大奶奶没对她说过什么。她也不明白大奶奶为何死。她只是想成全二柱和红英。

"那时我想我也是一个女人！"妈这样说。

再后来，红英对我妈说过，其实瞎太太早就患了不治之症，要到县城或市里的大医院做大手术。她既不想离开沈家塘去医院，又不愿花钱动大手术。红英说："老人家每天都被病痛折磨得死去活来。有时候我早上去给她叠被子，被子里的汗还冒着热气呢！"

"那你为啥不早说？"我妈十分气愤，责备红英说，"咱一个沈家塘那么多家，就是摔锅卖铁也能把一个老太太的命救下！"

红英说："她，她不让说。她说，咱沈家塘够苦够难的了。我一个瞎老太婆帮不了忙，插不上手，更不能拖累大伙！"

我妈边听边哭。我也在旁边抹眼泪。

第十一章

一

夏天是匆忙光临山村的。但是，即使它已经到来，也不是人人都能适应夏日的生活。村街上，除了一些男孩子开始光屁股，很多人还都穿着棉袄或夹衣。我记得当时我还穿着棉袄。不是不知道热，上学和放学的路上，常常热得一头汗，就是坐在教室里，也是汗流浃背。孩子个子长得快，几乎是一年一变化。我的衣服穿不上了，就给弟弟穿。弟弟穿不上了，再给妹妹穿。妈忙着队里的事，没时间给我们做衣服，她自己还光着身子穿一件棉袄呢。早时出门，她把扣子都扣得严严的，只有到了家里，才敞开怀。吃饭的时候，妈就把袄扔掉，光着身子，还对我说："丫头，把袄扔了，看你热得那个样子，还不捂死！"

我有点害羞，忸怩了一会儿。

妈拍了下桌子："你想捂死啊！你还是个孩子……"

于是，我就学妈，上身脱了个精光。

这天，我先吃完了饭，妈让我去找弟弟。弟弟带着妹妹又不知跑到哪儿去玩了。这家伙前几天下河洗澡，差点被淹死。所以，妈和我出门时，就把他和妹妹反锁在屋里。他就像一只活泼爱动的小鸟被关进了笼子，心不安，人也不安。只要妈和我中间有一个回到家打开门，他就扑腾扑腾地朝外跑，常惹得妈牵肠挂肚的。

我先去村场上找，没有找到，迎头撞见红英从饲养室出来。

红英："丫头，你找弟弟吧？我刚才看见他跟铁旦几个孩子一起向西塘那边去了，还有你妹妹！"

我一听就急了，他可能又去下河洗澡，玩水去了。我拔腿就要跑，红英又喊住了我，说："丫头，你别急。这回不用怕。是你二柱哥带他们去西塘瓜地的。"

我听了，心里才像块石头落了地，踏实了一些。

红英在福大家时，我一直是称她婶子，可是到二柱家，按辈分我又该称她嫂子。不过习惯一下子改不掉，加上她还没有和二柱正式拜天地，我也不能改口。

"婶子，我放假来跟你学把式行吗？"我说。红英现在已离开"双代店"，到饲养场帮二柱侍候牲口了。

红英说："傻丫头，你怎么能干这个。你不能和婶子比。你还小，好好读书，长大了上大学，到大城市工作。在咱这山旮旯儿里一辈子没什么出息。"

正说着，二柱哥带着我弟弟妹妹一群孩子高高兴兴地回来了。二柱哥手里还捧着一个西瓜。他一看见红英手里拎着水桶，不高兴地说："跟你说几次，不让你干这些重活，你怎么就不听呢？"

红英笑了笑说："我的身子又不是金枝玉叶，干这点事累不着！"

二柱哥夺下水桶，说："你就知道嘴硬，你要把我的孩子累着了，看怎么赔我！"

红英脸一红，嗔怪地说："瞧你，老是像个孩子，让别人听了多不好意思。以后说话别这么少天无日的！"

二柱哥看了我和小伙伴一眼，也有点不好意思了。

红英抽下搭在肩上的毛巾，递给二柱说："看你的脸抹得像个泥猴子，快擦洗擦洗！"

我看到这儿，拉着弟弟妹妹就走了。

在村场上看见了二狗子叔，他光着脊梁，躺在麦草垛边，手里拿着棉袄正在逮虱子，逮着一个就丢在嘴里嚼几下，还眯着眼睛，仿佛在品着虱子的味道。那两只狗也躺在他旁边，好像世界上的幸福和安逸都让他们占去了似的。

弟弟说："真恶心。"

二狗子叔看见了我，喊道："丫头，过来！"

我忐忑不安地走了过去。

二狗子叔的手在腰带上摸了一会儿，摸出一样东西，递给我说："拿去！"

我迟疑了一会儿，才伸出手，接过来一看，原来是一支断了半截的铅笔。别看只有三寸长的一小截铅笔，对那时的我来说确实是很珍贵的。我高兴地跳起来，就差没抱着二狗子叔亲一口了。

直到今天，我也没弄明白二狗子那半截子铅笔从哪儿弄来的。

"丫头，叫我一声！"二狗子说。

"二狗子叔！"我恭恭敬敬地叫了一声。

二狗子叔摇了摇头，眼一瞪，大声喝道："叫爸爸！"

"不叫！"我拉着弟弟妹妹就跑，刚跑出村场，就迎到了小芹，她急急忙忙见了面第一句话就问："丫头，你见二狗子叔了吗？"

我说："在场上，你找他有事？"

小芹说："我妈叫我找二狗子叔。还叫我不要告诉别人。对了，二狗子叔还答应给我一支铅笔呢！"

"真的？"

"小狗骗你！"小芹挺认真地说，"别看二狗子叔疯，他对我可好了，他还叫我喊他爸爸呢！"

"你叫他了吗？"

小芹摇了摇头。

莫不是刚才二狗子叔把我当作小芹了？和小芹分手后，我这样想。的确，二狗子叔成了小芹家的常客。我们是邻居，常常看见二狗子叔到她家去，有时是小芹不知从哪儿把他拉来的。二狗子叔每次进小芹家时，都要向我家看一眼，神情还慌慌张张的。长大后听人说，二狗子叔一见我妈就尿裤子，也不知真假。其实，我见妈也看到过几次，但都装着没看见扭过脸去，但少不了向地上吐一口唾沫。后来我听村里人议论，小芹娘在二狗子叔身上白费了几年心血。因为二狗子叔那次被我妈用剪刀恐吓一次后，再也没有做男女之间那种事的能力了。但人毕竟是有感情的，二狗子叔和小芹娘俩的情分也不差。

我进了院子，听见屋里有人说话。

"如果麦收前没有什么天灾，今年的收成是可以的。"这是我妈的话。

"没天灾，不一定少了人祸。我这次出去听说，外边对你们村议论很多。公社可能又要派工作组来搞什么'反击运动'！"这是田叔叔的话。

"别说了，大概是丫头他们回来了。"我妈的声音有些惊慌和紧张，"晚上我在'百家坟'那儿等你！"

门开了，果然是田叔叔出来。

进屋一看，妈还光着脊梁。

"这些大人在干什么？"我有时很纳闷。

吃晚饭前，我妈和小芹娘吵了一架。

其实事情很简单：队里为了保证饲养场牲口的鲜草充足，规定每家每天要交10斤鲜草，补助一个工分。今天收工后，小芹去饲养场交草，正巧我妈在场。我妈见草里水还在往下滴，知道小芹娘用浇水增加草的重量，就不让收，还要罚她家的工分。小芹哭哭啼啼回到家对她妈说了。于是，小芹娘就赤着胳膊跳到我家门口，指指戳戳地骂开了。

"哼，当了屁大的干部就六亲不认。有什么了不起，谁不知道谁家锅门朝哪吗？你自己干什么事比俺强？俺在草里掺水比你在草里掺土要强得多！"

我妈正在吃饭，没有理会她。其实，小芹娘完全是一派胡言。我是了解母亲的。她对队里的事从来都是一丝不苟的，每天她交的鲜草都要超过规定的数字，但从来都不多加工分。就说田叔叔刚来的几个月由我们家管饭，妈从来没伸手向队里要一粒粮、一分钱，还把好东西给田叔叔吃。相反，后来轮到别人家管饭，她却让会计和保管员每天补助人家钱和粮食。别说朝鲜草里掺土了，就是有几次我割的鲜草根上有些泥，妈都让我摔打干净。

小芹娘见我妈不出来，就得寸进尺，骂的话更不堪入耳了："话说得最漂亮，事干得最肮脏。别觉着只有你自己长眼，别人都没有长眼，你干的什么事俺都看得明明白白清清楚楚。你要是不是脸，俺也不怕掉层皮……"

我妈气得脸色苍白。她把饭碗一推，顺手拎起门后的铁锨，怒气冲冲地跳出了门。

"你说清楚，你的眼里看到了什么？今天你要是不说清楚，我把你的一双眼给抠出来当尿泡泡踩！"我妈指着小芹娘骂道，"你也东南西北左邻右舍访一访，谁不知道沈家塘有个不要脸的偷人养汉精，尽管她头上没贴字，一眼就能看出来。一晚上没男人陪着就急得发痒，就差没找公狗公猪了！"

两个女人一吵起来，立刻吸引了全村的人。现在瞎太太不在世了，村里没有像瞎太太那样德高望重的人，谁说谁劝也没用，因此也没有人出来劝说。

小芹娘见我妈手里握着铁锨，生怕吃亏，赶忙到锅屋里拿了把菜刀出来。

我吓得去拉妈。小芹也害怕，紧紧扯着她妈的衣服。我们两个孩子哭着喊着，用尽力气阻止着两个妈妈发生斗殴。

我妈说："要不是看孩子面上，我早把你给砍了！"

小芹娘说："哼，要不是为了孩子，我也饶不了你！"

吵架的时候妈很凶。可是一回到家，她又软了，哭得很伤心。

二

第二天中午，我放学回家的路上碰到一个陌生的年轻女人，她扎着两个小辫子，个子挺高，穿得虽然不洋气，但也不俗。她身上还背着书包和行李卷。

"小姑娘，你是沈家塘的吗？"她问。

我点了点头。

"你叫什么名字？"她笑着问。

我怯怯地没有回答。

她亲热地笑了，向我伸出手来，热情地说："我叫方翔。你叫什么名字？告诉我，咱们做个朋友。"

"我叫丫头！"

"丫头？"她笑了，"你姓什么？大名叫什么？就是说学名叫什么？"

"洪丫头！"

"红丫头，哈哈，好啊！"她笑得更开心了，"红丫头穿红褂儿，扎红头绳，真是名副其实呀！"

我也笑了。当时，我穿的是妈用爸当队长时领的一面红旗给我改做的小褂。

方翔果真成了我的朋友。直到今天我们还经常通信。她现在是县妇联的负责人。当初，她是上山下乡的知青，被公社派来搞运动的。

"丫头，你们队长姓什么？"

"我妈！"

"你妈，你妈就是队长？！"

我点点头："大姐，你找我妈有事吗？"我问她。

方翔说："我是找你妈报到的。以后，我就不走了，欢迎吗？"

我很高兴。说真的，村里来了新人我感到很新鲜。不过，我毕竟不了解她，对她还有几分戒备。

我妈还没收工回来。村里有人看见我带个陌生人回来，也都很好奇。因为村子小，谁家有几门亲戚，亲戚在什么地方，相互都知道个八九不离十。再说，她还背个行李卷。

弟弟妹妹看见来了生人，都吓得躲在我身后不敢出来。

不一会儿，妈被人从地里叫回来了。还没进门就问："丫头，你带谁来了？"

"是我，队长！"方翔迎上前去。

我妈打量了方翔一会儿，冷冷地问道："你是谁，怎么知道我是队长？你到我家来找谁？"

方翔从书包里掏出一张纸递给我妈。后来我才明白那是介绍信。

我妈看了方翔的介绍信，很冷淡地说："说吧，公社派你来干什么？"她一屁股坐在方翔原来坐过的板凳上。

方翔没生气，仍然微笑着说："队长，公社派我来，是帮助沈家塘搞运动的！"

"什么运动不运动的，俺们沈家塘没人热心。俺只热心种地，老老少少不饿肚子。"我妈说话很粗鲁，也很直率，"直说了吧，俺这些孤儿寡母没那么多闲心。"

方翔又耐心地说："队长，话可不能这么说，现在全国上下搞运动。沈家塘又不是在星球外边，不搞能行吗？我是这样想的，你看对不对……"

方翔话未说完，小巧进来了。我妈把方翔介绍给小巧，还不无讽刺地说："我正在听公社来的领导教训呢。你要有兴趣，也坐下来听听！"妈把板凳让给了小巧，仍然让方翔站着。

小巧很冷静。她把板凳放在方翔脚下，让方翔坐。不过，方翔并没坐。她等小巧也坐下后，才又接着说："队长，小巧同志，我认为沈家塘要想更好地生存，就是说为了明天的沈家塘更好，也应该顺应潮流。我很理解你们的心情，你们的处境，但是，我作为一个女人、一个朋友劝你们，不能总是沉浸在悲伤之中。我来这之前，关于沈家塘的消息几乎一点也不知道。这样下去，再过几年，人们可能会忘记还有这个沈家塘。我也不想怎么轰轰烈烈地搞什么运动，我想作为一个女人，应该来帮你们！"

小巧不住地点头。

我妈的脸也由阴转晴了。她让我去做饭，并叮嘱我："丫头，多添瓢水！"我立刻就明白了母亲的心思：她要留客人吃饭了。

她们后边的谈话我没有听见。

这天中午，方翔就在我家吃的午饭。

这天晚上，方翔也在我家铺了铺盖。

三

方翔终于说服了我妈，在我们村的几条村街上都刷上了大标语。我记得主要标语有几条：

"坚决批判右倾翻案风！"

"打倒死不悔改的走资派！"

"誓死保卫毛主席的革命路线！"

方翔对我妈说："这就有点政治气氛了。上边来人检查，能说得过去了！"

我妈冷冷一笑说："上边没有人到俺这地方来。俺不管这派那派的，只要是为俺们好的，俺就拥护！"

方翔是个好人。只两天的工夫，她就在我心中留下了这样的印象。她叫我喊她姐，可是我妈应允了叫我喊她姑姑。于是，我也只好称她为姑姑了。

中午吃罢饭，方翔说晚上带我去西塘游泳。我妈没听见，我愉快地答应了。

一下午，我都在想着游泳的事。

虽然夏天天长了，但乡下吃饭还都是在天黑以后。乡下人的时间表是跟着季节变化的。天长了，在田里待的时间就长一些。

我回到家，见只有方翔一个人在小方桌上趴着写东西。看见我进来，她点了点头，说："丫头，你先做饭，我写个材料！"

我做好饭，她也写好了材料，把我叫过去说："丫头，给你起个名吧？"

我说："行！"

她想了一会儿说："你姓洪，我想了一天，就取一个字：梅！洪梅，你看怎么样？"

我高兴地说："行呀，就是不知道妈同意不同意？"

"你妈怎么会不同意？"

"我妈说过，爸起的名字，不能更动。"

方翔听罢，沉思了一会儿，说："我来跟你妈说。"

我妈回来后，方翔把这事给我妈说了，妈未置可否。方翔大大咧咧地把我的课本要来，用钢笔在上边工工整整地写下了"洪梅"两个字。

从那时起，我才有了个正儿八经的大号。那年，我已经9岁了。

吃饭后，我妈坐着和方翔说话。我一心想去西塘学游泳，急得坐卧不安。好几次看方翔的脸，她都无动于衷，好像已忘记了似的。

"眼看就要收麦了，防火工作要加强。我在村里看了一遍，好多家是孩子在家做饭，点火时千万要注意。你看是不是开个会，把这个事讲一讲！"方翔很认真地说。

我妈说："行。赶明儿在地里歇晌的时候开会，你去讲一讲。"

方翔又说："场地也该轧一轧了。"

我妈笑了："看你是个城里人，庄稼活儿还样样通呢！"

方翔也笑了："我已经来农村六年了，也算是半个农民吧。"

我妈说："你也不小了，还打算在农村找婆家吗？"

方翔说："在农村找婆家哪点儿孬？"

我妈说："那你咋不找？"

方翔说："没碰上合适的。我始终认为，找对象不要论对方的地位、环境，只要人好，两个人有感情基础就行。我早就说过，只要我爱上的人，不管他是做什么的、条件如何，我会不顾一切地去爱！"

我妈听了，脸上神情懊丧。她叹了口气说："还是你们这些人有精气神啊！像我和庄里的很多女人，这辈子恐怕都没这福分了。"

方翔说："怎么能这么说呢？你们还都年轻，只要摆脱了一些强加在自己身上的束缚，就能够寻找到幸福。"

"难啊！"我妈摇了摇头。

这时方翔站了起来，对我说："丫头，带姑姑出去走走怎么样？"

我故意看了妈一眼。

妈说:"去吧!"

我高高兴兴跟方翔走出家门。天已经黑了,家家户户都点了灯。村街上,从几户人家门缝里透出昏黄的灯光,犹如一把把剑,把黑夜劈成几截。我们径直走向村西。

要是在过去,西塘这时候一定十分热闹。爸曾带我去西塘洗过澡。那儿是一群男人的天地。他们尽情地在河里泡着,还骂着不堪入耳的话。而女人们则只能关在家里,穿着衣服,用毛巾揩几把身子。我每次也只是在岸上替爸爸看衣服。现在,西塘却冷冷清清,水面上一片静寂。

"丫头,你怕吗?"走到水边,方翔问我。

我毕竟没有下过水,心里有点恐惧,但表面却装得很勇敢,说:"不怕!"

方翔脱去了外边的衣服,只留件小背心和短裤头。她的身体真白,就像剥去了皮的白芋,在月光下显得格外醒目。

我犹豫了半天,才把衣服脱了。

方翔跳下水去,对我伸过胳膊,说:"丫头,下来!"

我不敢,急得直摇头。

方翔说:"不要怕,有我在呢!"

我还是不敢往下跳。

方翔说:"好吧,我先游到对岸再回来。到时你可要下水啊!"

方翔张开双臂向前游去,她的身子在水中一起一浮,犹如一只轻快的燕子。她的姿势十分优美,我看呆了。

过了一会儿,方翔又游了回来,高兴地说:"你们有这个水塘真美啊!丫头,快跳下来吧。"

我闭上眼睛,往水里跳去。方翔在水中抱住了我。

"来,不用怕,姑姑先教你简单的自由式。"方翔说,"我学游泳时,也被水淹过。"

我在水里吓得直哆嗦。水几乎没了我的脖子。

"来,胳膊这样伸开!"方翔做了个姿势,说:"先在浅的地方学,等学会了再向里边游。不要怕,有我在这儿呢!再说,水里又没有吃人的东西。"

方翔说了这几句话，我突然想起水塘里曾淹死过几个跳水的女人。听大人们说，死在水塘里的人，魂儿会经常出来拉人垫底。我吓得叫了一声，慌慌张张向岸上跑。方翔一惊，想拉我已经来不及了。

"丫头，你怎么了？"

"有人扯我的腿！"我神经质地叫着。

方翔笑了："你这丫头，鬼点子还不少呢！"

"真的，我妈她们都说，在水里死了的人经常要找替死鬼！"

方翔无可奈何，也上了岸，一边擦着身子，一边问我："丫头，铁旦娘她们死的时候，你都见了吗？"

我点了点头，说："见了！"

方翔沉思了一会又问："丫头，听说你田叔叔快要走了，是不是？"

我一愣。我还没听说田叔叔要走呢。

"你想让田叔叔走吗？"方翔已穿好了衣服。我们沿塘边的小路往回走。

我摇了摇头说："不想！"

"那你妈呢？她想不想让田叔叔走？"方翔站住了，望着我，好像要在我脸上寻找一种答案。

我没有回答。因为我也回答不上来。妈有什么心里话，毕竟不会向我这个小孩子说。

方翔见我不回答，笑了笑说："走吧，咱们回家去。"

走到村口，我突然想起应该去看看田叔叔，就对方翔说："姑姑，我去找田叔叔，你先回去吧！"

方翔点了点头。

现在想来，我还莫名其妙。当时，我没有去二狗子叔家，而是直接去了南山。

"百家坟"前，就是那次二柱和红英在一起亲热的地方，有两个人头在月下晃动。我个子小，又猫着腰，他们没有看见我。我悄悄走了过去。果然是田叔叔和我妈。

妈说："田大哥，我不能留你。你要体谅我心中的苦啊！"

田叔叔："不要说那些事了。我在这儿那么多天，什么都听到了，什么也都看见了。我不怪你。不过，有一句话我不知该不该说。"

我妈说："有什么话你就尽管说吧。"

田叔叔："你们总这样也不是个好法儿。其实人活着，应该活得轻松些。瞧你们一个个活得多沉重多艰难，就是我这个男子汉看了都觉着心里难过。"

我妈哭了。

田叔叔说："我也知道你心里比谁都苦。可是，我，我也没办法安慰你。要是你愿意的话，嫁给我吧！"

我吃了一惊。

我妈抬起了头，望着田叔叔，问道："你说的是真心话吗？"

田叔叔说："真的，你要是觉着还没尽到责任。我可以在沈家塘倒插门，算我嫁给你。这话，我已经想了好多天……"

我妈激动地扑倒在田叔叔的怀里。我当时觉得脸上发烧，心里难过，赶忙闭上了眼睛。那时，我不懂我妈。

过了好大会儿，才听见我妈又说："不行！我不能做对不起沈家塘、对不起儿女的事。我是带头起过誓的。如果我自己带头找男人，沈家塘还不乱了套。"

田叔叔叹了口气，埋怨地说："你怎么不能想开点，让大伙都找个丈夫呢？"

我妈说："没办法，很多家的孩子还小啊！"

田叔叔不说话了。

我妈又过了会儿，激动地说："田大哥，你是第一个让我从心里喜欢的男人，和丫头爸在一起那么多年，也没和你一起待一会儿工夫让俺心里透气。今世我不能嫁给你了，可是俺愿意今天就给你……"

田叔叔和我妈倒在了地上。

那晚的月光如水。

第十二章

一

接连几天，妈出出进进都低着头，一副失魂落魄的样子。开始，让人觉着好像是因为田叔叔走了，妈很难过。后来，有天夜里妈同方翔说话，我在被窝里偷偷听到了，才明白是怎么回事。

"……那一会儿，也不知怎么鬼迷心窍，就和他做了那种事。后来，我越想越觉得丢人现眼，对不起丫头爸和丫头他们……"

"大嫂，话不能这么说。我觉着不管你也好，田师傅也好，都没有什么错。男女之间的爱，只要是真情，就没有错！"方翔说，"我倒认为你有另一个错，就是不该拒绝田师傅的求婚。再说，你要是为放不下沈家塘，可以按田师傅的意思，让他留在你们村，这样不光不影响你的名誉，还使沈家塘又添了田师傅这么个壮男子。"

妈长长地叹息一声："人跟人不一样，难啊！沈家塘要是嫁的嫁，走的走，有孩子的人家还像个家吗？"

后来的话我没有听清，因为我已经快睡着了。

第二天清早，我被一阵"霍霍"的声音吵醒，爬起来隔着窗户向外望去，原来妈和方翔正在院子里的磨刀石上磨镰。我知道要割麦了。学校早在前天就放了假。我们乡村学校比城里的学校假期多，每到农忙的时候都要放假，因为“民办”老师要参加收种，我们也要帮着家长做些力所能及的事情。

今年的小麦长势不错。早在十几天前，我就听到妈和村里人一起议论过：如果老天爷不帮倒忙，今年夏季一定是个好收成。

吃早饭的时候，方翔问我：“洪梅，你们有多少个小同学？”

我扳着指头，从村东到村西，从村南到村北算了一遍。我们山里的小学只有三个年级，有时候，三个年级的学生在一起上课，大约有十七八个学生。

方翔对我妈说：“我有个主意，把他们小同学都组织起来，成立一个‘夏收小分队’，你看怎么样？”

我妈现在很佩服方翔，认为她有知识有能力，说话都在理上。所以，对方翔的话，我妈都是赞成的。她说：“随你吧！”

方翔说：“让洪梅当小分队队长行不行？”

我很高兴，我妈也没反对。

吃过午饭，我就按照方翔的意思，逐家逐户去通知小同学到村场上集中。

“什么，你们小孩子也开会？”小芹娘莫名其妙地说，“这又是那个姓方的女人出的坏点子吧？”

我生气地噘起嘴，说：“你才出坏点子呢！方姑姑是好人！”

小芹娘大概怕我向方翔学话，就不再说了。

等我把十几个小同学都叫到村场上时，已累得满头是汗了。

“小朋友们，咱们今天来成立个‘夏收小分队’，好不好啊？”方翔问。

“好！”我们异口同声回答。

于是，方翔用娓娓动听又富于感染力的语言，向我们讲了“夏收小分队”的任务和意义。我们都觉得很新奇，很有趣，你望我、我望你，不停地笑。

“你们先不要只顾高兴！”方翔说，“‘夏收小分队’是要准备吃苦的。白天，要在烈日下晒，晚上还要在场上巡逻。没有不怕苦不怕累的精神是不行的。”接着，她又给我们讲了几段儿童团的故事。我们一个个都听得入了神。

回到家，妈已经帮我找出了耙子。这种耙子是竹子做的，就跟梳子一样，不过要比梳子大几十倍。人拉耙子从地上走过，就像梳子梳过一样，地上掉的东西都会被拢在一起了。过去没成立小分队，我也跟妈妈下地用耙子拢过麦穗。

妈说："丫头，你方姑姑相信你，让你当什么小分队队长。你干什么事要多听方姑姑的。还有，你大小也算个官了，不能碰到点不愉快的事就掉眼泪，让人家瞧不起。当官的要有当官的样子嘛！"

我郑重其事地点了点头。

明天就要开镰收割了，村子里十分紧张和繁忙，就连我们这些小孩子也能体会得到这种繁忙的气氛。家家户户的磨镰声"嚓嚓嚓"有节奏地响着，好似一曲和谐动人的乐章。

就在这紧张繁忙的时刻，村子里却发生了一桩意想不到的事故。

那天午饭后，我妈和方翔都上工走了。

我把弟弟和妹妹送到小巧婆婆那儿。自从瞎太太死后，我们村的孩子都是交小巧婆婆带的。小巧婆婆没有瞎太太那样细心、耐心，有时忙起自家的事来，把孩子晾在一边。有几次，有的人家孩子跑丢了，找了大半天才在村外找到。

我回到家，拿起铲子，背上篮子就上了南山，因为这几天我们家割草的任务都落在了我身上。

地里的滋味的确不好受。太阳在头上晒着，地皮像烧红的铁板一样烫人。四周没有一丝儿风。我热得连小褂都脱了。

太阳离西山还有一尺高的时候，我铲满了一篮草，背着歪歪斜斜地下山去。刚走到山脚下，就看见水塘边围了很多人，还有人在大声哭。听那哭声很熟悉，好像是我妈妈。我的头皮一阵发麻，难道我们家出什么事了吗？我不由加快了脚步。

水塘边，果然是我妈坐在那儿哭。她两只手还不住地拍打着脚跟和地，头发十分散乱。弟弟和钢旦等几个孩子，吓得浑身发抖，不安地站在小巧四周。可是，不见了妹妹。再看水塘里，方翔像正在寻找什么，一会儿一个猛子扎下水去，一会儿又浮上水面。

"三丫，我的好闺女！妈对不住你呀……"母亲的哭声撕心裂肺。

"妹妹怎么了？"我心里闪过一个可怕的念头。再看弟弟和钢旦他们，个个都像落汤鸡似的。他们的光腚上还沾着泥巴，头发上还流着水。

突然，方翔从水里钻了出来，胳肢窝夹着一个人头。是妹妹，我看见了妹妹头发上的红头绳。妈一见，忽地站了起来，拨开人群，发了疯似的跳到水里，从方翔怀里把妹妹夺了过来。我觉得头一阵发晕，心口也很疼痛。一个不祥的预感在脑子里打转。难道我的妹妹没有了？

"三丫，三丫……"我妈拼命摇着妹妹的头。

水塘边的人都在哭。

"三丫，三丫……妈来了！三丫……"妈疯了似的在妹妹脸上亲着。可是，妹妹再也不能答应妈了。

我"哇"的一声哭了，弟弟也放声痛哭。

我的小妹妹，在她两周岁那年离开了还在苦难中挣扎的沈家塘。

我记得妈是被方翔、小巧和洪大等十几个女人从水中拖到岸上的。后来又被她们架回家。

妈在屋里哭得死去活来。无论谁说谁劝也听不进去。一直到后半夜，妈大概是累了，才停止了哭声。

"大嫂，人已经死了，哭也不能哭醒。"方翔劝慰我妈说，"别再哭了，哭伤身子怎么行呢？再说，你要想开点，丫头和她弟弟还都小呀！"

我妈在人群中看到了我弟弟，把他一把抱在怀中，好像怕弟弟再失去了。妈说："我怎么向丫头的爸交代啊！他留给我的是三个活蹦乱跳的孩子。可是，可是……老天爷，你为什么要这样啊！"

小巧说："婶子，事到现在，方翔说得对，哭也没有用了。我看明天还要忙，不如赶快把三丫埋了吧！"我妈听了，突然一瞪眼，厉声说："不行！三丫不能这么走。我要让俺三丫看看新麦下来，蒸几个白馒头，让她吃了再走！"

屋里屋外的人都落了泪。

方翔说："大伙都回去歇着吧，明天还要割麦。小巧，我看是不是这样，让队长歇几天，你明天……"

"不用！"我妈斩钉截铁地说，"我明天照样上工，俺三丫不会拖累我的。"妈说着，又转向妹妹问："三丫，妈说得对吗？"

这回，方翔都忍不住哭出了声。

后来才知道，是钢旦嫌天气太热，趁小巧婆婆一不留神，带着几个孩子到塘里洗澡，我妹妹也哭着闹着跟着去了，所以造成了那样的后果。

二

我是从妈身上学会了刚强。

的确，妈一夜没睡。可是，天亮以后，她嘶哑的声音在村子里响起，当我看见妈手里拿着镰刀，忍着悲痛走出家门时，我的心里在流泪，同时，也在默念着"母亲"这两个字。正是因为有了母亲的这种力量，沈家塘那年的麦收出乎意料地迅速。过去，就是父亲们在时，那分布在东西南北，山上山下的几百亩麦子，也要四五天才能割完，而那一年，仅用一天一夜，地里的小麦就全部上了场。

我记得，那几个夜晚都有月亮。麦场上人们在赶着脱粒，分批分班加班加点。

那些天，我还常听到这样一句话："别不自觉了，看队长那么重的心事，家里还放着一个死孩子，都没偷半会儿懒，咱要是再磨洋工，能对得起良心吗？"

我妈那几天真跟疯了一样。一连几天几夜，她都没有合眼，人瘦了一圈。有时，她半夜回来，在床边站了一会儿，看看我和弟弟，一句话不说，又到妹妹身边，看看妹妹，不是用手替妹妹理一理头发，就是扯扯妹妹的衣角。天气太热，妈怕妹妹的尸体腐烂，让弟弟在妹妹的身边放了个小板凳，不停地用扇子扇风降温。

当然，也多亏了方翔。她说天气热尸体容易腐烂，就找了几口水缸，放在妹妹尸体的周围，每天换几遍井水，因为井水是从十几米深的地下打上来，是凉性的，还在四周洒满水，以驱散热气。不过，就这样，妹妹的尸体还是一天后就开始有味儿了。弟弟总是说房子里有臭气。我不敢说，一是怕妈伤心，又怕妹妹怪罪我。

而山村里这几天的气息却很美好，麦香四溢，沁人心肺。

今天晚上，轮到我在麦场上站岗巡逻。吃晚饭时，妈对我说："丫头，你今晚把弟弟带着。"我就明白妈今晚还要加班。

月光很柔和，还带着甜甜的微笑，给人一种亲切感。

麦场上已经拾掇干净了。由于队里仓库紧张，还有几千斤麦子放在场上，垛成垛子。上边都盖了印。我到场上时，看见二狗子叔正和他的两只狗在满场地追逐打闹。他一会儿趴在地上学着狗"汪汪"地叫着，一会儿又疯狂地和狗戏闹，说他是个孩子吧，他明明是个男子汉，说他是个男子汉吧，他又没有男子汉的样子。妈说他毕竟是个男人，即使在麦场上待着，外村的人也不敢来动我们的麦子。因为，外村人不知道他是个疯男人。

"丫头，丫头，吃饭没有？"二狗子叔看见我，就走过来问我。

"吃了，二狗子叔吃了吗？"我很礼貌地回答道。

二狗子叔"嘻嘻"笑了，突然又问道，"丫头，你见田……田了吗？"

"什么田？"我没弄懂二狗子叔的意思。

"你田叔叔呀！"二狗子叔说，"就是那个和你妈相好的田叔叔。"

我难过地摇了摇头。田叔叔走了好多天，说是回家收麦子的。不过，我从妈的话中听得出田叔叔可能不会再回来了。说真的，我从心眼里是喜欢田叔叔的。所以，二狗子叔一提到田叔叔，我心里隐约感到有点难过。

二狗子叔说："你没见他？骗人！骗人是小狗，只有小狗才骗人！"

"你是小狗！"我弟弟冲二狗子叔喊了一句。

二狗子叔冲我弟弟瞪了瞪眼，又举起了拳头，说："我是大狗，我是老狗。我要咬死你呀！"说着他又伸舌头又瞪眼，向我弟弟逼过来。我弟弟丝毫不怕他，摸起一块土坷垃就向二狗子叔头上砸，不偏不倚落在二狗子叔的额头上。二狗子叔"啊呀"一声，仰面八叉倒在地上。我知道二狗子叔是在装死骗弟弟玩的。弟弟很害怕，抱着我的手，不住颤抖地说："姐，狗死了，狗死了！"

我忽然想起二狗子叔说到的田叔叔。他为什么要问我见没见到田叔叔呢？是不是……我赶紧趴在二狗子叔耳边问道："二狗子叔，你见到田叔叔了？"

二狗子叔忽地坐起来，很认真地说："我看见他从山口那边过来的。是傍黑的时候，他还戴着顶席夹子，低着头。不过，扒了皮我也认得出他，保准错不了。"

"田叔叔在哪儿？"我迫不及待地问。

二狗子叔说："在你家里！"

"没有！"我回答道，"你是骗人的。"

二狗子叔挠着头皮，说："让我想一想，让我想一想。他不在你家里能在哪里呢？在小芹家里……你田叔叔和小芹娘，嘿嘿……"他又开始胡言乱语了。

我失望地叹了口气。望了望天空，我眼中的月亮也变得垂头丧气了。

说不定月亮也有伤心事呢！

二狗子叔又和他的两只狗打闹在一起了。

我的小伙伴钢旦、富贵也都吃完饭来一起巡逻了。这时，方翔姑姑来了。

"丫头，你妈呢？"方翔姑姑见面第一句话就问。看上去，她很焦急，脸上还亮着汗珠。

我回答说不知道。

方翔说："你留钢旦他们在这巡逻，你和我快分头去找你妈。我刚才听广播说今天下半夜有雨，要赶快安排人抢场！"

方翔书包里有个书本大的半导体收音机，平时，她很少打开，因为我们村"双代店"里没有卖电池的。我们村里人在侯经理那儿见过这玩意儿。他每次拿出来时，全村人都很惊奇。很多人听了以后，都不敢相信那个铁壳儿里有那么多人在说话，在唱歌。

"方姑姑，收音机说下雨，准吗？"钢旦问。

"准！收音机可灵啦！"我是坚定不移地相信收音机里的。因为收音机里放的歌曲，有的我也会唱。接着，我又对方翔说："姑姑，我上南山看看去。"

方翔说："你一个人去不害怕吗？"

我摇了摇头，说："不怕，我爸他们都在山上呢。"

方翔的眼睛里一亮。

离开村场，我直接上了南山。可是我边走边喊，一直跑到山顶，也没有找到我妈，我失望地回来了。

"没见到你妈吗？"方翔问我。她已经把小巧、洪大几个人都招呼来了。她们都拿着口袋或背篓，看样子是要搬麦子的。

"找不到队长，就别等了。"洪大说，"她这几天心里不好受，不知又跑到哪儿偷偷哭去了。"的确，我妈这几天在众人面前不再流眼泪了，但是，我发现她的眼睛却一直红肿着，像在眼泪里浸泡着一样。

小巧说："这样不合适。麦子上的印是队长盖的。没有她在场，我们不好动。再说，这是分到各家去贮藏，没有队长过秤也不行！"

方翔说："咱们乡下有句俗话，叫作一人为私，二人为官，咱们这么多人，还怕队长不相信吗？我看，为了抢时间，还是先抢麦子吧！"

洪大和其他几个人都附和方翔的意见，小巧最后也同意了。

场上的麦子抢运完后，我和方翔一起回家，妈还没有回来。方翔在灯下看书，我上床就睡了。

半夜时分，门外一阵"咔嚓"声，接着是风声大作。我被吵醒了，爬了起来。这时，雨点儿像炒豆粒般在村街上喧闹起来。

弟弟也醒来，吵着要妈妈。我这才发现，妈还没有回来。

方翔听见弟弟的吵闹声，跑了过来，要给弟弟讲故事，弟弟才不再吵闹了。

又过了好大会儿，弟弟又昏昏入睡了，门口才响起急促的脚步声，接着，门被推开了，妈一身雨水进来了。

"大嫂，你回来了？"方翔先招呼妈。

我妈却迫不及待地问我："丫头，你今儿在场上巡逻，麦子都弄哪儿去了？"

"分了！"我说。

"什么，分了？谁让分了？"妈一听又急又火，两眼都迸出了火花。

方翔把经过向妈讲了。我妈才长长地出了口气，说："我到场上一看剩的麦子全没有了，可吓坏了！要是被坏人抢去了，咱沈家塘可就苦了。"说完，妈又对我说："丫头，你先睡去吧。"看样子，妈妈像有话要跟方翔说。

我上床以后，怎么也睡不着。有人说小孩子好奇心强，一点不假。妈越是不想让我知道的事，我才越想知道。我上床以后，妈就把灯端外间去了。其实，我们家的房子里外间只是用一层高粱秸隔起来的，糊了一层泥巴，别说是有人说话，就是掉根针，两边屋子也都能听得见。

不一会儿，我妈就和方翔说起悄悄话来。

方翔："大嫂，看你神色不好，是不是又碰到心烦事了！"

我妈："唉，做梦也没想到那鬼家伙又来找我。我本来是不想见他的，又怕他到庄上来找我，让别人看见了说闲话扯老婆舌头……"

方翔："你见他了？他是不是又来向你求婚的？你们谈得怎么样？"

我妈叹气说："你想我能答应他这种事吗？前些日子，二柱和红英的事折腾得够丢人的，我不想做他们的第二，也不想再做对不起丫头他爸和村里人的事了。我劝他死了这条心。人也真怪，叫你评评，我这个人有哪点值得他这么下决心的。"

方翔："我又没钻到他肚子里去看，怎么会知道他怎么想。不过，说句实在话，大嫂你不光人长得好看，心眼儿也正，要换我是个男的也会喜欢你！"

我妈说："你这是存心让老大姐难看呀！他比我还小几岁呢。"妈说着长长地叹了口气，又接着说："他说他家里给他提了一门亲事。如果我不答应他，他回去就应了那门亲事。唉，这回算彻底完了，他再也不会来找我了。"

方翔问："为什么？"

我妈说："他要应家里那门亲事了。再说，我狠狠地骂了他一顿！"

我怎么也琢磨不出妈和方翔说的那个"他"是谁。是田叔叔吗？不会的，我妈怎么会骂田叔叔呢?

大人的事情孩子真的说不清楚。

六月天,孩儿脸,说变就变,一夜风雨过后,第二天早上就出了太阳。

我妈接受了方翔和小巧她们的建议,今天安葬我妹妹。

四个新麦面蒸出的白馒头是妈为小妹准备的殉葬品。

一口小巧玲珑的棺材,正好装下了妹妹两周岁的生命。

妹妹的坟墓选在"百家坟"的旁边。我妈说:"有她爸爸和叔叔大爷哥哥们陪着,俺三丫头不会孤独和害怕的。"

从家到南山的一路上,我和弟弟哭哑了嗓子,喊着要妹妹。可是,妈一滴泪也没掉。

妹妹入土了,妈妈一头栽倒在地上。

三

明天方翔就要回去了。

妈说:"今儿让二柱和红英成亲,也算为你送行,咱好摆几桌酒,痛痛快快喝一场。"

方翔说:"是呀,希望从现在起,沈家塘没有悲伤了。"

我妈把红英和二柱都找来了。

红英听了妈的话,连连摆手,说:"队长,不,大嫂子,这事就算了吧!俺已经做过一次新娘子,别再……"

我妈把眼一瞪,厉声说:"不行,你要想今后老老实实地好好做人,就得把这件事办好。不光要办好,还得办得排场些,否则人家就会看不起你,看不起你也就会忘了你。再说,二柱可是头一次结婚,你也得让二柱知道什么是拜天地!"

二柱忙说:"俺和红英姐拜过天地了。"

红英白了二柱一眼。

我妈也没理会二柱，又说："咱这些做女人的，活得够难的了，要是自己再看不起自己，谁还看得起咱！"

红英激动得眼泪都掉下来了。

我妈又把小巧和洪大找来，商量了一番，并且分头进行准备。

方翔说："大嫂，你真是个热心人！"夸得我妈脸都红了。

方翔沉吟了一会儿，又说："大嫂，我可能要离开咱这儿了。不过，我会给你写信来。你要是不回信可不行啊！还有，我真诚地希望在不久的一天，也能喝上大嫂的喜酒。"

我妈的脸色一下子变得黯然了。她望着南山，眼里涌满了泪花，好大会儿才叹了口气，转了话题说："走吧，咱们去二柱家帮着把新房收拾收拾。"

我看见方翔无可奈何地摇了摇头。

中午时分，村街上响起了鞭炮声。我拉着弟弟就跑出了家门。只见二柱哥家门前，已经围得人山人海，大门上贴了个大红"喜"字。不过，围在那儿的人除了小孩子兴高采烈外，大人一个个脸上都挂着悲哀，好像不是来参加喜事而是来办丧事似的。

过了一会儿，红英由小巧伴着走了过来。我妈一看见她们，就气冲冲地迎了过去，不知指手画脚说了些什么，红英她们都站住了。一个女孩子飞似的跑了回去。不一会儿，拿来了件红棉袄，让红英穿上。原来，我妈见红英没穿新娘的"上轿红"，十分生气，又叫人回去拿的。

新郎新娘开始拜堂了。当主持人洪大喊到"二拜高堂"时，二柱哥突然"哇"的一声哭起来。

红英也跟着哭了。

周围的人们也一个个抹眼泪。婚礼一下子成了哭丧会。

主持人洪大也双手捂着脸哭了，而且哭得比别人都响。

我妈急得一头汗，不知怎么办好了。她看看方翔，看看洪大，又看看跪在地上哭爹叫母亲的二柱和红英，眼泪也"唰唰"地往下掉。突然，她一声尖叫，喊道："哭吧，都哭吧，咱也不要求天求地求龙王爷了。咱也不要看秋天看明年了，都哭吧！"

　　我妈这一说，大伙才止住了哭。小巧和洪大忙着把二柱和红英扶了起来，送入了洞房。

　　这时我妈又对大伙说："进洞房去闹吧，可劲儿地闹吧！二狗子，你是个男子汉。今天不分大小，你进去好好闹一闹。"

　　洪大拉了我妈一把，走了出来。方翔和小巧也跟着走了出来。

　　洪大说："丫头娘，你疯了？还得让新郎新娘上山去烧纸呢。"

　　我妈说："别这么多道道了。这一道就免了吧！"

　　洪大的眼睛一瞪说："不行，什么都能免，就这一道不能免。不给祖宗和父母烧纸，将来要遭报应的。"

　　我妈说："随你们怎么办去吧，我得先回去歇一歇。我的头都要炸了。"

　　洪大说："丫头，先扶你娘回去吧。不过，一会儿开席你可要来啊！"

　　其实，我对这里的场面还有点恋恋不舍。我扶妈一回到家她就哭了。

　　我站在床边，一动也不敢动。

　　不一会儿，方翔也回来了。她站在门口向我招了招手。我领会了她的意思，就蹑手蹑脚走了出来。

　　方翔低声说："丫头，你妈可能是累的，过一会就会好。你快去二柱家看热闹吧。我在这儿看你妈。"

　　我当然求之不得，匆匆跑回了二柱家。

　　小芹娘和几个女人已经开始上桌了。她看见我，忙向我招手，说："丫头，快过来这边坐，一会儿就开饭了。"

　　我没理她。可是她起身过来拉住了我，硬是把我拽到席前坐下了。

　　"丫头，你妈前天晚上什么时候回来的？"小芹娘问，眼睛却盯着我，好像要看我是不是说真话。

　　我说："妈下雨时候回来的。"

　　小芹娘对旁边几个女人说："怎么样，我没说错吧？"接着，她又问我："你知不知道你妈当时去哪儿了？"

　　我摇了摇头。

　　小芹娘又问："那你家来人了吗？"

我点了点头。

"是那个姓田的石匠吧？"小芹娘好像抓住了什么，步步紧逼地问。

我说："不是，是方姑姑。"

小芹娘撇了撇嘴，丢给我一块糖，然后就不再理我，和那旁边的几个女人说话去了。

"丫头，小芹娘刚才问的话，你千万别学给你妈听，你是个丫头，要懂得疼你妈，别让她再添心病。"一个大娘对我说。

我懂事地点了点头。

这时开始上菜了。那天的席上没有什么七碟子八碗，只有一只小黑瓷盆，里边放着稀稀拉拉的汤菜。不过，倒真的上了白酒。据说，那两瓶酒是"野兔子"自己在"双代店"赊的。

那些女人们，看着酒，没有人去端。

我妈和方翔来了。大伙都站起来招呼她们。我也赶快起身，把凳子让给了我妈。

我妈虽然眼睛有些红肿，但脸上却挂着笑容。她给每个人面前的碗里都斟满了酒。

"来，都端起来！"我妈端着酒站了起来，说，"今天，咱们好好喝几碗，喝个大醉，回去好好睡一觉把过去的事情都忘记，明天，一切都重新开始！"

我妈第一个仰起脖子，一饮而尽。

周围的人都学着我妈，仰起了脖子一饮而尽。可以说，从那以后，我再也没见过女人那样豪饮过。

接着，我妈又给她们斟了酒。

第二杯酒端起来时，我看见母亲的身子在颤抖，脸也红了，可是，她的眼睛却分外明亮了。

"姐妹们，咱们能活到今天不容易！"我妈又说话了，声音慷慨激昂："沈家塘能活到今天，也就能活到明天。很多过去不是咱们女人干的事情，咱们都干了。今天，这酒咱们也要喝。来，再干一碗！"

倒了第三次酒后，我妈端着酒碗，在几桌走了一圈。她那时候就已经醉了，走路都摇摇晃晃的。方翔和小巧在两边架着她。

"大娘大婶姐姐妹妹，"我妈这回声音更响亮了，"咱们再喝了这一碗酒，我有话对大伙说。"

这一回，大伙喝得也都很痛快。

我妈把嘴一抹，说："今天，咱们应当高兴。可是，可是这一连串的灾难，把咱们心里的泪水榨干了。我要说，谁要是还有没倒完的眼泪，就在今天这个酒席上倒完。从明天开始，咱们就不要眼泪陪着了！咱们要痛痛快快地活着了！"

四周十分寂静。奇怪的是竟没有一个人掉泪。

我妈又说："怎么不哭了？没有眼泪了是不？好吧，我告诉你们一个喜讯：咱们今年小麦收成是八万斤。我查了丫头爹留下的账。去年，咱们的小麦收成才七万二。这就说咱这些姐妹娘们儿的眼泪没白流，血汗没白流。咱姐妹娘们活得虽然也苦也累也难也可怜，但咱们也活得堂堂正正！"

"哇"，不知谁先哭了第一声，人们都失声哭起来。

不一会儿，我看见我妈倒下了，洪大倒下了，小巧倒下了，一个接着一个都倒下了。她们是醉倒的，也是累倒的。

我和小伙伴们正不知所措，方翔走过来激动地拥抱我说："丫头，你带小伙伴们去完成一件任务。回家去，每人烧一锅热水，等一会儿你们的母亲们醒来了，让母亲好好洗个澡。她们太累了。"

我和小伙伴们各自回家去忙活了。

那天一下午，村子里都响着鼾声。那真是永远也不会再听到的奇妙的乐章。

晚上，方翔让我陪她到西塘边散步。她指着河中的月亮说："丫头，不，洪梅，你看那水中的月亮好像是红的！"

我顺着她手指的方向望去，果然看到河中的月亮，好像镀着红晕。

方翔若有所思地说："明天是个晴朗的日子啊！"

下部：走进希望

第一章

一

历史迈着潇洒而又雄壮的脚步跨进了 80 年代。沈家塘的历史也开始了新的一页。

记得我离家去县城读中学那年，村里发生了一件大事，改变了沈家塘的生活，甚至给默默无闻的沈家塘带来了空前绝后的知名度。

那天，妈一早去乡里开会了。在这前不久，公社改名叫乡，听大人们说过去就叫乡。妈临走时告诉我今天不回来了，会要开三天。她还不满地说："我这个队长快成开会队长了。查查山外这条路上，母亲的脚印能装几火车。"

的确，妈从那年第一次走出山口去参加一个什么会后，的确未间断到山外去开会。什么"三干会""动员会""总结会""表彰会""计划生育会""春耕生产会""四夏动员会""秋收现场会""冬季农田水利会"……名目之繁多，三天两头不断。当然，妈也没少了从会上领回东西，什么纪念包、日记本、钢笔、圆珠笔，甚至连裤头、背心、牙刷牙膏之类也领过，最多的还是奖状。妈前些年得到的最高奖状是地区发的"农业生产先进工作者"和"农业学大寨先进个人"。会议和奖状无疑给妈的生活带来了辉煌，也给妈疲惫的心灵带来了慰藉。每次开会回来，妈都神采飞扬。久而久之，甚至养成了一个习惯，进村后先挨门挨户地讲述会议情况，最后再回家。她是想把欢乐让大伙分享，也是让大伙知道沈家塘在这个地球上还占有一席之地。

那天晚饭的时候，弟弟神秘地告诉我，东王庄今晚有电影。说出来也许好笑，我长到这么大，还没有看过电影，甚至不知道电影是什么玩意儿。

"富贵他们都要去，小芹也去，姐，你去不去？"弟弟问我。

东王庄离我们村少说也有十八里地，是我上高小的地方。那儿是我们这片山区的中心，过去的公社现在的乡政府所在地。其实，那儿也是个山村，只不过多了几个大院子几排瓦房。我们上学的学校还是一排低矮的草房。直到我上高中一年级那年暑假，公共汽车才通到那里，而且是三天一班。我上四五年级那几年，学校没地方住，每天都回家，所以那儿放过几次电影，我都没有这个眼福。现在要跑十八里地去看电影，我真有些犹豫。

"怕什么？妈开会今晚又不回来！"弟弟怂恿我道，"听说这个电影叫什么花，可好看啦！过了这个村没有这个店，不看要后悔的。"

我开始动心，其实，这几年我每天都要去东王庄一个来回，虽说十八里地但也习惯了。何况我还不知道电影是什么样子。

我们村这伙小青年大都是第一次出去看电影，心情既激动不已又忐忑不安。激动的是能看到新奇了，不安的是天知道电影是什么玩意儿。所以，一出村就议论开了。

弟弟说："我爸看过电影。我记得爸给我讲过，电影里开枪开炮就跟真的一样，轰一家伙，山都能炸平。"

小芹："二牛，你说的要是真的，那枪炮朝咱身上打怎么办？我看还是去给家里大人说一声吧。"

铁旦："怕啥。咱又没得罪它，它凭啥朝咱打枪打炮。丫头，你说对不？"

我说："对。"但是说过又后悔，谁知道对不对？

刚到山口，迎见了二柱哥。他骑着一辆破旧的自行车，后边驮了个纸箱子。看样子又是从山外进货来的。自从红英又为他生了一个儿子后，我妈又照顾红英让她开店。红英带着两个孩子，到山外进货的事都是二柱哥代劳。于是，二柱哥在去年有了我们村第一部现代化交通工具——自行车。长大以后回忆一下才认识到，那两年二柱用那部旧自行车，把山外的变化悄悄地驮进了我们村。

"你们去哪儿，成群结伙的？"二柱哥笑着问道。

弟弟说："二柱，我们去东王庄看电影，你去不去？"

二柱哥惊喜地说："去，我把这些货送回家，骑车子赶上你们。别看我这个'旧驴'，跑起来还比人快！东王庄的人我比你们熟，我去了没人敢欺负你们。"

我们一路说笑，天擦黑时就赶到了东王庄，二柱哥也在村头追上了我们。只见东王庄的村街上人很多，都是朝学校方向去的，有的扛着板凳，还有的夹着席子，看样子都是去看电影的。

只见学校操场西头的两棵树中间挂着一块白布。我们心里奇怪，这怎么演电影呀！但是又不敢问，怕别人听见了笑话我们无知。

过了大约一顿饭工夫，学校操场的一角响起机器声。后来才知道那是发电的。不一会，那块白布一亮，开始出现了山，出现了水，出现了活生生的人，还有笑声，说话声。我惊奇地瞪大了眼睛。再看旁边的伙伴们，一个个也都张大了嘴巴。

那天晚上放的电影是《五朵金花》。这是我第一次看电影，也是从那时才知道了电影。

回村的路上，我们高兴地说呀笑呀，话题一句也没离开电影。

"乖，那个女的笑时，我也笑。我以为她是冲我笑的。人家对咱笑，咱反正不能板着个脸……"富贵说。

二柱哥说："你小子何止是笑呀？你的手脚乱动，就像三九天冻的一样，我捣你几下，你也没反应，是不是想搂人家亲个嘴？"

富贵："哪儿搂去，都是影子！"

小芹说："我为电影上的人捏了一把汗。天哪，在那块布上能站得住吗？掉下来还不摔个腿断胳膊折！"

我弟弟说："我怎么也不知道那些人是怎么跑到电影布上去的，你们说，他们是从哪儿上去的？"

我们都找不到答案。于是，大伙都沉默了。

我们回到家的时候，已经夜深了。刚推开院门，我看见屋子里亮着灯，我马上就想到是妈回来了。可是，我还听见屋子里有别的人说话。

我拉着弟弟的手站住了。妈这么晚了在和谁说话呢？她不是说要开三天会吗？

正在犹豫，门开了，我妈送人出来。我看见了小巧、洪大和"野兔子"。她们一个个都显得心事沉重。我妈把她们送到大门外，又低声说了一句："这事千万保密，现在不能说出去，要不人心就会乱的！"

我们回到屋里，等待着她的训斥。可是妈只说了一句："睡觉吧！"自己就先上了床。

我们和弟弟在去年就分了床。我和妈妈还睡在一张床上。这天夜里，妈一直翻过来掉过去，没断长一声短一声叹息。

二

第二天是个星期天，我和弟弟都在家。吃早饭的时候，妈就拿着铁喇叭在村街上吆喝，让大伙吃过早饭到场屋去开会，这一次，妈还反复说了几遍，每家都要去人，不去就要扣工分。

"妈，你不是说晚几天才回来吗？怎么昨个晚上就回来了？"吃饭的时候，弟弟问妈妈。

妈妈叹息一声，抬头看了看天，感叹地说："要变天啦！"

弟弟丢下碗筷，到门口仰头看了看天，回来对妈说："妈，天晴着，没变。"

妈抚摸一下弟弟的头，说："要出太阳哩！"

我和弟弟都感到莫名其妙。见妈妈的脸色阴沉沉的，就没敢再问。

吃罢饭，我背着粪箕子上山去割草。妈不让弟弟外出，叫他在家做作业。

走过井台时，我看见"野兔子"和几个女人挤在一堆，指手画脚地议论什么。"野兔子"看见我，忙转过脸去，好像她脸上有什么怕我发现的秘密。我当时想：她们议论的事情，可能与我妈有关系吧！我妈也真够冤枉的，每天辛辛苦苦为了大伙，还让人背后捣脊梁骨。特别是"野兔子"，"双代店"不干之后，对我妈意见挺大，总和我妈过不去。

"野兔子"在村里"塌天"那年，先是在"双代店"干了一段时间，因为公社供销社盘点时，发现白糖少了二斤，就要求村里免了她。她以外出治病为由，丢下婆婆一走就是三年，工分也不挣了，粮食也不要了，今年春天才回来，还带了一个两岁的女孩子。听村里人说她那年冬天出去后又嫁了人，可是生了个孩子后，那个男人又得病死了。那个男人家兄弟多，不能容她，她才又回来的。不过，"野兔子"不承认，她也不敢承认。她回来不久，我妈也不知出于什么考虑，竟提名她当了队委。她却不识好歹，总是和我妈"呛茬儿"。她还在外边散布，如果她当队长，保证比我妈干得好。我妈听了，总是宽厚地笑笑，顶多是随便骂一句"她那种女人不知道脸是脸，腚是腚"。

我们沈家塘的山是穷山，光秃秃的没有一棵树，但是山上的草却很旺，有的地方都没腰深。不过，那可不是牛吃的草，牛吃的草要在那些草的周围找。我刚上山，就看见了小芹和富贵。他们俩亲亲热热地在一起，边割草边谈笑。他们看见我，都把腰弯下去，好像怕我看见。我也假装没看见，从一旁走了过去。

"百家坟"的周围，已经长出了一片幼林。那年几十个孝子的"孝棍"如今真显出了孝心，给原来的荒山添了几分绿意。我看到坟前的石碑，自然而然地想起了田叔叔。他现在在哪里呢？难道他把多灾多难的沈家塘忘了，把对他亲亲密密的妈妈给忘了，把那个扎红头绳的丫头忘了吗？

又往上走，走到瞎太太坟前。我仿佛看见瞎太太微笑着，在问我什么。不知为什么，我两腿发软，就跪下了。每次走到瞎太太坟前时，我都这样情不自禁，只有在瞎太太坟前磕几个头，才能站起来。

割草，对于我们村的小女孩来说真是太平常的事了。没过一小时，我就割了一背箕草。我坐在山坡休息，这时，想起妈说的要开会的事，觉得奇怪。妈说要开三天会，为什么昨天晚上就回来了呢？回来后为什么连夜开队委会，今天就又开社员大会呢？难道发生了什么事情？我越想越觉得奇怪，于是急急忙忙向村里赶。走过井台时，就听见场屋那边有人在激烈地争吵。我正好要去饲养室交草，就走了过去。

只见场屋里外都站满了人。尤其是门外的人，三个一堆，五个一伙，都在大声争吵，有的已经吵得面红耳赤。

"什么这责任那制度的，说明了就是分田单干。"

"咱不信上级有这样的文件。要是前几年，谁要这么说一句分田单干，脑袋也得换个地方搁着。"

"分田单干有什么不好，各人种各人的地，省得大家吃一锅饭，喝一锅汤，干的不干的都一样，有光棍有眼子。"洪大嗓门大，声音高，说出的话句句还带着火星。

"你说得多轻松。你家闺女儿子都长大了，能干活了，分了地也不怕，可是俺这样有老有小的人家怎么办？地扔了不种，等着喝西北风饿死！"

"对，饿死，都饿死！"二狗子叔也在人群中凑热闹，走南闯北地吆喝。

"二狗子，你说，要是分给你二亩地，你能种吗？"有人揶揄二狗子叔。

二狗子叔嘿嘿嘿笑了一阵，又吆喝道："饿死，都饿死。"

门外的人中没有我妈。我猜想她这时一定是在屋里。果然，没过多会就听见妈说话了，而且声音很高：

"大伙都别吵了好不好？这实行责任制是上级的文件。我只是回来给大伙吹吹风。昨天夜里，我们队委开了紧急会议，学习了上级的指示。我们几个人认为，在咱沈家塘这样的山区，实行责任制还是对头……"我妈的话还没讲完，就被一阵吵嚷声淹没。

"你们几个人代表不了沈家塘。要分地你们分吧，俺们重新选队长一起干！"

"沈家塘都是些女人孩子，分了地怎么种，你们想过没有？亏着你还说咱沈家塘是山区。咱这儿是地多人少，劳力不够……"

"队长的话还没说完，你们吵个屁？沈家塘怎么种地还要你们几个人当家做主吗？不想分就是怕出力！"

"你说谁怕出力？"

"说你！"

"你净舔队长的屁股。"

"你怎么骂人？"

"就骂你这个婊子……"

我因为在屋外，又有一定的距离，没有看见是谁在吵架，只看见屋里有人向外走，外边的却有人向屋里挤，一团乱糟糟的。

这时，红英看见了我，就走了过来，取出秤要称我的草。

"嫂子，她们在吵什么呢？"我问。

红英说："要分地单干，有人同意，有人不同意，就吵起来了。"

我一惊："分地单干，是不是要把地分给各家种？"因为我不知道什么叫生产责任制。

红英说："就是那个意思。"

我也说不上分地和不分地的各自利弊，所以不解地问道："分与不分有什么两样，不都还是种地吗？何必又吵又骂的？"

红英望了我一眼，笑了笑，说："回家问问你妈就知道了。"

草过完秤，红英又匆匆忙忙去会场了。我觉着自己过去了不好，于是回家了。在家里，还不断能听到村场那边传来的激烈争吵声。

我做好了饭，等着妈回来。弟弟大概饿了，不住地问我："姐，妈开什么会，怎么还不回来？"

我还没有回答弟弟，村街上响起了洪大在"铁喇叭"里的喊叫声：

"喂喂，各家各户注意了。今天场上开重要会议。队长说了，不讨论个水落石出不回家。现在，凡是家里做好饭的，都带上饭送到场上去，不去送饭的，家里人饿着肚子可没有人管饭啊！再说一遍……"

弟弟十分惊奇："有什么大事，连回家吃饭都不准，这没两步地，让家里人送饭。"

我说："弟弟，你在家里看门，我去给妈送饭。"我是想借这个机会到场上去看看。

走到村场里，我听见人们还在争吵，有的不仅是争吵而是在骂娘。我把馍送到门口，就进不去了，只好让人传了进去，再看大人们一个个横眉竖眼，怒目相视，唾沫星子四处迸溅，我也不好意思待在那儿，就怏怏地回家了。

妈回家来吃晚饭时，我中午送去的那两块玉米馒头还未动。

三

其实，就在我们村争争吵吵着关于责任制的时候，山外有的地方已经实行一段时间了。

我因为第二天上学去了，不知道会开的结果。晚上放学回来，刚走到村口的井台边，正在打水的洪大就招呼我过去，对我说："丫头，你妈让人打了。你快回家去看看你妈，我一会儿再过去。"

"谁打了我妈？"我心中升腾起一团火。

洪大说："你小孩子家别问这些，吵架打架是大人们的事，与你们这些孩子无关。你回家好好照顾你妈就行了！"

我快步如飞回到了家。

我妈倚在床头上，脸色蜡黄，额头上缠着一圈纱布，还能看见几斑血渍。小巧坐在床沿上，好像在安慰我妈。

"妈，你甭当这个受罪的队长了！"我憋了半天，才气愤地说，"出力流汗比别人多，不比别人多拿半个工分，还受人家欺负，天底下也没有这样的理。"我从内心为妈感到委屈，说着，泪水就夺眶而出。

妈板着脸训斥我道："你小孩子懂什么？没有你说话的份儿！"

小巧也说："丫头，你去做饭吧！这些事你还弄不懂。"

我还能再说什么？问是谁打了妈妈，妈妈一定不会告诉我。再说，就是知道谁打伤了我妈，我也不能再去和人家打架呀。

弟弟毕竟是个男孩子。他回来得比我晚，进了门就摸起靠在门前的爪钩，要去找小芹娘和"野兔子"算账，看起来他在半路上就听说了她们打伤我妈的事。我妈在屋里听到动静想出来制止，可是已经晚了。

弟弟举起爪钩一阵乱刨。毕竟是山地，门前又被踩得更加硬实。他刨了一会，在小芹家门前地上留下了一片麻点。他边刨边骂："小芹，叫你娘出来，我刨死她！"

小芹家的门"吱"的一声开了。小芹娘出现在门口。她光着上身，袒露着一片洁白，两只乳房向下垂着，如同在阳光下垂头丧气的茄子。她冲我弟弟说："你不是要日我吗？来，我让你日！"说着，她竟当着我弟弟和围观的人，扯下了裤子。

我弟弟惊呆了。

小芹娘又拍着胸脯，悲怆地说："你刨死我，我让俺闺女给你磕头，我到阴间也给你祝福。我早已不想过这种不见光亮的日子啦！"

小芹娘这句话引起了在场的女人们的同情，也深深印在了我和弟弟的心里。她说出了村里大多数女人的心里话。

这时，我妈挣扎着从屋里走出来。她看见小芹娘的模样，不由怒发冲冠，破口骂道："臭婊子，你亮什么相？太不要脸了！"

小芹娘也不示弱，和我妈对骂起来。

突然，二狗子出现在人们面前。他指着小芹娘，打了个嗯哨，"小花"一下子扑上来，伸出长长的湿漉漉的舌头，去舔小芹娘的肚皮。小芹娘吓得连忙后退，把裤子提了起来，骂道："二狗子，你不凭良心。老娘就差没把心肝给你吃了，你也帮人家欺负老娘！"

二狗子叔又转过脸来，朝我弟弟瞪眼。可是，他看见我妈时，又赶忙低下头，匆匆走了。

小巧赶忙把我妈扶进屋去。二柱哥也把我和弟弟推进屋里。

后来才知道，小芹娘和"野兔子"还是因为分责任田的事和我妈打起来的。

这天夜里，神不知鬼不觉中，一场"官司"在酝酿。

我刚刚入睡，就被一阵敲门声惊醒。妈见我醒了，对我说："丫头，去开门，看看是谁来了？"

我走到院子里，敲门声停了，变成焦急的喊声："丫头，快开门！"

进来的是七奶奶。七奶奶是很少出门的。儿子死了，"野兔子"出走了，那几年她几乎陷入绝望之中，好不容易挺了过来。据说，"野兔子"对七奶奶管得很严，不让她出门，怕七奶奶说她的坏话。

七奶奶进了门就抓住了我的手。我感觉出她浑身在颤抖，赶忙把她扶进屋里。

我妈看见七奶奶，十分惊讶，忙下了床，"七婶子，你这时候来有什么事吗？是不是她又欺负你了？"

七奶奶焦急地说："队长呀，我不是为我个人的事来的。要出大乱子啦！"

我妈眼中掠过一道惊奇，劝慰说："七婶子，你老别着急，慢慢说。你还没吃饭吧？丫头，去给七奶奶拿个馍来。"

我到锅里给七奶奶摸了一块馍。七奶奶掰了一小块放进嘴里，慢慢嚼着说："队长，你还蒙在鼓里。小芹娘她们都在我家商量半天事了。"

"什么？她们要干什么？"我妈急了。

七奶奶说："刚才她们在说事的时候，我没法出来。她们都走了，我家那个害人精也睡了。我琢磨着这样大的事得让你知道，才偷偷跑来给你说的。我听她们说，要我家那个害人精带着，明天去县里闹事……"

我妈大吃一惊，迫不及待地问道："她们要闹什么？"

七奶奶说："还不是因为分田单干的事。她们说是你在捣鬼，不相信这是政府的话。她们还说要上级给你定罪呢！"

我妈听了，先是愣怔，一会儿又慢慢坐在床上，自言自语说："我有什么罪？她们为什么要这么做呢？"

七奶奶说："丫头娘，你得快点想个办法呀！她们这样的人上县里去闹事，还不知有什么结果，弄不好连累全村人。"

我妈沉吟一会儿，说："她们要去闹，谁也拦不住。她们去问问也好。不过，队里明天还有活呀！她们这一去一回的，会耽误不少事的。"说着，我妈对我又说："丫头，你在家看家，我去去就回来。"

妈和七奶奶一起走了。这一走，直到天亮还未回来。原来，她是挨家挨户连夜去做工作的。尽管这样，第二天还是有十几个女人跟着"野兔子"和小芹娘上了县城。后来听说，她们在县里闹得满城风雨。最后，她们还是灰溜溜地回来了。

不久，队里就实行了责任制。分田的时候，当然也少不了又是一场吵闹。因为沈家塘毕竟是山区，地块散乱，地分布在山顶、山坡、山下，用村里人话说："有的地较薄，有的地厚实"，谁都想分到厚实的地。没办法，只能搭配着分。像我们家三口，分了不到两亩地，却零零星星分布在五六个地方。我妈为了不让大家提意见，闹矛盾，在抓阄之前，就主动把离村子最远、离水最远，而且收成不好的"薄地"分在了自家名下。

第二章

一

山村秋日的早晨，已经是寒气逼人了。风好像刀片一样，剃去了村的骄傲，削掉了山的得意。秋日早晨的太阳，也像患了恐寒症，起得很晚，爬到山顶的时候还显得懒洋洋的。

天刚蒙蒙亮我妈和我弟弟就下湖去了。我被妈留在家中做饭，也有机会看看书。县城的中学没有秋忙假，我是星期天回家来取干粮，让妈给留下的。妈说等种完麦，再让我回学校。

自从实行责任制以后，妈不但没有轻松，相反更忙了。我在学校里听别的同学说，在他们那些实行责任制的地方，领导干部都好像失了业。他们还说了一些顺口溜，比如"分了责任田，党员不党员，干部一边站，谁也别来管""想种瓜就种瓜想种豆就种豆，干部说话比屁臭"。可是我妈不一样，她不但没有轻松，好像比过去更忙了。不过，我也明显看出，妈说话确实不顶用了，情绪也比以往更低落了，经常长吁短叹。洪大和小巧几个队委到我们家来得也少了，十天半个月才开一次碰头会。而且每次开会，洪大总要发牢骚，说怪话，要撂挑子。昨天晚上她们又开会，我就听见洪大发了火。

"现在还要咱这队委有啥用？又不记工分，也不招呼人，谁想干啥就干啥，没人理会咱。今个'野兔子'要干什么？说出来能让人气炸肺，她要把地让给铁旦兄弟俩种，让铁旦兄弟俩每年给她多少粮食。奶奶的，她不是想当大地主是什么？我还没说她一句，她就又叫又骂对着我来了，说我吃饱撑的。亏她还是队委，现在连会也不开了。我，我真想揍她一顿！"洪大愤愤地说。

我妈说："你管就管对了，上边可没说要租地。你说说看，没有咱这几个人能行吗？"

洪大说："屁，人家就是租地咱能怎么人家？地是人家的责任地……"

我妈叹了口气，说："过两天上乡里开会，我问问上级对这样的事有没有政策，再问问其他村的有什么好办法，咱不就有章程了。"

洪大和小巧走以后，我妈一直坐在灯下沉思，脸上没一点儿表情，甚至连眼皮都一眨也不眨，仿佛是一道泥塑。那时候天还早，我也没睡，弟弟出去玩还未回来。

过了一会，兰婶来了，坐下第一句话就开门见山地说："丫头娘，咱该商量商量小红和你小子的事了。"

兰婶说的事情我知道。据说我弟弟出生的时候，村里人到我家吃"喜面"。兰婶抱着刚满两岁的闺女来了。她一手抱着自家闺女，一手抱着我弟弟，赞不绝口地夸他漂亮。洪大在旁边开玩笑说："哟，这俩孩子还真有夫妻相。你要是喜欢队长家的小爷们儿，把你家丫头许给他呗！"

兰婶当时高兴地答应下来。她问我妈同意不同意。我妈开玩笑说："这是我儿子的福气。"兰婶摁着她闺女的头给我妈磕头，哈哈大笑着说："小红，给你婆婆磕头。今儿算你拜过高堂了！"

没想到，兰婶把这当了真，今天上门来正式提亲了。

我妈说："他们年龄都还小，过两年再说吧！"

兰婶不高兴地说："是不是你那小子大了，心又野了，看不上俺小红啦？咱可是有言在先的，谁家要是变了心，就遭天打雷轰。你看这事咋办？"

我妈急了，也针锋相对地说："咱是有言在先，可没说让他们什么时候结婚。俺小子现在还在上学，你家小红也在上学，反正不能让他们结婚，抱着孩子上课去吧？"

兰婶一撇嘴，说："哟，亲家，瞧你说到哪里去了。俺已经不让小红上学了。现在分了责任田，家里缺个帮手，再说，女孩子上学也没啥用处。他们结了婚，你小子也可以上学嘛！"

正在这时，我弟弟回来了。他进来时满面春风，可是一看见兰婶，马上一脸的不悦，连招呼也未打，就到东屋去了。

"二子！"我妈觉着弟弟失礼，就让他出来："你兰婶在这儿，快出来！"

我弟弟没好气地说："她在这儿与我有什么相干。"

兰婶一听，恼羞成怒，说："好呀，你现在就不认我这个岳母娘啦！那要等我女儿嫁给了你，你八成连门也不让我进……"

我弟弟突然冲了出来，打断兰婶的话说："你和你闺女都死了这条心吧，我不娶你那闺女！"

我妈伸手要打我弟弟，弟弟躲闪开，跑出了门。我妈赶忙又转过脸来向兰婶赔礼。兰婶气得抹着眼泪，委屈地说："俺闺女哪点不好，要说人，长得那是沈家塘第一把交椅，谁见了不夸；要说干活，你说是家里的还是地里的，哪样不行？就是说上学，也比你家那个臭小子强，年年考试都是第一第二。你凭什么这么寒碜俺娘俩……"

我妈过意不去，一个劲儿向兰婶赔不是。

事实上，兰婶说得对。小红的确是个漂亮、聪明的好姑娘。可是，就我知道，我弟弟也好，小红也好，根本就没有一点"那个"意思。小红和我是同龄人，也在一个班，初中毕业也考上了高中。而我弟弟现在才上初中一年级。小红是个很上进的好学生，她也不会轻易答应辍学结婚，在家务农的。我妈也了解这一点，就劝兰婶说："亲家，我那小子不会说话，你别跟他一般见识。不过，我以为他俩还不够结婚成家的份儿。再说，我也不想让小红停学。你要是还当我是亲家，那小红就是我未过门的儿媳妇，我这个当婆婆的就也有几分权。我不答应儿媳妇停学。你给我听着，从今天起，你家有什么事就是我家的事，该干的事我能帮不用你说也会帮。我儿子、闺女也都会帮。有一点，你不能让小红停学。要是没钱，我拿她的学费，管她的吃穿。"

停顿一下，我妈又坚定地说："我的儿媳妇最起码要高中毕业，不然的话，就是我家二子同意，我这个当妈的也不让她进门。"

兰婶听我妈把话说到这步田地，也不好再说什么了，擦着眼泪，说："亲家，我听你的，不过，你要好好地管管你那个野小子！"

后来小红知道是我妈说服了她妈，让她继续升学的，还特意跑来向我妈致谢。

今儿一早，妈就叫弟弟起来，跟她一起去给兰婶种麦。我弟弟开始怎么也不答应，妈就骂他，还说如果他不听话，妈就死在他的面前，弟弟才去的。

我忙完了家务，就在院子里看起书来。早晨的寒意已经退去，太阳出来后，天气又渐渐热起来。俗话说的"秋辣子"，是指秋天的太阳火气高。院子里坐不住了，我就回到了屋里。这时，有人敲门。

"谁？"我问着，人已经到了院子里。

门外是一个男人的声音。这个声音好像有点熟悉，但一时又想不起来在哪儿听到过。我犹豫了一会儿，不知该不该去开门。

"是丫头在家吧？"门外的男人直呼我的乳名，更让我惊诧不已。我走过去，开了门，站在我面前的是一个胖墩墩的小老头。他的脸白白净净的，嘴上还留着八字胡，两只眼睛像算盘珠子似的乱转。他把我上下打量了一阵，惊诧地说："乖乖，女大十八变，越变越好看。丫头，大爷要不是在你家见你，真不敢认识了。瞧，比你妈好看多了！"

"你是……"我在记忆中搜索着，但一时想不起他是谁。

他却不紧不慢地把目光移开，从从容容地把我家扫视了一遍，用惋惜的口气说："可惜呀可惜，你这个家一点也没变。不，变了，变得越来越穷了，越来越寒酸了。你看你家这房子，和山外边比起来，还不如人家的猪圈呢！"

"你……"我有点恼怒，一个陌生人闯到别人家里，对人家评头论足恐怕是不礼貌的吧？我家既然是猪圈，来的都是猪了！

　　他掏出一支烟，点着抽了一口，说："丫头，你比你妈漂亮。告诉我，你真的不认识侯大爷了吗？"

　　"侯……"我想起来了。他就是当年被我妈赶走的那个"双代店"的侯经理。可是，我没有一点儿对客人的热情，相反心里充满了厌恶，脸上的神情当然就十分冷淡。

　　姓侯的看出了我的冷淡，有点儿尴尬。他指着小芹家紧闭的大门说："小芹家的人都哪儿去了？"

　　我故意说了一句："不知道！"

　　他笑了笑说："丫头，我到村里去转转。等你妈回来，你告诉她，就说县土产贸易公司的侯经理来了。"

　　他走出门的时候，我注意到，他的左腿有点儿跛。那一定是那年掉到沟里摔的。他却神气十足，眼睛四下张望着，颇像一位凯旋归来的将军在检阅着他的殖民地。这家伙为什么要到我们村里来呢？为什么这么神气十足呢？他刚才还报了一个什么侯经理的头衔，是不是在炫耀呢？我沉不住气了，赶忙锁上门，跑去找我妈。

　　我气喘吁吁找到妈，妈见了我却很不高兴，问道："你不在家复习功课看着门，到这里来干什么？"

　　我把姓侯的来了的事和他的话对妈说了。我妈听后，眉头皱成了个"川"字，若有所思地说："他怎么在这个时候来了？"

　　"妈，我去找二狗子叔，让二狗子叔把他赶走！"我说。

　　妈摇了摇头，有些难过地说："咱有什么理由撵他走呢？他爱干什么就干什么。不过我谅他不敢怎么样！"

　　兰婶当时站在一旁，也说："是呀，现在不同以前了，队长说什么话都有人听。现在是各人管各人，你连自己村的人都管不了，怎么去管人家外边的。"

　　我又能再说什么呢？

　　不过，我看出妈有一点儿慌张，又有点儿气愤。

二

尽管我关闭了大门，但对门传出的声音仍然送到我的耳朵里。

"你这个猴子也真够猴的，这么多年不见，倒是越长越年轻了，不像我们天天脚插地埫沟里风吹雨淋太阳晒，人老得快。怎么着，你见第一面，是不是把我当成老姑了？"小芹娘说话声音很高。仿佛不是在说话，而是在喊："这些年也不来看看俺，是不是把俺忘了？"

"怎么能呢？"姓侯的说话了，"不是不想来，而是不敢来。你们村有几条老母狗凶着呢。对了，这么多年没一个男人来看过你？"

小芹娘："哼，说句谎话天打五雷轰，不信你就查查看看，院子里留下的脚印子，还是你走那年的脚印子，没有第二个男人进过门！"

我听了都觉着肉麻，想找个东西把耳朵堵起来。

这时，又有人敲门，我以为是妈回来了，开门一看，原来是小芹。她眼里含着泪水，脸上带着愠怒。

"小芹，你怎么了？"我问。

小芹把门关上，忽然说："姓侯的到我们家来了。瞧他那德性，好像是发了大财的财主，说话都比过去的嗓门粗。要不是看在母亲的面子上，我真想把他赶出去。"

我问："那你怎么出来了？"

小芹脸红了，说："我妈让我去打酱油买盐。其实，家里几年也没吃过酱油。"

正说着，对门的大门响了一声，好像关上了，而且还上了闩。小芹脸红了，低着头，痛苦地说："我真的不明白，妈为什么要和姓侯的这种人来往。我都替她难为情。"

小芹是我的同学。尽管我们两家的上辈人之间有隔阂，有缝隙，但是我们相处得却如同姐妹。我很了解小芹的性格，她对她母亲的为人很厌恶，但是，出于母女感情，她又能原谅她妈，而且不敢不服从她妈。我见她很难过，就劝她说："大人们之间的事，咱们当晚辈的别管。她们有她们的做人方式。"

小芹说："我恨死妈了。她自私，贪婪，从来不管别人，甚至连亲生女儿都不管。这么多年，她就没问过我一句学校的事，学习的事，不像你妈宁愿自己吃苦受累也供你和二子上学读书。"

我看着小芹晒黑的脸，心里对她充满了同情。本来，小芹也是考上了高中的，但是她妈无论如何不让她上，尽管她哭得死去活来。她妈过去在队里大呼隆干活儿时，可以耍滑头，少出力，分了责任田后没有这样的机会了，就把小芹留在家里。其实，她是把小芹拴在责任田那几亩坷垃堆里了。

"小芹，"我劝慰她说，"你也不能怪你妈，她一个人也够辛苦的。你不帮她谁帮她呢？"

小芹的眼泪都掉下来了，愤愤地说："我不怕出力，也不怕流汗，谁叫俺生在这样的家庭呢！不过，我看不惯她的为人，更不能理解她的心。我天天地里忙家里忙，还不落她的好，动不动就骂就打。我也说不清为什么，她最喜欢什么？喜欢和那些男的闹着玩……"她发现自己的话有些过火，就停住了。

就在这时，我妈和弟弟收工回来了。也许是听见了我家的门响，小芹家的门也开了。我妈刚进院，对面就有人说话了。

"队长，收工了？"是姓侯的。他说着，向我家走过来。

我妈让弟弟关上门，把姓侯的拒之门外了。看不见姓侯的面孔，我想他一定气得扭歪了脸。

果然，没过多会，对面传过来的话把我妈气坏了。

小芹娘："哎呀，我的侯大经理，你真是有眼不识泰山，人家队长的家能是谁都随便进的吗？叫我看，头上碰出'大老牛'了吗？"

姓侯的："嘿嘿，队长算个什么官？老子是想问问她，那年她为什么要赶我？是不是因为老子没跟她睡觉她嫉妒。女人最大的能耐就是吃醋。不过，老子可没那么大的牛劲！"

我妈气得铁青了脸，浑身都在颤抖。

小芹又急又气，还有点不好意思。

姓侯的说话了："现在讲改革开放了，你们这里竟然还有关门不接客的，真不是共产党领导的地方。我看你们再这样下去，非回到原始社会去不可。小芹娘，你也不要抱着老黄历，责任田分了，各人种各人的地，管什么队长不队长的。"

小芹娘说："是呀，队长也是种她家的地，没替俺家挖一锨土，我才不管她呢。"

姓侯的说："对，就该这样！小芹娘，我看你这么多年在这山旯旯里算是虚度了光阴。像你这个年纪的女人在城里，现在正是烫头发、高跟鞋、连衣裙、胭脂、口红，还出入舞厅和男人搂抱着跳舞的时候！凭你这个模样，身段，要是朝舞厅一站，男人都得跟苍蝇叮屎一样围着你！"

小芹娘："瞧你说的，我哪有那个福分呢？"

姓侯的："哼，这就看你自己的。现在城里去的乡下人太多了，做各种买卖的都有。有的已经发了大财。你瞧瞧你们这个山沟，人人都撅着腚弯着腰啃几亩坷垃头，八辈子也别想富起来。我这次来，就想跟你们商量商量，帮你走致富的道路，没想到还有人不识好歹！"

小芹娘："侯经理，她是她，俺是俺。你可不能因为她一个人得罪了你，把俺也忘了。瞧你这肚子真是长了不少肥膘。那年你在俺庄上时，瘦得跟麦秸一样，现在大不一样。"

姓侯的："十年河东转河西。当初有人想告老子一状，把老子的差事抵掉，怎么样？老子现在辞职干个体，搞土产贸易，比端那个铁饭碗还肥。那个饭碗里是稀菜汤，只有几片白菜叶，老子这个饭碗都是肉。有的人想不到老子今天这样回来吧！"

姓侯的今天说的话，都是冲我妈来的。我们几个孩子都能听出来，何况是我妈呢？她实在听不下去，就进了屋，躺在床上，用被子蒙住了头。妈知道她一呼百应的时代过去了，现在再和姓侯的或小芹娘吵，恐怕偏向母亲的人不会像过去那么多。

这天中午，妈气得连饭也没吃。

午饭以后，小芹家门前突然人声嘈杂，热闹起来，我不知发生了什么事，就打开了门。只见小芹家门口围了很多人。小芹娘和姓侯的洋洋得意地和每一个人寒暄着。

"侯经理，听说你来了，俺来看看你。那年，你从俺村里走的时候，俺可不知道，你别怪呀！"

"没事没事，老子福大命大，这不活得挺痛快嘛！"

"侯经理，听说你又当了大经理，大把大把地挣钱，真是有福分呀！以后你可得多帮帮俺们呢！"

我听着人们对姓侯的奉承，心里一阵难过。人啊，何必糟践自己呢！

小芹娘搬出了她家的一只小方桌，大声说："乡亲们，侯经理这次来，是帮咱沈家塘受苦的姐妹们找致富的门路的。侯经理没有忘了咱沈家塘呀！"

人群中有人鼓掌。小芹娘和几个女人一起像丫鬟搀小姐似的，把姓侯的搀在小方桌上。姓侯的高出了其他人一头，更显得神气活现。他的目光看到我家时，变得有几分恶毒。在一片奉承的声音中，他开始说话了："沈家塘的姊妹娘们儿，我姓侯的今天又回来了。我这次来不是来开什么'双代店'的，而是来做大买卖的。我想帮你们个忙，让你们扒了破草房盖瓦房；让你们脱了破衣裳换绫罗绸缎；让你们不啃黑窝头吃白馒头。可是，不知你们欢迎不欢迎？"

"欢迎！"有人说。

姓侯的又说："可是有人不欢迎，给我屁股看，我不计较。现在，我要告诉你们，我准备在沈家塘设一个贸易货栈，现在没有房子，先设在小芹家。这个贸易货栈主要经营粮食等土产品。你们把山芋干子给我，我给你们换大米、白面、换钱。不过，光山芋干子还不够。你们这儿北大沟有苇子，也是土特产，听建筑公司的人讲，北大沟的苇子比别的地方的苇子硬，我也收，不过，我这个贸易货栈要有经理，我想让小芹娘干，大伙不会反对吧？"

没有人回答。过了好大会儿，才有人说："俺们都听侯经理的。"

我听到这里，沉不住气了。姓侯的这不是在拆我妈的台吗？他会不会是故意抬出小芹娘想和我妈作对呢？我趁人们没注意，悄悄出了门，一口气跑到南山，找到了我妈，把小芹家门前发生的事向她说了一遍。妈听后，神情冷淡，平静地说："别管他，他想怎么干就怎么干，谁信他谁跟他捣鼓去。"

我还要说什么，被妈摇摇头制止了。

晚上，小芹家摆酒设宴招待姓侯的。其实，小芹家连打一斤酱油的钱都没有，哪来钱买酒买菜，还不都是姓侯的掏的腰包。

我妈吃着饭，听着对门传来姓侯的和小芹娘他们的谈笑声，愣怔了半天，直到发现我在看她，才掩饰地笑了笑说："妈这几天牙有点疼。"

其实，我知道妈是心疼。

饭后，妈出门去了。她虽然没说，我也猜得出她是去找洪大和小巧她们去的。

三

铁旦哥和小芹相好，在我们小伙伴中已经不是秘密了。其实，小芹娘也知道这一点。铁旦哥比我和小芹都大几岁。他弟弟钢旦和我与小芹上小学时是同学。铁旦哥经常帮小芹家忙里忙外地忙活儿。有一天，我们几个小伙伴亲眼看见小芹和铁旦哥在麦地里抱着亲嘴。我和小芹是邻居，她们家的事情瞒不住我们家的几双眼睛。有好几个晚上，铁旦哥都是在小芹家住的。可是，昨天晚上，铁旦哥连小芹家的门也没能进。我见他在外边敲门，小芹娘不但不开门，还骂小芹："小小年纪就找男人，丢人！从今儿个起不许你和那个没娘教的野种来往！"

铁旦哥气得直跺脚。

今天早上，我刚起床，就听见小芹娘在门口吵嚷。从门缝向外看去，只见铁旦哥担着一挑水站在门外，小芹娘敞着怀，披散着头发，趿拉着鞋站在门里，门只闪开了一半，看样子她不想让铁旦哥进去。

小芹娘："铁旦，我昨个晚上不就让人给你说了吗，以后你不要再找我家小芹了。她干爸说要带她到城里去做工，在城里找对象！"

铁旦哥红着脸，低着头，一动不动地站着。

我们对门邻居住了这么多年，从没听说小芹还有干爸，她大概说的是姓侯的。

小芹娘见铁旦哥不走，生气了嘲讽地说："铁旦，你这是怎么了？我说的话你没听见是不是？再给你说一遍。俺家小芹不能嫁给没爹没娘没钱没地方住的人。你要找老丈母娘家，别走错门了！"说完，她砰地把门关上了。

铁旦哥突然放下扁担，拎起装满水的桶，哗哗，那一桶水都泼到了小芹家的门上。

小芹家的门又开了。小芹娘大声叫道："哎呀，你是不是想淹死俺家人呀？"她大概看见铁旦哥一脸怒气，两眼火光，又害怕了，口气也软下来："铁旦，你千万别生气。孩子的事也不是娘能当家的。小芹说不想见你，我也没办法呀！"

铁旦哥说："你让她出来对我说。"

小芹娘说："她，她还没起床，怎么出来见你呀！"

铁旦哥说："有什么了不起，我又不是没见过她的屁股，我要她出来，亲口对我说不想见我了。"铁旦哥毕竟没上过几年学，人又直率，说话也粗鲁。

这样一吵，吸引了很多人。人们听出了眉目后，都责备小芹娘和小芹。小芹娘气急败坏，一屁股坐在地上，冲着铁旦哥撒泼，说："小铁旦，你不要吓唬人。我对你说过了，俺小芹不能嫁给你。你想要媳妇没有，想要个老娘，我跟你去！"

"你……"铁旦哥气愤地举起了拳头。但是，他的胳膊在半空中停住了。

就在这时候，姓侯的大摇大摆地从小芹家出来了。他嘴里叼着烟卷，态度十分傲慢，看了铁旦哥一眼，严厉地说："你小子大白天到人家门上吵闹！要抢人要打人，是不是想蹲班房？你们这山旮旯里长大的，一点儿也不懂法律。现在是政府强调法治，不是过去谁的拳头硬谁是老大了。你这样做是犯罪，懂吗？"

"去你的！"铁旦哥对着姓侯的当胸打了一拳，骂道，"你是哪儿冒出来的杂种？老子不认识你！信不信我打碎你的牙？！"

"你敢打老子！"姓侯的捂着胸口，气急败坏地说，"我回去打个招呼，公安局就得来抓你！"

我妈已经出来了。她走过去拉住了铁旦哥，对姓侯的说："侯经理，这孩子还小不懂事，你千万别跟他计较。"

我大吃一惊。妈怎么会变成这么脓包了？我长这么大，没见过妈在人面前弯腰。

小芹娘好像抓住了救命稻草，从地上爬起来，顾不得拍打一下屁股上的泥土，对我妈说："队长，你可为俺主持公道。俺女儿不想和他成亲，他就来欺负俺。他仗着弟兄两个像两只虎，俺娘俩像两只小羊，对俺这么凶，你都看见了。他还把人家侯经理也打了……"

我妈冷冷地说："谁是谁非，大伙都看得明明白白！"说着，妈把铁旦拉到我家里，劝慰说："铁旦，你已经是个男子汉了。男子汉要有骨气。她瞧不起咱，咱也瞧不起她。再说，你等看见了小芹，也可以问一问小芹自己是啥子意见嘛！"

我妈的心意是好的。但是，铁旦哥从那以后就失去了再问小芹的机会。直到去年，铁旦哥成了家，也没找到这种机会。因为当天上午，小芹就跟着姓侯的进城去了。

小芹临走的时候，到我家来了一趟。她说她妈管得很严，她是借口要还我的书才出来的。而且她妈还在家门口看着，生怕她从我家出去，再去别的地方或者去找铁旦哥。

"丫头，你告诉铁旦哥，我对不起他！"小芹哭着说。在她抬手抹眼泪时，我看见她的手腕上戴着一块手表。

"你真的不想嫁给铁旦哥了？"我很严肃地问小芹。

小芹不敢大声哭，但还是哽咽着把昨天夜里她家发生的事告诉了我。

"侯瘌子从一进我家的门，就一个劲儿夸我长得水灵、漂亮，还说我要是在城里打扮一下，保准怎样怎样。我对他这一套十分讨厌。可是我妈硬是叫我一口一个叔叔地喊他。他哪像个什么叔叔，说话时眼睛不闲着不说，手脚也乱摸乱动，一会儿抚摸我的头发，说要烫个什么型更美了；一会儿又摸我的脸，说是抹点粉就白了。我讨厌死了，可妈还赔着笑，还一个劲给我递眼色，不让我生气。你想我能笑出来吗？笑不出来也得笑，真难受。

"他在夸我的同时，也不住向我夸海口。说他的公司是挣大钱的，人人一个月都拿几百块钱的工资。还说他公司的女职工都很阔，手表一类的对她们来说都是过时的，不起眼的，都有金戒指、金耳环了。我对他说的这些一点儿也不感兴趣。可是我妈已经叫他迷住了魂，口口声声说侯叔叔本事多大。姓侯的就说你要是跟我去公司干，不出一年就让你家盖起瓦房，添上什么现代化的东西。我妈就一个劲让我答应他。我问妈咱家的责任田怎么办，妈说租给别人种。姓侯的说你们还愁没饭吃吗，没人种就扔在那儿，我保证你们母女俩饿不着。他说他的公司里正缺个秘书，让我去给他当秘书。

"我开始一直没答应他。我心想你说你的，我听我的。谁知他……"

"你的手表是他给的吗？"我问。

小芹抹了会眼泪，才又接着说："今儿个晚上，他要喝酒，一下子就拿出一百块钱让我去买酒买菜。咱这买不到菜，我就买了几瓶罐头。喝酒的时候，他硬让我喝，还说要认我当干闺女。我妈也一个劲让我喝。我当时想，他的年龄比我妈都大一截子，反正不会对我怎么样。你知道，咱这些人什么时候喝过酒？我只喝了两杯，心里就发慌，脸上就发烧，头也昏沉沉的，就回屋睡觉去了。

"也不知是什么时候，我觉得胸口闷得慌，身子下边也……原来是那个老混蛋。我骂他，推他。他说'别不识抬举，你也不是个新鲜的了'。我妈这时候也过来劝我，说是喊出声不光铁旦哥不会要我了，村里人要都知道了，她和我都无法做人。我……"

"那你现在怎么办？跟他到城里不就更要受欺负了？"我劝小芹说，"你不如向铁旦哥说清。我想凭铁旦哥的为人，不会怪你的。"

小芹痛苦地摇了摇头，说："不，我没有脸见铁旦哥了，我真没勇气站到他面前去。我想好了。到了城里，在他的单位，还有他家也在那儿，他就不会再欺负我了。他要是再欺负我，我就死在他面前！"

"小芹，你别这样。"我还是劝她。

她什么话也没再说，走了。

当天晚上，铁旦哥喝醉了酒，围着小芹家的房子骂到半夜。

那以后，我几次都想把小芹临走说的话告诉铁旦哥，可一直没有告诉他，一来我还是个女中学生，有些话没胆量当一个男人说出口；二来我见铁旦哥已经够痛苦的了，我不愿在他受了创伤的伤口上再加一把盐。

第三章

一

不知不觉中，我们村的又一茬男子汉成长起来了。我们这些姑娘也长大了。过去男孩子和女孩子在一起玩耍，很是疯癫，有时候你拥我抱打打闹闹，没有一点儿顾虑。可是不知从哪天起，我们这些女孩子和男孩子突然有了距离，别说打打闹闹了，就是开句玩笑也脸红心跳。我记得上初一那年，有一次和铁旦他们一起玩耍，在场上拔河，绳子很短，男的执一头，女的执一头。我们不是他们的对手。眼看已成败局。我们几个人开了个玩笑，突然一松手，把他们都摔倒了，而我站在女方最前边，也跟着绳子，趴倒在铁旦身上，羞得我满脸通红，爬起来一句话没说就跑回家了。从此，我再也不参加男孩女孩之间的玩耍。还有，小时候虽然家中大人千叮咛万嘱咐不让我们下河洗澡，但我们还经常偷偷下河，男孩女孩都赤裸裸的，一点也不害羞。有时候，男孩子当着我们女孩子，挺着肚子，比赛谁的小便射得高射得远，我们女孩子还当裁判。可是后来不知不觉地，我们再下河洗澡时，看见男孩子在西岸，就都跑到东岸。由于村里穷，很多孩子虽然上学了夏天也不穿衣服。我记得一直到小学二三年级时，还有的男孩子夏天光着身子，皮肤被太阳晒得又黑又亮，像从非洲来的。由于年龄增长，距离加大，男男女女之间童年的真诚和纯洁也随之消失了，而虚伪和自私却出现了。

二柱哥已经是三个孩子的爸爸了（大孩子是福大的）。他现在也算是沈家塘顶天立地的男人。不过，在我妈和小巧眼里，二柱哥不算顶天立地，仅仅是个男子汉。我几次听妈和小巧谈起二柱哥，不是摇头就是叹息。有一次，妈和小巧又在一起议论二柱哥。

我妈："二柱这孩子小时候挺招人喜欢，怎么越长越不如以前了，一个心眼里只有老婆孩子，得捞就捞，柴草棒子也朝家拿。"

小巧："是呀，他现在做生意也心黑了。我家称的煤油，老是断火，里边掺着水呢！"

我妈："他娘在九泉之下要是知道他这么没出息也会生气的。说不定还会怪咱没替她管好孩子。"

小巧："他都二十几岁的人了，什么事该做，什么事不该做，心里应当亮亮堂堂，甭说咱们，就是她娘还活着，也不一定能管他。"

的的确确，二柱哥在我眼里不是过去那么可敬可爱了。特别是他卖给铁旦兄弟的盐还缺斤少两，为此铁旦弟兄俩还和他打了架。他在我心目中的形象被他自己损害了。

村子的人都骂二柱哥没了良心。可是小芹娘却说："二柱这就做对了。现在这世道，各人挣钱各人花，谁也不要嫉妒。山外不是早说了'谁发家谁光荣，谁不发家谁狗熊'，有本事拿出钱来什么都能买到。"

我妈为这事儿专门召开了队委和党员会，提出要惩罚二柱。

"你怎么罚他？"小巧说，"罚款？他不给你你还不干瞪眼？反正你不能把他们开除出沈家塘。"

我妈难过地说："这么说没有办法了？他们这样欺负人，就只能干瞪眼？还要咱这些干部、党员干什么用？"

我妈早已是党员。村里只有几个党员，大都是上了年纪的。所以，党小组会也好，党员会也好，实际上就是我妈和小巧。有一次，我妈和小巧开会，没找洪大，洪大气得把我妈骂了一顿："你们天天和我一起，原来你们都是党员，我还不是党员，不行，我也得是党员！"我妈给她解释，党员要有个介绍人，要上级批准。洪大不服，硬说我妈和小巧看不起她。后来妈和小巧开党员会，也让洪大参加。洪大很高兴，走哪儿都说自己是党员。我妈听了，总是无奈地笑笑。小巧说得好："洪大的表现像个党员，她愿意说自己是就说吧。"可是，最近一段时间，洪大变了。开始，她对妈说："小芹娘不知从姓侯的那儿拿了多少钱，穿的都是新的，吃的也比咱好，还说要盖新房子！"

又过了一段时间，洪大对我妈说："丫头娘，你别再计较党员了干部了的。你听见小芹娘说了吧，有本事挣钱才光荣。"

我妈说："挣钱也得走正道去挣，先不说是不是党员，做人也不能搞歪门邪道。歪门邪道挣的钱，花着也不踏实！"

洪大说："二柱两口子现在和小芹娘绑一起了。我听他媳妇对人说，二柱进一次县城，倒腾点旧麻袋破麻袋，回来和她媳妇一起补一补，一只麻袋能挣不少钱呢。"

我妈看了洪大一眼，问道："你是不是也想和他们搭伙？"

洪大没有正面回答，一边往外走一边说："往后我也不当党员了，你们也别找我开会了……"说着，难过地抹着眼泪，走了。

小巧苦苦地笑了笑，说："你本来就不是党员啊！"

洪大一愣，嘿嘿笑了："噢！我不是党员。"

我妈却长长地叹了口气，低下了头。她的眼圈也红了。

二

"野兔子"这些日子经常向外跑，一出去就是七八天、十几天，回来总要带着一个男人一起回来。现在，带男人回来也没人管了。七奶奶咽不下这口气，跑来找我妈诉苦。

"丫头娘，你可得管一管我家那个臭婊子！"七奶奶说，"她第一次带那个男人回来，说是她表哥。我没信。夜里，他俩果然钻一屋睡去了。我就是心里气，也装看不见。谁叫俺儿死这么早的呢？可是，她欺负俺老了没用了，这几天竟带着那个男人大模大样地在俺儿子过去睡的床上睡，还逼着我给那个男人烧洗脚水。我儿子长大后都没敢这样指使过我。你说，我，我这老婆子往后还怎么去见俺儿哟！"

我妈叹了口气，说："七婶，你都没法子管他们，叫我怎么办？"

"你跟我不一样呀！"七奶奶说，"你是队长，又是党员。你当然能管她，也有法子管她。"

我妈羞得红了脸，低下了头。忽然，我妈猛地站了起来，吼道："我没法子管她，也管不了她。以后，你家的事你自己管，不用找我！"妈说完就转过身，不再搭理七奶奶。七奶奶惊诧地望着我妈。的确，母亲的这一番举动也让我大吃一惊。

七奶奶叹着气，怏怏地走了。她刚出门，小巧又来了。

小巧："丫头，你妈怎么了？"

我摇了摇头，不知如何回答。

我妈转过脸来，脸上泪水交错，痛心地说："人家把我当成可信任的人来找我。可是，我没有办法帮助七奶奶，我，我难过呀！"

小巧也无可奈何地叹了口气。

我知道小巧找我妈有事商量，就走出了家。刚出门没多远，碰着了铁旦哥。他急匆匆的，神情也很焦急，见了我就拉着我的手，什么话也没说，一个劲儿向村西走。我被他拉得莫名其妙，又有点儿恼火。在村街上，一个男子拉一个女子慌慌张张的，让别人看见成何体统？我想挣脱他，可是他的手特别有劲，就跟老虎钳子一样，不但挣不脱，还很疼。我急了，就生气地说："铁旦哥，你这是干什么？再不松手，我要喊了！"

铁旦说："丫头，我找你有事！"

"有什么事不能站下来说？"

铁旦不理。

我看见路边有棵槐树，就趁势用一只胳膊抱住了树。这下，铁旦也被我拉住了。他只好松了手。我的手腕都红了，骨头一阵发麻。我们俩额头上都沁出了汗珠。

"有什么事？"我生气地把背给了他。

铁旦哥说："丫头，有人给我送来封信，说是城里送来的。我不敢让钢旦帮着看，所以就找你来了！"

我一听铁旦哥说有信，马上想到了小芹，于是急忙接了过来。果然，信封上是小芹那熟悉的笔迹。

信不长，总共只有三句话：

> 铁旦哥：我已经变成一个很坏的女人了，你把我永远永远忘记吧。你也不要找我母亲算账，她这么多年活得也很苦。你再找一个好女人吧，忘掉我……
>
> 小芹

我读完，铁旦哥疯了似的一把夺过去。他不识字，把信拿倒了也不知道。他翻来覆去看了几遍，好像我刚才是在骗他。这倒让我觉得有几分委屈。

"她就这几句话吗？"铁旦哥问。

我点了点头。

铁旦哥恼羞成怒地喊叫："我不信！我不信！她怎么会这么无情无义……"

我作为一个少女，还没有涉足爱河，不知道应当怎样劝慰一个失恋的少男，只是觉得有点儿害怕。

"我要去找她，让她当面给我说个明白。她为啥要往自己脸上抹屎，说自己是个坏女人呢？坏女人是她娘！"铁旦叫着，把外边的夹袄也脱了扔在地上。他的脊梁又黑又亮，就像刚翻过的泥土。

我听他说要去找小芹，才想起了劝慰他的话。于是，我很诚恳地说："铁旦哥，你到哪儿去找小芹呢？我看不如这样，等几天我回县城上学，帮你找一找小芹。等我找到她，先问问她的话，然后再安排你们见面谈一谈！"

"那，她要是不愿见我呢？"铁旦忧心忡忡。

我说："怎么会呢？不管怎么说我们都还是喝一口井水长大的。再说，她还可能想见见你呢！"

经我这样一说，铁旦哥才稳住了神。不过，他心头的沉重并没有减轻，走路的脚步也沉重了。

我对小芹写的这封信并不奇怪。因为小芹临走前把很多话对我说了。可是，我不能告诉铁旦哥，特别是在这个时候。

三

明天，我们就要回县城上学去了。妈吃过晚饭，开始给我准备干粮。我们是住校，在学校食堂就餐，都是自己带一个星期的口粮，在学校食堂蒸热了吃。每当开饭的铃声响过，我们这些从农村来的学生都蜂拥到食堂门前，别看蒸饭的蒸笼一层又一层的，都标着各班的记号，不会搞错的。不过，我们沈家塘的和偏远山村的，更容易找到自己的食物，因为只有我们这些人几乎顿顿是山白芋面窝窝头。但是，我们的山白芋面窝窝头经常不翼而飞，代之的是白面馒头或者花卷。城里学生和一些先富起来的农村学生，大概吃腻了白面，对我们黑窝窝头还刮目相看呢！

妈从衣袋里摸索了好大会儿，才摸出一张"五角"的票子。妈有这个习惯：从来不当着第二个人的面把钱掏出来点，特别是在买东西时，这是因为她怕万一点不够，被人嘲弄，久而久之就形成了这个习惯。

"丫头，妈身上就这么几毛钱。平时，你节省着点……"妈很难过。其实，这也不能怪她。

我说："妈，我身上还有三毛钱，够这个星期喝汤的了。我星期六还回来的。钱留着家里用吧。"学校食堂里供应白菜汤，五分钱一碗，我计算过，每天中午花五分，六天三毛钱，够了。晚上就着白开水啃窝窝头，白开水是不用花钱的。

妈没说什么，把钱装在了我的书包里。

小红急急忙忙来了，看见我弟弟脸上有些羞涩。我弟弟也红着脸，起身躲开了。

小红："洪梅，富贵不愿上学去了。"

"为什么？"我妈抢先问道。

小红摇摇头，委屈地说："我也不知为什么，我刚才去找他，他很不高兴地对我说：'你们去吧，帮我给老师捎个信，就说我不上了。'我还想问他为什么，他就把门关了。"

我妈惊奇地问道："小巧呢？她在家吗？她怎么说？"

小红说："她不在家。"

我感到奇怪。昨天，我在南山见富贵时，他还说要一起回学校的。怎么只过一天就不愿上学呢？我想了一会，问我妈："会不会是小巧因为地里活多忙不过来，不让富贵上学的？"

我妈不假思索就回答说："你别乱猜疑，小巧不是那种人。过去那么难，她都没让富贵停过学。我看这里边一定是有什么误会。走，咱看看去！"

小巧家的门已经关了，但是屋里还有灯光。走近了，听见屋里有人哭。

"富贵呀，你能上高中不容易。我这么多年辛辛苦苦，就是为了让你能上学。你奶奶也是这个意思。"是小巧在哭着劝说，"你又没个理由，为啥不上学了呢？"

屋里沉默了一会儿。

小巧："富贵，你说话呀！"

仍没有回答。

我也有点着急了。富贵，你快快把心里话说出来让我们听听。

小巧又说话了："你是怕分了责任田，活多了忙了，我一个人干不了是不是？这不用你担心，我和你奶奶、你二叔能干，就是你不上学，也帮不上这个忙。"

这时富贵说话了："二叔有什么了不起，个子还没我高呢。"

小巧说："你二叔要是知道你不愿去上学，也会生气的。"

富贵说："你别口口声声二叔长二叔短的。我就不信我干活比不上他。我停了学，咱们和他分开，各种各的地，看谁那块打的粮食多。还有，我看二叔这么大岁数，也该娶媳妇了，不能老跟着你一起下湖上山的。"

小巧："贵儿，你怎么说出这种话？"

的确，富贵的话让我也感到吃惊。

富贵说："我就是不想看见你和他经常在一起！"说完，门响了一下，富贵走了出来。他好像胸中憋闷，出了门后大口喘气。

我妈怕富贵看见我们在门口听话，就迎了过去，开门见山地说："富贵，听小红说你不愿去上学了，为什么？是不是你小巧妈妈不让你上学。告诉我，我替你做主！"

富贵："是我自己不想上学的，我一进教室就头疼。"

小巧听到门口有人说话，也走了出来。见了我妈就说："你看，这孩子也不知中了什么邪，死活不愿去上学了。"她看见我站在旁边，就拉着我，走到一旁，悄声问道："丫头，富贵在学校里学习成绩怎么样？"

"很好呀！"我实事求是地回答。

小红也跟我们过来了，接上说："是呀，富贵的作文还上了校报呢！"

"那，他是不是和哪个同学闹矛盾了？"小巧又问。

"没有。"我和小红异口同声地回答。

小巧拍着手，不解地说："这就怪了，他今天上午还说明天要同钢旦和你们几个人一起回学校，不知怎么就生了这么一出戏！"

我和小红也挺着急。于是，我们又一起回到富贵身边。

小巧："贵儿，你当着你同学的面，说说你到底为啥不去学校读书，看看你的同学是不是笑话你。"

富贵低着头，吭哧吭哧地喘粗气，一句话也没说。

我说："富贵，咱们明天一起走吧。"

小红也说："是呀，咱们已经缺了一星期课，再拖几天，学习都跟不上了。"

富贵还是不说话。

小巧急了，说："你要是不去读书，也别进这个门了。"

　　富贵这才说道："我要是上学去了，你得答应我一件事，以后不能和二叔单独在一起下地！"

　　虽然天黑，看不清人脸上的神情，但是我敢断定，我们在场的几个人都大吃一惊。谁也不会想到，富贵不愿去学校读书是因为这个理由。而这个理由又是那么的荒唐！

　　原来，今天下午小巧是和二叔一起下湖的。小巧临走之前嘱咐富贵下午在家看看书，以免到学校因为欠了一周课，功课跟不上。她和二叔走后，富贵也跟上了。富贵是有心眼儿的。在一个上沟的地方，二叔先上去了，转过身来拉了小巧一把，由于用力过猛，小巧差点儿倒在他怀里，他顺手又扶了小巧一下。富贵看到了，就生气了，扭头跑回了家，功课未做，睡了一下午。

　　富贵那年已经 17 岁了。在以前，小巧都一直把他当成自己的孩子，晚上睡觉都把他抱在怀里。到了他上小学五年级时，个子已经很高了。小巧就跟他分了床，但是睡在一间屋里。他上高中，住校要带行李，家中只剩下一套铺卷儿，还是破旧不堪的。这样，星期六回来，他又和小巧住在一张床上，同盖一床被子。小巧怎么也不会想到，他一直当作儿子抚养的富贵，会对她产生非分之情。

　　小巧说："我和你二叔一起下地怎么了？都是一家人一块田。"

　　富贵说："不行，你要是和他单独一起下地，我就是不上学。"

　　小巧无可奈何地说："好吧，我明个给你二叔说说，让他以后自己下地。"这个时候，她还没想到富贵有其他的意思，"你明天上学去吧？"

　　富贵这才不情愿地点了点头。

　　回家的路上，妈一直低着头，好像在沉思。快到家的时候，妈才自言自语地说了一句："富贵这孩子……"

第四章

一

　　放学后，我喊着小红和富贵上街去打听小芹的下落。这件事是我向铁旦哥许过愿的。我临来前，铁旦哥也再三嘱咐过我，并叮嘱说千万别让钢旦知道了这件事。

　　所以，我没有叫钢旦一起去。

　　小红快嘴快舌，心里又搁不下话，钢旦三问两问，她就向钢旦交了底，还神神秘秘地对钢旦说："千万别告诉丫头是我说的。"加上他同富贵住在一个宿舍里，富贵的一举一动他都知道。他在吃饭的时候找到了我。

　　钢旦开门见山地说："丫头，我觉得你没必要替我哥操那份心。你想想小芹能看得起他吗？"

　　"你这话是什么意思，是不是连你也看不起铁旦哥？"我有点生气。

　　钢旦又摇头又摆手，解释道："我不是那个意思，我是说要面对现实。小芹现在进城了，有工作了，听说一个月挣得不少。我哥还在山旮旯里，接触的环境和事物不一样，感情距离也越来越大了。我原来就不十分赞成他们恋爱……"

"你，你这是在污辱铁旦哥和沈家塘！"我气得差点儿落下眼泪。

钢旦见劝我不听，就转了个话题说："今晚上咱们学校同机械厂团委联合搞交谊舞比赛，你是团支部书记，不参加要受批评的。"

"用不着你管，我已经请过假了！我不舒服！"说完，我再也不理钢旦，转身走了。

从我们一进县城上高中起，学校就组织跳交谊舞，这是眼下在城里最时髦的一种活动。层层团委都在抓这项工作，还办了培训班。我是班团支部书记，不能不参加这个活动。不过，我从心里不赞成这样做的。每个人都有自己的生活方式，就是业余爱好也不尽相同，为什么非要把它作为一种命令手段去强制执行呢？有好多次我都推说头疼或肚子疼拒绝参加。像我这样的农村学生，大多数不喜欢参加这类活动，一是多少有点自卑感。人家城里人有钱人家女孩，穿着连衣裙，喷着香水，在舞场上翩翩起舞，吸引着众多男生的目光，和她们站在一起，我们显得土里土气。二是因为缺乏勇气，交谊舞是男的女的一起跳，而我从小就受母亲的熏陶，见了男生腼腆、害羞，总是学不会。最主要的原因是因为想考大学，不愿浪费分分秒秒的时间。富贵，小红和我差不多，都不太喜欢进舞场。钢旦却相反，他是每场必光临，而且出尽风头。他那年已经一米七多的个子，风度翩翩。不知什么原因，他虽然和我们同喝一口井的水，同吃一个山的粮食，皮肤却长得又细又白。很多女学生都喜欢和他一起跳舞，时间不长，他就有了个"舞场王子"的绰号。不过，他的学习成绩在我们沈家塘来的几个学生中是最差的。这些，我们都向铁旦哥隐瞒着，怕他接受不了。

县城的变化像魔术师变魔术一样，因为我们吃住在学校，有时一个星期也不出一次门，但就这短短的几天里，县城又发生了变化。街道两旁，低矮的房屋被推土机推掉，一座座楼房争先恐后地向蓝天挺进。狭窄的街道一天天在加宽，仿佛一个瘦子一天天在长胖。玻璃橱窗里塑料服装模特神气活现地向人们炫耀着，喇叭里播放的流行歌曲也不断翻新，居民楼的窗口不时飘出港台歌星缠绵的曲调或武打录像片的"砰砰"击打声。有的恋人在街上竟然互相依偎，甚至狂热接吻。这一切，对于沈家塘出来的人来说都是不可思议的。我们辛劳了半生的母亲，连梦中也不敢想象还有这样一方天地，还有这样五彩斑斓的生活。

我和小红、富贵漫无目标地走着。说真的，我们平时很少出门，别说找一家什么公司，就是问起这儿有几条主要街道，也说不清楚。我们边走边看街两旁的门面，想从门牌上找到姓侯的开的土产贸易公司。走过一条街，又走过一条街，两条腿越来越沉重，还是没有找到。

"是不是明天再来找？"小红有点泄气。

富贵也说："咱们这样找，一个星期也不一定能找到。不如找个城里的学生打听打听有个目标再找。"

我也感到为难。的确，城里这两年兴起了很多公司，大的大到占着一栋大楼，小的小到一间屋门口挂好几个牌子。天知道姓侯的在哪儿占着一方天地。如果向城里同学打听，一来怕他们也说不清楚，二来怕他们问起根由不好回答。不过，这样找下去也的确不是办法。我看看天已经黑下来，街灯亮了，也只好同意先回学校，明天再想办法。

返回的路上，要经过一座桥。走到桥头，见围了很多人。我们刚要走过去，突然从人群中传出一个熟悉的声音：

"各位大爷大娘叔叔婶婶大哥大姐弟弟妹妹们行行好吧……"

"是'野兔子'。"我们三个人异口同声地说，也不约而同地停住了脚步。

富贵说："'野兔子'不是在跟一个男人跑生意吗？她在这儿干什么？"

小红说："走，咱过去看看她做的是什么生意。"

我也十分好奇，为了不让"野兔子"认出我们，我们三个人分开，从后边的人群夹缝中挤了进去。只见在十分暗淡的街灯下，"野兔子"双膝跪在地上。她的旁边是一个戴着墨镜的男人。那个男人坐在地上，旁边放着两根拐杖，看上去好像是个瘸子。这个瘸子有点儿面熟，却又想不起在哪儿见过。只见"野兔子"一只手里拿着一只小盆，一只手里拿着一条花手绢，边擦着眼睛边悲哀地说："可怜可怜我们吧，我男人学大寨那年掏涵洞的时候砸伤了腿，炸瞎了眼，什么活儿也不能干。我家还有八十岁的老太太，六十岁的老奶奶，三个没上学的孩子。我们苦啊。现在，我男人又得了肝炎病，没有钱治，你们看看，他这个可怜的样子让我有什么办法……"说着，她用手绢捂着脸，却用余光注视着周围人们的表情。

围观的群众一阵唏嘘。一个打扮得十分花哨的中年女人说话了："唉，现在这世道还有这么孝顺和忠诚的女人，真是不容易呀。大姐，我这儿钱不多，只有十元了，你别嫌少！"说完，那个中年女人果断地从口袋里掏出十元钱，扔进"野兔子"手中的盆里。

这样一来，周围的人都动了同情之心，这个给一元，那个给八毛，还有给几分硬币。眼看着盆里的钱不断增多。"野兔子"不知是忧是喜，连忙磕头："谢谢各位，谢谢各位！"

我感到十分奇怪，这些人为什么轻易就上当受骗呢？

人们渐渐散去了。我赶忙走了出来。小红和富贵看见我出来，也都出来了。

小红愤愤地说："我真想给这个臭女人一顿耳光，她把咱沈家塘的人都丢尽了！"

富贵说："她丢的是自己的脸，她没说是沈家塘的。她要说是沈家塘的，我保证毫不犹豫地把她扔到桥下的河里去！"

这时，我突然看见那个第一个掏十元钱给"野兔子"的中年女人站在小桥那边向这张望，好像在等什么人。

不一会儿，"野兔子"扶着那个拄双拐的男人也走了过去。

"怎么样，捞了多少？"那个女人急忙迎上去，迫不及待地问。

"野兔子"高兴地说："比昨儿个多了五块，这得给你记头功！"

拄双拐的男人四下看了一眼，突然丢掉双拐，摘掉了眼镜。灯光下，他那双眼睛像幽灵一样闪着。原来，他既不瘸也不瞎。而且我认出他就是跟"野兔子"去我们村的那个男人。他一手搂着"野兔子"，一手搂着那个女人，说："走，咱们先去撮一顿。"

"骗子！"小红骂了一句。

那一刻，我的血直往头上涌，几乎要爆炸。难道"野兔子"也算是从灾难的沈家塘走出来的人？

二

第二天放学后，我没有再叫富贵和小红，一个人上街了。我想，找小芹是我答应的事，应该由我去完成。富贵和小红都要晚自习，就不再打扰他们了。

因为昨天走了几条街，没有找到姓侯的那家公司，我今天又从另外的几条街走。太阳已经落山了，夕阳的余晖好奇地钻到一条条狭窄的街巷中来，给街巷平添了几分绚丽。虽然这几年县城建设发展较快，但都是在几条主要街道，有不少小街巷仍然十分狭窄、破旧。我在一条叫"道衙门"的窄街上走着，还不住地向两边张望。对面过来一辆自行车，我因为没有注意，一下子撞到自行车前轮上，倒了下来，两个膝盖火辣辣地疼。骑车的是个年轻男人，留着八字胡，戴着太阳镜，长头发还卷了一道道波浪，活像卷毛羊。他张口就骂："想找死呀？老子还没娶媳妇，撞死你让我怎么赔你母亲个闺女！"

我忍着疼爬起来，闪到一边，想让他过去。他却没有过去的意思，把自行车支起来，走到我面前，上下打量着我，说："小妞，长得蛮动人的。看你这模样好像有什么心事，走，跟哥哥到郊外走走，我保准让你解闷。"

这工夫，围观上了不少人。街道本来就狭窄，这样一来便被堵塞了。

我急得差点儿哭出声，眼睛模糊了。

"小妞，怎么样？""八字胡"说着，竟伸出手在我脸上拧了一把。

"你，你流氓……"我终于忍不住骂了一声。

"八字胡"却笑了，猥琐地说："你说什么，六毛？太便宜了。别说六毛，六块老子也干，走吧！"边说就过来拉我胳膊。奇怪的是周围那么多人，竟然没有一个站出来主持公道的。

就在这时，我听到耳边响起一声断喝："贼小子，快松手！"

我揉了揉眼睛，抬头一看，情不自禁叫了一声："田叔叔！"

虽然几年没见了，我第一眼就认出了田叔叔。他没有多大改变，相反比过去更壮实了，尤其是一双眼睛比过去更黑更亮。

"八字胡"望了田叔叔一眼，破口骂道："你算什么东西，也敢来管老子的事？"

田叔叔理直气壮地说："你在光天化日之下耍流氓，就要有人管。不然，这个县城还有乡下人过得吗？"

"八字胡"轻蔑地一笑，说："看你这样子也是吃他妈山白芋长大的，隔着肚皮老子都能闻到馊白芋干饭的气味。滚，一边站着去，别惹老子发脾气！"

田叔叔也恼了，伸出拳头在"八字胡"脸前晃了晃："贼小子，你想怎么着？"

"八字胡"这次没搭话，对着田叔叔脸上就是一拳。田叔叔的嘴角溢出了血。我吓坏了，正要过去护着田叔叔。田叔叔一把把我拉到他身后，他抹去了嘴角的血，抓着"八字胡"的胳膊，不知怎么一用劲，"八字胡"就双脚离开了地面。接着田叔叔一松手，"八字胡"倒在了地上，"哎哟哎哟"叫了起来。

田叔叔拉着我的手，说："走，丫头。"

我们从人群中出来，还听见"八字胡"在叫唤："有种别走，送我上医院！"

又过了一条街，我们才停下来。

田叔叔问："丫头，你怎么一个人到城里来了。"

我告诉田叔叔我在上高中。

田叔叔笑着拍了拍后脑勺，说："瞧我这记性多差！丫头上学成绩一直很好，怎么就没想到你该读高中了。"

我又告诉田叔叔，我们村有五个学生在城里读高中。田叔叔听后，点了点头，又说："不容易！不容易！沈家塘的孩子以后都是好样的。"

"田叔叔，你怎么也到县城来啦？"我问。

田叔叔说："现在开放搞活了，我们那个乡搞了个建筑队，让我当建筑队的头。"他指着附近一幢楼房说："瞧，这幢楼就是我们盖的！"

"真了不起！"我由衷地赞叹说。

田叔叔又问了我一些村里的情况，却只字不提我妈。我觉得奇怪，田叔叔难道把我妈忘记了，或者他对我妈有什么不满？我想问，但话到唇边又犹豫着说不出来。

我和田叔叔边走边谈，就像一对亲密的父女。走过了一条街，又走上另一条街，我连小芹的事都忘了。

"丫头，你弟弟也长大了长高了吧？"田叔叔问，"怎么样，你们那里都兴早婚的。小红家催了吧？"

我听到这里，感到有门了。田叔叔问到了我家里的人，一定会接着问下去的。我就把我弟弟和小红的事对他讲了，末了，还加重语气说："我妈现在也不赞成小红和我弟弟办婚事。她现在一心让小红和我弟弟读书。妈对小红说过：'以后我没福气当你的婆婆，还能当你的干妈！'"

田叔叔低着头，一句话儿也没说。我看他的神情十分复杂，知道他在想什么心事。所以，我也就不便再问。

又走了一会儿，来到一座正在施工的大楼工地。有一些人围在一堆吃饭。一个身材稍胖的女人正在和怀中抱着的孩子戏闹。她看见田叔叔，把怀里的孩子放在地上，指着田叔叔说："小钢，你爸爸回来了！"

那个大约两岁的孩子，摇摇晃晃地向田叔叔走过来。田叔叔迎上去几步，把那个孩子抱了起来，亲了亲他的额头，指着我说："钢，叫姐姐！"

"姐！"小家伙甜甜地叫了一声。

"哎！"我应着，心里却有些苦涩。原来田叔叔已经成家立业了。他当然不会再想着我妈。

我向田叔叔告辞。

田叔叔说："丫头，有什么事就到这儿来找我。叔叔不能帮你大忙，小忙还可以。"

我突然想起小芹，就问了一句，"叔叔，你知道土产贸易公司在哪吗？"

"你是说那个姓侯的开的公司？"田叔叔露出不屑一顾的神情，又惊异地问，"你找他干什么？是谁让你找他的？"

我把找姓侯的那个公司的原委向田叔叔讲了。

田叔叔把小孩还给了妻子，推出一辆自行车，就带着我去找小芹。

"丫头，你妈好吗？"田叔叔这时候终于问了一句。

我把母亲的情况向田叔叔讲了。

田叔叔很认真地听着。自行车虽然还在行走，但车速很慢。

"丫头，你妈不容易。你可要为你妈争口气，好好读书，争取考上大学。到时候，如果你家里出不了这钱，叔叔给你！"田叔叔说，"还有，你也要多开导你妈，让她不要……"

我等了半天，也没等到田叔叔下边那句话。

很快就到了二道街，这时天已黑了，街灯也亮了，小城变得昏暗了。田叔叔把我带到一家小旅馆门前，对我说："这里边就有猴子包的两个房间，就是他们的公司。你去吧。不过，小心点，找不到小芹就赶快离开！"

我点了点头，转身向门里走，人已进了门，田叔叔又在背后喊我。我转身停住，只见田叔叔脸上罩着忧郁，眼睛有些呆滞。他踌躇了好大会儿，才说："见了你妈，别提我！"

我默默地望着田叔叔推着自行车，摇摇晃晃地走了。一直到他的背影快要消失。

三

这是一家在县城里档次也要排得很低的小旅馆，院子十分狭窄，地上积满了肥皂水。两层小楼破旧不堪，如果来一阵山野风就会摇摇欲坠。一溜儿十几个房间，门前都挂着牌子，我依次看过，不是公司就是办事处。有几间房子锁着门，没锁的房间里，不是有男人女人的谈笑声，就是有猜拳行令声。我感到十分恶心，直想转身离开，可是想起铁旦哥那双诚恳的眼睛，又忍住了。

楼下没有土产贸易公司，会不会是田叔叔搞错了？我正想着，有一扇门开了，出来一个秃顶的男人。他看了我几眼，问道："姑娘，你找谁？"

我反问道："这儿有没有一个土产贸易公司？"

秃顶男人用手指了指楼上，又看了我几眼，回屋去了。我听见他在向屋里人说："老侯艳福不浅，又来一个嫩的！"

我听了很恼火，也不想上楼去了，转身就走，刚走两步，楼上有人喊我："丫头，丫头，快上来。我在这儿！"

我抬头一看，正是小芹。没办法，我只好硬着头皮上了楼。

小芹变了。那件肩膀和肘子处贴了补丁的蓝花布上衣被一身咖啡色全毛套裙代替了，搭在脑后的辫子也不见了，长披发烫起了一道道波浪；一层白粉掩饰了被烈日晒得黝黑的脸，嘴唇还抹了一层口红。那个沈家塘的带着几分野性的少女不见了。站在我面前的小芹，完全是一副大家闺秀的打扮。不过，仔细看也可以发现她已经不是个少女的身子了。

"丫头，你今天怎么有空来的。我早就说去学校看你们，可是公司里工作太忙，抽不出身……"小芹十分亲热而且不带任何矫揉造作，"你怎么没把他们几个带来，我真想你们。"

我打量一下这个被称作公司的地方。里外两小间房子。里间只放着一张双人床，一张梳妆台和一张小方桌，方桌上放着一台电视机。这大概是小芹住的地方。外间只有一张办公桌，一对沙发，根本不像个办公的样子。怪不得田叔叔说这儿是皮包公司，一点儿也不假。

小芹给我倒了一杯开水，里边又加糖又加麦乳精。她还打开糖盒让我吃糖，里边都是些花花绿绿包装的高级糖果，我连见也没见过。她拉着我在床边坐下。我差点儿叫出声，因为屁股陷了很深，仿佛要沉下去。

"这叫席梦思！"小芹从容地说，"是我来后，侯经理专门给我定做的。"又是我没听说过的名词。

我觉得浑身上下很不自在。这十平方米的空气令人窒息，这十平方米的色彩让人不安，而小芹的每句话都让我感到失望，要不是想着铁旦哥的嘱托，我真的会转身离开的。

"丫头，来到城里以后，我才觉得咱那儿过得简直不是人的生活。一代一代，日复一日，年复一年都是那种孤单、寂寞、忐忑不安的生活；吃饭、干活、睡觉、结婚、生孩子、做母亲，现在想想，我都后悔当初怎么生在那个地方。前天我妈来，我带她去洗澡，她身上的灰都结成痂了。妈说她好多年没洗过澡。我就想都长着一样女人身子，为什么城里乡里有天壤之别？我妈去了一趟商店，简直看呆了。侯经理花六元钱帮她买了件褂子，她试来试去……唉，别说了，妈这代人活得真可怜！"

我实在忍不下去了。我不能容忍一个从沈家塘走出来的人对沈家塘这么无礼，我严肃地说："是的，你说的都是现实。咱们沈家塘贫穷。但是，它生养了我们一代又一代人。我们没有理由埋怨它，嫌弃它。你觉得咱们的上一代人不想过富裕生活吗？不，他们也是人，他们也有追求也有希望。由于历史的局限，条件的局限，他们没能够用辛勤的血汗把那块土地改变。你能说他们流血流汗不是为了希望吗？"

小芹呆呆地望着我，仿佛变得陌生的不是她而是我。过一会儿，她才叹了口气，说："丫头，咱们别谈这些了。上一代人是上一代人，咱这一代不能再步他们的后尘了。咱要活得热烈，活得痛快！"

我没有回答她，目光却落在她床头。枕头边放着一本杂志，封面是一个浑身只穿着三点式的女人。我赶忙把眼睛挪开了。

"丫头，你见到铁旦哥了吗？"小芹突然问我。

"我……"我一时不知如何回答她。

小芹快快地说："我知道铁旦哥一定会恨我。可是，人朝高处走，水向低处流，我不能再委屈自己，再嫁回那个山旮旯去呀！丫头，铁旦哥怎么说？"

我冷冷地说："铁旦哥什么也没有说！"尽管我知道这样说违背了我对铁旦哥的承诺。但是，我不愿亵渎铁旦哥的人格，也不想让沈家塘可可怜怜。

小芹显得很难过，说："我对不起铁旦哥，难怪他一句话也没有。铁旦哥是个好人……"

我什么也不想再说了，推说学校有活动，就起身告辞。小芹拉住了我的手，恳求地说："丫头，再陪我坐一会儿。我一个人在这儿，心里感到乱。"

"侯经理在这儿办公吗？"我问。

小芹"哼"了一声，愤愤地说："他一天都泡在这儿，就是晚上下班得按时回家，否则他老婆要和他吵闹。有时候，他老婆不在家，才到这儿来过夜……"她发觉说走了嘴，脸"唰"地红到了脖子根，眼神也慌乱了。

"你就打算这样活下去吗？"我又问，心却在冒火。

小芹说："我也不知道怎么办。侯经理说过两年在城里给我找个婆家。我反正这个样子了，也没有什么他求，只要能不回沈家塘，我就心满意足了。"

当时，我真想狠狠打她一巴掌。我再也坐不住了，不管她怎么劝，我坚持要走。她无可奈何，才说道："丫头，我有句话托你捎给铁旦哥。"可是，说完以后她又吞吞吐吐不向下说了。

"什么话你就快说吧！"我催促道。

小芹问："铁旦哥又找对象了吗？"

我说："不知道！"

小芹说："侯经理说怕铁旦来城里我，准备给铁旦哥几百块钱，让他赶快再讨个媳妇，断了对我的情分！"

我问："你也这么想吗？"

小芹说："我觉得对不起铁旦哥。能给他几百块钱，让他把房子修一修，再添点东西，讨个媳妇过日子，我的心里会安稳些。"

"你觉得铁旦哥会收你的钱吗？"我压住心头火，又问。

小芹睁大了眼睛，愣怔地望着我，回答不上来了。

我一字一顿严肃地说："小芹，你听着，铁旦哥让我捎了句话给你。他说你不值得他留恋，也不值得他思念。他永远也不想再见到你。我想，你给他钱等于污辱他，他会砸在你脸上的。不要忘了，铁旦哥是个硬邦邦的男子汉！还有，我也送你一句话，好好做人！"

说完，我大步走出了门。身后传来小芹的哭声。

是我伤害了她吗？不，是她伤害了沈家塘，伤害了沈家塘父母和儿女的心。一个人可以按照自己的意愿选择自己的生活方式，但是没有权利去指责别人的选择，更不应该嫌弃生养自己的母亲。小芹，你没有理由埋怨沈家塘，污辱铁旦哥。出了大门，我的眼泪便夺眶而出。

　　回到学校，小红问我是否找到了小芹，我摇了摇头。

　　小红非要打破砂锅问到底，缠着我问："是不是你见到她，她的言行举止让你失望，你才故意说没见到她？"

　　我说："没见到就是没见到。"

　　小红说："那明天下课我陪你再去找一找。她只要在县城，我不信找不到她。"

　　我生气地说："不找了。她不在县城，也可能不在人世了！"

　　小红惊讶地张大嘴巴，不解地说："这，这怎么可能，怎么可能……"

第五章

一

　　天气渐渐转冷了，小城失去了昔日的光彩，也变得冷清和黯然，在冬日的寒冷中显得十分单薄。

　　这天早晨，我们照例在学校操场上跑步，刚跑了一圈，广播喇叭的乐曲突然停了，接着响起播音员的声音："高一二班的洪梅同学，速到传达室去，有人找你！"

　　我心中莫名其妙：谁会这么早来找我呢？是我妈妈？不会的。她个人又要忙家里又要忙田里，怎么会抽空来呢？是我弟弟？也不会的。他现在正上学，此刻可能在去学校的路上。那还会是谁呢？田叔叔，小芹……我边走边想，匆匆来到了学校门口的传达室。

　　"姐！"弟弟在传达室看见我，急忙走出来，开门见山地说，"妈病了。"

　　"在哪儿？"我一惊。妈一定病得不轻，否则不会让弟弟来找我。

　　弟弟说："妈现在在医院里。她不让我来告诉你，是铁旦哥叫我来找你的。"

　　"妈已经住院了？"我心里一阵难过，忙跑到办公室向老师请了假，和弟弟一起走了。

妈是下午发的病,她当时还在地里。后来,她忍着痛回到家,连饭也没做便上了床。弟弟放学回来后,见没有做饭,还生了气,可是到屋里一看,妈一头一脸都是汗,连话也说不成句了。他忙去找小巧和洪大。等到把村医疗室的医生找来,给妈看了病,说是得的急性肝炎,需要送城里住院治疗。

妈一听就叫起来,说她自己没有事,休息一下明天还能下地,不愿来住院。医生说再不住院治疗后果不堪设想,也可能转为慢性,再发展成癌症危及生命……洪大和小巧都吓坏了,合计了半天,最后她们挨家挨户借钱,好不容易凑够二百元钱。铁旦哥自告奋勇要送我妈来看病,他们这才来到了县城。

我们来到医院。医生还没有上班。铁旦哥很有心,把平板车放到了走廊里,这样可以避一下风。我走到车前,见妈已经睡着了。铁旦哥摆摆手,示意我不要讲话。我看见母亲的脸又瘦又黄,充满了疲惫,心头一阵酸楚,泪水禁不住涌了出来。

铁旦哥把我拉到一边,悄悄地说:"丫头,洪大在庄里七凑八凑才凑了二百块钱。她说如果住院不够,叫你在县城想点办法。"

"我……"我能怎么说,生病的是我妈呀!可是,我一个高中学生,在县城里人生地不熟,到哪儿去想办法呢?

铁旦哥看出了我的心思,问道:"丫头,你见到小芹了吗?她可以帮你的忙!"想不到铁旦哥平时沉默寡言、老实巴交,心还有几个弯弯点子。他是在拐弯抹角地打听小芹的情况。

自从上次见到小芹,我就暗暗下了决心,不把见到小芹的事告诉铁旦哥,以免他失望和难过。所以,我每次星期天回家,不是远远躲着铁旦哥,就是告诉他没找到小芹。铁旦哥总是似信非信的。

"你怕小芹不肯帮你是吗?"铁旦哥见我不说话,又说,"你告诉我她在哪儿,我可以去找她说一说。"

我摇了摇头,说:"我真的没见到小芹,不信你可以问小红他们。"

铁旦哥的神情又变得忧郁了,说:"不说这个了。车到山前必有路,走吧，咱看你妈醒了没有。"

妈已经醒了，正在训斥弟弟："谁叫你们把我拉到这个地方来的？这样的地方是妈能进的吗？还借了人家的钱，以后怎么还呢？还有我不让你告诉你姐姐，你也不听，她这么一来，不影响上课吗？"

"妈！"我哭着跪倒在妈的面前。

妈抚摸着我的头，苦笑着说："丫头，妈没事的。别哭，快起来，听妈的话回学校去。你在这儿，妈心里更不好受。"

"妈，一会儿你看了病，我就走。"我已泣不成声，"不会耽误课的。"

妈又对铁旦哥说："铁旦，你比他们姐弟俩大几岁，知道的事多。现在地里活儿还不少，我还是队长，不能离开家。等一会儿检查一下，拿点药咱们就回去，我知道我的病，不需要住院的。"

铁旦连忙答应着，并向我和弟弟使了眼色，意思让我们也答应妈的要求。

大概又等了半个小时，医生才上班。经过检查，我妈的确害了急性肝炎，也的确需要住院治疗。可是光住院的押金就要三百块，我一听，急得掉了泪。

"铁旦哥，怎么办呢？"

铁旦哥说："我也没有办法，要不只能先把你妈拉回家。"

我实在不能接受这个现实，就对铁旦哥和我弟弟说："你们先看着妈，我去借点钱来！"

出了医院，我又感到茫然了。找谁去借钱呢？找小芹，不，我不愿再见到她，也不想让铁旦哥再见到她。找田叔叔，他会帮忙吗？如果让他媳妇知道了他帮我妈，会是一种什么结果呢？可是，不找他们又怎么办？难道真的眼看着铁旦哥把我妈拉回家去？不，我不能失去妈妈。

最后，我下决心去找田叔叔。

我一口气跑到了田叔叔的工地。田叔叔不在，他媳妇接待了我。

"你叫丫头吧？他爸那天给我说了。他还一个劲夸你妈和你们庄上的女人呢！"田婶很热情，也很健谈，拉着我的手，张口就像"机关枪"似的连着发，不让我有个插话的余地，"你田叔还夸你从小就聪明，还真的是，瞧这两只眼睛，水灵灵的，像会说话，一看就是个聪明孩子。你们村现在日子好些了吧？你还有个兄弟是吧？他现在也上中学了吧？听说你妈还是个队长，一定是个了不起的女人。有时间叫你妈到城里来逛逛。一辈子在山沟里怪闷得慌。你这孩子也别客气，以后有什么事就来找我们。你田叔在家和不在家还不一样呀，婶子也不会亏待你的……"

我如坐针毡。但是第一次见面，我要是起身就走，又怕人家说不懂礼貌。我强迫自己笑着，不过我相信那种笑比哭还难看。田婶又忙着去倒茶，等她端茶过来，才发现我心神不定，惊异地问道："丫头，你是不是有什么事呀？有事你就说，你叔能办的，他不在婶子也能帮你办！"

"我……"我终于没有说出妈生病的事，改口问道，"我田叔什么时候能回来？"

田婶沉思了片刻，说："最快也得天黑才能回来。他是去水泥厂提货的，这来回百十里地的路呀！"

我一听更急了。看来等田叔叔是来不及了，医生说过要一手交钱一手办住院手续。我站起来就要走，田婶又一次拉住了我的手，诚恳地问道："丫头，你真有什么事吧？瞧你一头汗，急得不轻。告诉婶子，需要我帮什么忙别客气，要不，你田叔回来也会埋怨我的。"

我犹豫着。

"丫头……"田婶问了一句，"你是不是想用钱？"

"不！"我赶忙否认，而且坚定地摇了摇头，连我自己也不明白这样做是对还是错。

田婶见我不说，也就不再问了。她拍着我的手道："这孩子，天凉了，还穿得这么单，小心冻着了。"

我离开工地很远回头看时，田婶还站在门口望着我，仿佛要看透我的心思。我赶忙扭过了头。怎么办呢？现在只有两条路，要么让铁旦哥和弟弟把妈送回家去，让病痛一天天折磨妈；要么去找小芹，向她求援，那样就违背了我自己的意愿。最后，我还是选择后者。

二

小芹听说我妈病了，已经住院治疗，也很着急。但是她手里的现金不多，就向侯经理要了二百块钱，匆匆跟着我去医院。

走过一条街，我才想起铁旦哥也在医院里。她如果见了铁旦哥，二人之间会出现什么样的场面不说，我在中间也会尴尬的。于是，我对小芹说："小芹，你不要去医院了。我妈得的是肝炎，会传染的！"

小芹一愣，不高兴地说："丫头，你怎么说出这种话？婶子生病，我不来看，还算个人吗？就是我妈知道了也会骂我的。"

我无话可说了。

"婶子一定是劳累过度才得的这种病。"小芹感慨地说，"在咱那儿，人活得太艰难太悲伤了。用侯经理的话说不是人的生活……"她发觉自己说话过头了，不好意思地看了我一眼。

很快我们到了医院。

铁旦哥和小芹四目相视时，两张脸上都出现了惊奇、慌乱、激动和不安。那种表情，不是三句五句话能够表达。实话说，我当时看了一眼，就转过身去。因为我不想看到别人的痛苦。

"铁旦哥，"小芹脸上的神情先恢复了平静，"先给婶子办好手续，咱们再说话吧！"

铁旦哥点了点头。

我妈一见小芹，也很惊异，但却是一副长者的口吻，亲热地说："芹，在城里还过得惯吧？怎么也不回家看看你妈和大伙呀？瞧，模样儿比过去水灵多了！"

小芹吞吞吐吐，没有正面回答。

我对妈说："妈，小芹听说您病了，撂下工作就过来了。她还借了二百元钱……"

我妈听说我在小芹那儿借了钱，愠怒地说："我不是说过了吗？我这病吃点药就行了，不需要住院。咱乡下人的病，干活就治好了，值不得那么多钱。丫头，快把钱退给小芹。她一个女孩子在城里找点事挣点钱也不易！"

"婶子，快甭这么说的。您的病还不是这几年为大伙操劳累的。我不能帮大忙，小忙还是可以帮的。"小芹说。

我妈当着小芹的面不好再说什么，狠狠地瞪了我一眼。

铁旦哥已经把我妈的住院手续办好，可是他来叫我妈时，我妈还是坚持着不愿住院，说是如果让她住院，她就死在这里。一时，双方僵持不下了。

铁旦哥把我叫到一边，说："丫头，你和你弟弟再求求你妈。"

我也感到为难。母亲的脾气犟起来，三头黄牛也别想拉得动。我抱着试一试的侥幸心理，跪在妈的面前，哭着说："妈，医生说了，您的病非住院治疗不可。万一你再有个闪失，我和弟弟怎么过呀？妈，我求求您，为了我和弟弟，为了咱这个家，您就答应住院治疗吧！"

妈伸出手，抚摸着我的头说："丫头，妈没事。你让妈住院，妈倒是会憋出病来的。妈长这么大，还是第一次进医院的门，妈不习惯，也住不下去。你快点给铁旦哥说，咱们还是回家去吧！"

"妈！"我哭出了声，"您放心吧！您要不想让小芹帮咱，我还可以找田叔叔帮忙。您一定要安心，等以后我工作了，再加倍还他们的恩情。"

我完全是无意中把田叔叔说出来的。但是我妈听后，眼睛一亮，忽地坐了起来，惊诧地问道："你田叔叔也在城里？你见到他了？"

我点了点头，把见到田叔叔的经过简单给她讲述了一遍。

我妈听后叹息一声说："先住两天检查检查吧，反正我也不能在这儿住院。"

妈住进了病房。

我和弟弟在和妈说话时，小芹和铁旦哥都在一旁等候。我看得出，铁旦哥想找小芹说话，小芹却不正视铁旦哥。不过，从她慌乱的神情可以看出，她的内心也不平静。把我妈安顿好以后，小芹就要告辞。铁旦哥要送她，她不让，给铁旦哥留了一句话："现在我还要上班，晚上我再来找你。"

铁旦哥高兴地笑了。我知道小芹的用心，心里想，小芹啊小芹，你何必再折磨铁旦哥呢？

看到妈住院以后，我才回了学校。这一天，我上课没一丁点儿心劲，老师在讲台上讲课，我却在座位上胡思乱想，惦记着母亲的病情。

放学后，我匆忙向医院里赶。到了母亲的病床前，见床头柜上堆放着水果和罐头。母亲的精神比刚来好多了，脸上还泛起了红晕。

"妈，有人来过了？"我问。

妈笑了笑，没有回答。弟弟在一旁抢着说："刚才田叔叔来看妈了，说是晚上还来。"

我吃了一惊，田叔叔怎么知道我妈住院了呢？可是我没有问出口。

原来，田叔叔回来后，他妻子就告诉他我找过他。田叔叔是个精明人，马上就猜想到我急急忙忙找他一定有什么事情。于是，田叔叔就赶到学校去找我。当时，我还在医院没有回来。老师告诉田叔叔我家有人生病住院了。田叔叔又直奔医院。

我没有见到田叔叔和我妈面对面的场面，但是，我可以想象得出来那一定是非同寻常的一瞬。

晚上，小芹果然来了。她让我替她约铁旦哥到医院后院去谈谈。铁旦哥去的时候兴高采烈，信心百倍。

"铁旦，见了小芹可不要说怪她的话。"我妈叮咛铁旦哥说，"她一个女孩子，在这儿孤苦伶仃的，别拿话伤害她。你也老大不小了，说什么做什么都要掂量掂量。你要是惹她生气了，我可不能饶了你！"

铁旦哥扮了个鬼脸，说："婶子，你就放心吧，俺疼还疼不够呢！"

弟弟要跟着铁旦哥去看热闹，被我和妈劝住了。妈对我说："丫头，你弟弟是第一次到城里来，你带他出去玩玩。妈这儿现在还不需要人陪护。"我明白母亲的心思，因为田叔叔走时也留了话，说是晚上要来的。弟弟听说要带他去玩儿，十分高兴地答应了。

县城的地方不大，也没有多少玩儿的地方。我思忖不如看场电影。于是，我们来到了影剧院。今晚放映的电影是新片子《知音》，观众爆满，在门口等了半天才等到两张退票，进去后，电影已经开演十多分钟了。

看完电影，我和弟弟急急忙忙向医院赶。刚进医院大门，就看见铁旦哥垂头丧气地坐在石凳上，暗自神伤。我弟弟不知其中所以然，高高兴兴地走过去，对铁旦哥说："铁旦哥，你今晚该和小芹去看电影《知音》，真棒……"

铁旦哥连头也没抬。

我弟弟又说："咋了，不就是今儿见不着了吗？明天小芹姐还会来的，你着什么急呀？"

我拉了弟弟一下，他才住了口。

铁旦哥忽地站起来，说："婶子的手续已经办好，退了房子，马上就回家，你们快去看看吧！"

我大吃一惊，拉着弟弟一阵风似的冲进病房。果然，妈已经收拾好了，正坐在床沿上等我们。我还看见妈的脸上有几道泪痕未干。

"妈，这是为什么？"我不解地问，"不是说好了住院治疗吗？你不答应了吗？怎么又变卦了呢？"

妈说："我放心不下家里的事。再说这儿要给那么多人添麻烦，我心里过意不去！"

我见妈说的不是理，又出来找铁旦哥询问。铁旦哥说他刚才和小芹在后院说话，看见田叔叔夫妻俩带着孩子来的，没坐上十分钟就走了。后来妈就说要离开医院。

我忽然一下子明白了许多。没办法，我和铁旦哥只好找医生给妈开了药，让她回家服药治疗。医生再三叮嘱"不能再让病人太累了……"

三

星期六中午，大家都在准备回家，田叔叔到学校来找我，交给我一只装得鼓鼓囊囊的大包，说："丫头，这是捎给你母亲的，有治她病的药，还有几瓶罐头，几件衣服，都是你婶子一手操办的。你不要对你妈说是我送她的。"

我懂事地点了点头。

田叔叔又说："你妈还是那种老观念，现在已经行不通了。八十年代了，人人都在致富，不想点办法怎么行呢？你在县城读书，接触的新事物多，回家应该开导开导你妈，比如养个鸡，种点果树都是办法。还有，你们北大沟那么多芦苇，编织点苇笆、席子还是有销路的。现在搞了责任制，家家粮食都吃不完，都需要粮折子。我们建筑队也要苇笆。"

"真的？"

"叔叔还能说假的吗？你妈她们要能组织一下搞苇笆加工，我全包下了。"田叔叔认真地说，"城里不止我们一个建筑队，那些建筑队头头我也熟，帮着活动活动还是可以的。"

"盖大楼还要苇笆吗？"我有点不信。

田叔叔说："盖大楼当然不用，但是我们也不是全都盖大楼呀？再说苇笆也不是光能盖房子用！"

我高兴地说："明白了，我一定把您的话带给我妈。"

田叔叔望着远处，沉思了一会儿，又说："丫头，你还要告诉你妈，别那么苦自己……"

我没听明白田叔叔话中的意思，他却已经走了。

我们坐车到乡政府所在地东王集。

东王集也变了，虽然没有县城变化那么快，毕竟也在一点一点儿变着。首先是通了汽车。过去，我们回来都是坐火车，下了火车还要跑十几里，现在通了汽车，比过去方便多了。街中心一幢米黄色大楼拔地而起，虽然只有二层，但也十分显眼，犹如鹤立鸡群。过去狭窄的土街也开宽了，还铺上了细石子。以往街道狭窄而且冷冷清清，现在街道两边都是各种各样的小摊贩，有卖青菜的，有卖豆腐的，有贴锅饼的，还有卖小吃的，街上人来人往，十分热闹。东王集让我们感到陌生了。

"丫头！"我听到有人喊我，回头一看，原来是二柱哥。他推着自行车在人群里走来走去，车的后座上还绑了只大篓子，看那架势好像在采购什么东西。

"二柱哥，你来这儿做什么？"富贵抢先问了一句，"是要做买卖吗？"

二柱哥挺骄傲地说："是呀，我想看看有什么合适的买卖。这年头，眼珠子就得多转几圈才行。你看这街上卖的东西，还真是应有尽有呢。我想多学点，过些日子也到这街上来摆个小摊……"

"你来摆摊能行吗？"我问。

二柱说："咋不行？眼下兴什么个体，花几十块钱办个执照就能经营。我转几天，算了总账，在这儿摆个小摊，一天的收入比咱庄那个店一个月收入还要多。你看咱庄上的人穷得叮叮当当，一分钱都能掰几瓣花……"他看见有外村的人，就止住了话头。

我觉得二柱哥的话有几分道理。

和二柱哥分别后，我们直接回了村。

妈不在家，听弟弟说她又下地去了。我火了，冲弟弟吼道："妈有病，你又不是不知道，为什么还叫她下地干活？"

弟弟委屈地说："又不是我让她下地的，你有本事看能不能拦住妈！"

我也只好叹了口气，放下书包就上山了。

分责任田的时候，南山上的地没人要。队委会商量来商量去，决定抓阄。我妈主动要了这块最孬的地。这块地在南山最高处名叫"老鹰爪"的地方，离其他最近的田块有一里路，离我们村少说也有四里，人从村里走，到了地里还没干活，就累得一身汗了。

妈正用铁爪钩挖地。这种铁爪钩只有山地才用，三根铁指头，有半尺长，插进地里，要用很大力气才能把土翻起来，翻起来的是大块疙瘩，还要再砸碎。地里的石头也多，有时刚破开表层，就碰到石头，啃不动只好再挪个地方，迂回一圈，把石头撬走。离老远，我就看见妈弓着腰正在吃力地挖地，不时用衣袖擦擦汗。妈光着上身，远远望去，犹如一尊古铜色塑像。不知不觉，我的眼睛模糊了。就在我快走到地头时，妈突然弯着腰蹲在地上。

"妈！"我跟跟跄跄奔了过去。妈扶着铁爪钩，身子晃了几晃，扑腾坐在地上。我看见妈又黑又瘦的脸上滚动着一颗颗豆粒大的汗珠，身上的汗水也一道道的好像纵横交错的小河。我抱着她，用袖子轻轻擦拭她脸上的汗水，而我的泪水却止不住一个劲儿流。

"妈，医生不是告诉您，您这个病需要休息治疗吗？您这样干会出事的……"我哽咽着说，"您要再这样，我就停学回来看着您了，免得您累死了，没有人管我和弟弟。"这二年，我摸准了妈一个弱点，妈最怕两件事：一是我要退学；二是说她死了，我和弟弟没人管。果然，我这么一说，妈慌了，忙说："丫头，妈没事的。我回来这几天一直是歇着的，今天觉得好些了，才干点活。"

我知道妈在撒谎，也不愿戳破她。

妈指着翻过的土说："丫头，你看看这方土多喜欢人。过去，大家都说这块地不好，其实才冤枉了它呢。它在山上，离太阳最近，离雨水也近，再加点肥，它会使劲儿长粮食。人活在世上，不要怨天尤人，你流了一滴汗都会有一杯水的回报。不信，明年这块地准有好收成。"

我在心里一遍又一遍地重复着妈的话。她的话虽然和泥土一样普通，但却蕴含着哲理。我觉得即使在书本上也难找到妈这些像黄泥巴一样的哲理。

下山的路上，我扶着妈。当走过"百家坟"前那片小林子时，妈连眼睛也未转，我心里暗暗吃惊，难道妈已经忘记了她和田叔叔曾在这里……人生原来既十分沉重又十分淡薄。

"妈，田叔叔让我给你捎来了几服中药。他说是找的秘方，如果吃了灵验，他再帮着找几服。"我说。

妈站住了，望了我一会，问道："你田婶怎么说的？"

"田婶给你捎了几件衣服。"

她没有再说什么。

"妈，我看咱家也搞点副业。"我又趁机劝妈说，"比如养点鸡鸭，喂几头羊，还有田……"

妈还未等我说完，就火了："你慌什么？不是妈不想养那些东西，你知道养那些东西要花多少精力吗？花那些精力还不如把地种好。当农民的，多种出粮食才是正经，才是本事。"

我不好再说了。

经过二狗子叔家门前时，我妈站住了。二狗子叔的屋门上着锁。

"妈，二狗子叔呢？他包责任田了吗？"我突然想起有两个星期天都没见过二狗子叔。

我妈叹了口气，说："他人走了十几天了，也不知去了哪儿。这门还是我锁的。"

我仔细一看，二狗子门上用的果然是我家的铜锁，那是一种老式的长形锁，现在已十分少见。

我和妈都沉默了。

我先开了口。我劝妈说："不管咋说，二狗子叔是个大男人，别的他做不了，最起码他不会让自己饿着。您就放心吧。"

妈说："他毕竟是沈家塘的人。沈家塘再怎么着，也不缺他的一口饭……唉！"

我拍了拍母亲的腰。

"他去哪儿也该回来了！"我妈又愧疚地说，"一分了地，大伙都忙，我也只顾着忙没留心他。他这样下去，多丢沈家塘的人呀！咱沈家塘难道连一个疯男人也养不起留不住了吗？"

我怕妈伤心，就扶着妈回家了。

第六章

一

　　小巧在井台上见到了我。看样子她是故意跟着我来的。

　　等到井台上其他人走完后，小巧问我说："丫头，你田叔叔对你说的话，你都对你妈说了吗？"

　　因为我在回来的路上，把田叔叔说的话告诉了富贵和钢旦、小红他们，我想一定是富贵回家后，一五一十地给小巧学了，她来找我求证，也了解一下我妈的态度。

　　我摇了摇头，难过地说："我妈没让我往下说，就把我骂了一顿！"

　　小巧想了想，说："你怎么不说是你田叔叔的主意呢？你妈最信你田叔叔的话。那样说，你妈也许能听进去的。"

　　我点了点头，这一点我也是清楚的。

　　小巧又说："这样吧，等晚上我约洪大一起到你家去。你既给你妈说，也给我们谈，到时候咱们一起做做你妈的工作。这又不是去偷去抢的坏事。咱用咱自己地方的东西，用自己的血汗做活，真能赚钱何乐而不为呢？"

　　我心里十分高兴。如果真能把我妈说通，我们村致富就不愁无门了。我对小巧说，现在县城大街小巷贴的都是"谁致富谁光荣"的大红标语，政府鼓励致富，让一部分人先富起来，还号召党员干部带头致富。我感受最深的是，县城里乡下去的做生意的一天比一天多起来。

正在我和小巧谈得高兴时，"野兔子"也来挑水了。她打扮得十分俏丽，一身银灰色中长布西服，里边衬着件白色高领毛衣，乍一看还以为是城里来的客人。

"哟，你们俩在井台上拉这么长时间，说些啥呀？有没有发财的门儿？""野兔子"盛气凌人，还故意挽起左胳膊，露出腕上的表。

"婶，几点了？"我故意问了一句。

"野兔子"傲慢地抬起手腕，看着表，可是好大一会儿没回答，脸也涨红了。她突然把表取下来，送给我说："你这高中生，能不认识表吗？还要婶子教你呀？你自己看去！"

我看了一眼，时间是六点四十分。我把表递给她，讽刺她道："婶子，我只认得大钟，还没见过这种小钟，七点了对不对？"

"野兔子"又一本正经地看了一眼，连连点头说："对，对！是七点了！"

我咬着嘴唇强忍着没笑出来。

"你最近在城里做了些啥生意，混得这么阔呀？"小巧问"野兔子"，话语明显带着嘲讽。我想起我和富贵在县城桥上看见"野兔子"出丑的那一幕。虽然回村后我没告诉其他人，富贵能不告诉小巧吗？小巧也许是明知故问。

"野兔子"笑了笑。

小巧又说："看你现在这架势，地道城里人了！"

"野兔子"颇有几分得意地说："这年头，什么城里人乡下人，有钱人的钱都好挣。挣了钱能住在城里吃在城里，拉屎拉尿在城里，谁能分清城里人乡下人！"

小巧挖苦地说："这么说，你挣钱的方法很容易啦？"

"野兔子"脸一红，忙分辩说："你误解了我的意思。其实，我是天天辛辛苦苦流血流汗没日没夜拼死拼活才挣几个钱的。说起来你们谁也不会去干那种出力的活，比在家里种地还累！"

井台上的人渐渐多起来。"野兔子"大概怕小巧再朝下问会出她的丑，就匆匆走了。让我费解的是，那些和她对面经过的人，看见她趾高气扬的样子，都热情、主动和她打招呼，而她却爱答不理。这种人也能呼风唤雨，真不知人们为什么那么容易受骗。要是让洪大知道了，不把她祖宗八辈骂个底朝天才怪呢！

我回到家，妈正在床上躺着欣赏我带来的衣服。看得出妈很高兴，多日来一直徘徊在嘴唇边的忧郁和悲伤不见了，相反露出一丝淡淡的微笑，两只眼睛也溢出神采。她一见我，忙招手让我过去。

妈问："丫头，你田叔叔真对你说这几件衣服是你田婶买的？"

我认真地点了点头。

妈却摇了摇头，自言自语地说："你田婶怎么会知道我要穿红衣服呢？不，是他买的。那天，我亲口对他说过：我结婚时都没穿过红衣服……"她发觉说错了，不好意思地低下了头。我敢说，刚才我妈不是忘记了我的存在就是把我还当作一个不懂事的孩子。

"妈，我听田叔叔说包里有你喜欢的东西，就是这件衣服吧？"我很严肃地问。

的确，田叔叔送这只包时，对我说过这么一句话。他当时也显得不好意思，说话吞吞吐吐的。

我妈板起了面孔，严厉地说："你小孩子家胡乱说些什么，你田叔叔是说我喜欢吃中药不喜欢打针吃西药！"

妈不会想到她越这么说越露了馅。

开始吃饭了。刚放下碗筷，小巧来了。她先拉着我在一边坐下。

"丫头，富贵这一段时间学习成绩怎么样？"

"不错！"

"学校又考试了吗？"

"没有，还不到时候呢！"

"期中考试，富贵考得怎么样？"

　　"我不是告诉过你吗？他门门都在八十分以上。"我回答说。

　　于是，小巧也笑了，歉意地说："瞧我这记性……"接着又走过去和我妈说话。

　　"你这年纪轻轻的，记性怎么了？不是记性差，是你太关心富贵了！"我妈说，"富贵这孩子真是落到了福地里，就是他亲娘活着也不会对他这么好。"

　　小巧又羞涩地笑了笑。

　　我妈惊讶地说："你那个宝贝儿子回来了，你咋不在家陪着他，跑我这儿来干啥，真是太阳从西边出来了吗？"

　　我在锅里替妈煎药，心却在妈和小巧那里。

　　小巧说："队长，我今儿个是来跟你商量件大事的。"

　　"什么大事？"

　　"丫头没给你说，田师傅带话来了吗？"

　　"我当什么大事呢。"

　　"这还不是大事。要是咱真的照田师傅说的干，还真能够摸到致富的门儿。你看咱北大沟里芦苇……"

　　"你说的是什么？"我妈感到莫名其妙。的确，我还未敢给我妈说呢。

　　小巧看出我妈还不知道，就把田叔叔对我说的向我妈说了一遍，然后，屋子里陷入了沉寂。过了好大会，妈才喊我："丫头，你过来！"

　　我怯怯地走到妈面前。

　　"小巧刚才说的全是真的？是你田叔叔这么对你说的吗？"妈严肃地问我，目光冷峻。

　　我也很严肃地点了点头。

　　小巧说："队长，我刚才找过洪大了。她对这事很支持。她还说她的手艺好，干活快，一天能织一百斤苇箔，四条席子。"

　　我妈说："她吹牛！在这方面，她还得乖乖磕头认俺当师傅。"

　　小巧高兴地说："那就好，有你们这两个师傅，再带带我们这些徒弟，加上田师傅帮忙，咱沈家塘还愁明天没好日子吗？"

我妈皱了皱眉头，说："不过这北大沟可没分责任地，咱不能光几个人独吞了。不然大伙会骂咱黑心的。要干，大伙就一起干，我看不惯那些光顾自己不管大伙的人。"

小巧说："那咱就叫村办企业。"

我妈点了点头。

<h2 style="text-align:center">二</h2>

小巧走后，妈就坐在凳子上沉思，上床后，也是靠在床头上遐想，躺下后还翻来覆去地难以入睡。

第二天上午，妈就开社员大会。其实，到会的人寥寥无几，因为过去开会记工分，现在开会既影响活儿，又没有工分，大伙都没了兴趣。过去，大喇叭一喊，虽说松松垮垮，但都还能到会。现在，挨家挨户一遍遍去请，人也到不齐。

我喊着弟弟一起上山去挖地。

走过水塘边时，我们都沉默了，低着头，不敢看水塘，我对妹妹的死是深怀愧疚的。

"丫头！"突然有人喊我。抬头一看，原来是铁旦哥，他躺在河沿上，好像在晒太阳。如果他不喊我，我从他身边过去也不一定能看见他。

"铁旦哥，你怎么在这儿？"我着实吃一惊。他会不会因为失恋而想跳塘呢？我这样想。不过，从他的脸上却看不出绝望的情绪。

铁旦哥站起来，拍了拍屁股上的土，指着水塘问我："丫头，你说这片水好不好？"

我不明白铁旦哥的意思，没有马上做出回答。

铁旦哥说："这片水害死了咱庄多少人呀？想起来都让人恨得牙根痒。不过，我现在想个办法，要让它赎罪。"

我和弟弟都莫名其妙地望着铁旦哥。

　　铁旦哥用早报纸卷了一根"大炮"烟，点着后猛抽了几口，样子很贪婪，其实，他刚刚开始学抽烟。他的两只眼睛眯缝成一条线，显示出一种主意已定的神态。

　　我看出铁旦哥还有话要说，所以没有马上离开。

　　烟抽了半截，铁旦哥说话了，"我想把这片水塘包下来，养鱼。让这片伤过咱心的水为咱造点福！丫头，你说行不行？"

　　"行！"弟弟抢着回答说，"铁旦哥，你什么时候放鱼苗呀？"

　　铁蛋哥恶狠狠地说："不能便宜这片水，让它终日享清福。我一会儿就去找队长，把这片水塘包了。等我真的养鱼富了，就用那些钱为瞎太太和你妈那些人立牌坊。也让那些终日丢沈家塘脸的婊子们当镜子照照自己，特别是'野兔子'小芹娘和……"铁旦哥愤愤不平，越说越气愤，额头上的几条青筋都凸了起来。

　　我在学校经常听老师讲"承包"二字。那是当下最时兴最火热的词。

　　铁旦哥沉吟了一会，说："我妈和你妈不一样。你妈是堂堂正正，恪守妇道的良家妇女。我妈只图自己轻闲，不管儿女的死活，她不配立牌坊！"

　　听了铁旦哥对我妈的评价，我的心情十分激动，一时不知说什么好。在他心目中，我妈是美丽而光辉的偶像。但他不知道我妈的全部。

　　过了一会儿，铁旦哥又神情沮丧地问我："丫头，小芹又找你了吗？"

　　我摇了摇头。

　　铁旦哥说："你要是再见到她，代我转告她，我不会当一辈子穷光蛋。等我娶老婆那天，去城里接她来喝喜酒。"说到这里，他用轻蔑的眼神望了望天空，一脸自信和坚定。

　　我不知应该怎样回答铁旦哥。

　　在山上，我们又见到了兰婶和小红。兰婶一见我弟弟，就把他拉住了。

　　"二子，你些天你怎么见了婶子就躲躲闪闪的。还有，小红放学回家来，你咋也不来找她？"

　　我弟弟满脸通红，低着头没回答。

　　小红也不好意思地对兰婶说："妈，瞧你又来了不是。"

兰婶瞪大了眼睛，严厉地说："你们两个都给我听着，我和丫头娘抱着你们俩的时候就订了亲，还拜了天地。你们那时候都高兴地咧着个嘴，没说不满意。现在长大了翅膀硬了，想不听老的话了可不行。我一会儿就找丫头娘好好合计合计，看选个日子让你们两个成亲。"

"妈，现在是什么时代了，您还……"

"我怎么了？我不管什么时代，男大要娶，女大要嫁。娘不能养你一辈子。二子，你到底怎么打算的？瞧你牛高马大的，已经不是小孩子了。"兰婶的目光咄咄逼人。

我弟弟和小红都很尴尬。我突然心生一计，对兰婶说："婶，让他们谈谈，咱娘俩到那边去吧！"

兰婶答应了。她不知在小红耳朵旁嘀咕了几句什么，我看见小红很不乐意地摇了摇头。

"婶，你真想让他俩这时候成亲吗？"我和兰婶到了一边儿后，对她说，"兰婶，你这样做别说小红和我弟弟不同意，我妈也不会答应的。"

兰婶说："我不能再听你那一套了。我早看出来，小红这孩子读了几年书，心就高了。万一她以后不愿嫁给二子，再找个别的男人，我这面子朝哪搁？"

"那是她自己的事情，您老不该管那么多。恋爱、结婚要自愿。现在是八十年代了，您可不能抱着老黄历不放！"

兰婶用惊异的目光打量了我一会儿，问道："丫头，你不想让你弟弟早点把媳妇娶进门，给你妈当个帮手，让你妈少受点累多活几年呀？"

我回答："想！"

兰婶："那你为啥也反过来劝我呢？你可就二子一个弟弟，他是你们家独苗，还要靠他为你们家续烟火，如果小红不愿意嫁给他，你能不骂小红吗？"

"不骂！我还支持她！"我坚定地说。

"你中了什么邪？"兰婶上下打量着我，好像站在她面前的是个陌生人，"老天爷，你们这些孩子是怎么了？难道你不想让你妈和婶子我有一块贞节牌坊？"

这回轮到我震惊了。我真不敢相信，在历史已经步入八十年代的今天，竟还有人为了贞节牌坊而活着。可是，我又不能说什么。因为我不愿伤害兰婶。

"丫头，你是个懂事的好孩子。以后，你要常帮我劝劝小红。你看小芹娘俩的事，全村哪个不骂？"兰婶看见我弟弟向山上走去了，就丢下我回她的责任田去了。

我望着兰婶的背影，感慨万分。其实，兰婶也是个三十几岁的中年人，可是，由于活得太辛酸，衰老早早降临在她身上。从她的背影可以看到她背着沉重在艰难地跋涉。唉，我的山村母亲们！

我在地里找到了弟弟。他知道我过来了，连头也未抬，还埋怨地说："谁让你那样走了，把我留在那儿的？你逞什么能？"

"我是想让你和小红说句话。"

"没有什么好说的。我不想娶她，她也不想嫁我，正好！"

"要是兰婶硬逼着小红嫁给你呢？"

"那就看小红自己，反正我不同意。"

不管怎样，这又是一代人。

三

母亲的会议开得不成功，这从妈脸上的神情就能看得出来。其实，那是正常的事；无论想搞成一项什么事业都要有困难，当时情况下我妈她们最大的困难是缺乏资金。很多人的传统观念也是造成困难的原因之一。在他们看来，作为一个农民，种好地、有饭吃才是本分，比上不足，比下有余，安安生生就满足了，挣大钱不是农民的事，农民也冒不起这个风险。我妈虽说思想通了些，但仍然不坚决。

"丫头，你田叔叔当真说替咱包销吗？"妈问我。

"真的，我还能编这个谎吗？"我有点不乐意。不是因为妈不相信我，是她对田叔叔没信心，这点让我心里不平。

我妈又自言自语地说："这样干能行吗？万一要是赔进去，我死也对不起沈家塘呀！"

中午，小巧又来找我妈，看起来小巧是热心和积极的。小巧说："队长，我有办法解决资金问题。我的一个同学在农业银行当信贷员，我想求他帮咱贷一千元钱的款，他说不成问题。"

"什么，一千？"我妈大吃一惊，"你疯了是咋的？这一千元要是赔了，咱拿什么还人家？"

小巧说："我仔细研究了田师傅的建议，怎么也不会赔了的。你就放心吧。这样吧，你负责生产，我负责销售，如果赔了，我负责赔偿损失。"

我妈又说："如果大多数人家都不愿意又怎么办？"

小巧说："慢慢来嘛，他们因为没看到希望，没有把握才不干的。如果咱们干一阵子确实有了收获，他们还能无动于衷吗？再说，现在实行承包责任制，谁干谁拿钱，不干不拿钱。"

我妈又犹豫了一会儿，点了点头。

当天下午，我妈就带着一些人在北沟割苇子，小巧带着一些人收拾和清理村场。我看到田叔叔的愿望要实现了，心里十分高兴。第二天回到学校，放学以后我就跑去找田叔叔，把这事告诉了他。

田叔叔也很高兴，说："咱们农民要想致富，光靠几亩圪垃头确实不行了。我想如果这一个冬天你妈她们能有点利，明年还可以再办一个粉丝加工厂。不出两年，你们沈家塘就不会那么寒酸了。"

"田叔叔，你为什么要帮我们村呢？"问过，我又后悔了。

田叔叔笑了笑，说："因为沈家塘曾给予我温暖。再说，我深深了解沈家塘的苦难。不能看着沈家塘永远穷困。"

这时候的田叔叔，已经是全县鼎鼎有名的人物了。他的名字和他的建筑队盖的一幢幢高楼，在报纸、电视上都出现过多次。他还是县人大代表，劳动模范，可谓红极一时。可惜，我们村既看不到报纸，更没有电视。我妈她们无法知道这些信息。她们和这个时代，仍因贫穷而相互隔膜着。

"丫头，你妈最近会来吗？"田叔叔问。

我摇摇头说："我没听妈说。"

田叔叔沉默了片刻，意味深长地说："她应该出来走一走，看一看，听一听。这不光对她有好处，对沈家塘也有好处！"

我很赞成田叔叔的建议。我答应回去后好好劝劝妈。

说来也巧，三天以后，我妈果然进城来了，还背着她们第一批产品的样品。

"小巧硬叫我来，她说要打开门路还得凭我的面子。"我妈说，但口气并不轻松，"一路上我都提心吊胆的，要是叫过去熟人看着问起来怎么回答人家。"

"怎么不好回答，你照实说呗，又不是来做贼的！"我鼓励着妈。

妈叹了口气："咱山里人什么时候干过这种买卖事。"

我说："山里人怎么不能干买卖事？田叔叔不是山里人？他还带着一批山里人到城里来了呢。咱这县城几栋漂亮的楼房，就是他们那些山里人盖的。"

"可他们是男子汉呀！"妈说。

我和妈一起到田叔叔那儿去。妈不愿走大街，也不敢抬头，仿佛在做着一件见不得人的丑事。

越是小心，越出麻烦。她背的是一捆席子，走在小巷里，不时碰着来往的行人，惹一串串埋怨。我妈总是客客气气，小心翼翼地向人们赔着笑脸，突然，我妈尖叫一声，转过脸来，我走在妈前边，回头一看，她正向后跑。这回，她却不顾会不会碰到人，碰到人也不顾赔笑脸，好像受了惊的兔子。

"妈，你怎么了？"我叫着追了上去。

出了巷子，有一处拆迁的旧房子，房顶已经扒去，只留下一片残墙破壁。我妈一头钻了进去。

我跟着进去，只觉脚下一滑低头一看，踩在了一堆屎上。我又气又急，冲妈发火道："你怎么了，好端端的为什么要这样？"

我妈靠在墙上，呼哧呼哧地喘着，脸上挂满了汗珠子，神情十分惊慌。我又心疼了，掏出手绢为妈拭着汗水，说："妈，你怎么吓成这个样子。"

我妈还惊魂未定，气喘吁吁地说："我看见'野兔子'了。"

我一惊，我走在妈前边，怎么没看见"野兔子"，母亲的眼睛挺尖呢！可是，"野兔子"有什么可怕的呢？

"她不就是'野兔子'吗？又不是老虎，你怕她干啥？"

我妈摇了摇头，少气无力地说："她要是看见我，还不知会怎么说我呢。我怎么也没想到会走出庄稼地来干这种事情。"

看来妈还是心有余悸，不是我一句话两句话能说通的。我想一是让田叔叔劝劝她；二是让事实促促她。于是，我从妈身上夺过那卷席子背上，走了出去。

妈远远地跟着我，好像不认识我。

到了田叔叔办公的地方，却没见田叔叔。他办公室的秘书十分热情。招呼我们坐下后，又忙着泡茶。

秘书："田总经理开会去了，一会儿就回来。你是沈家塘来的吧？"

"你怎么知道我是沈家塘的？"妈问，脸上出现了疑云。

秘书说："田总经理再三交代过我，沈家塘最近几天可能有人来送样品，如果他不在家，让我热情地接待。"

我妈眼中又露出了感激。

"我们这东西有人要吗？"妈小心翼翼地问道。

秘书说："放心吧，田总经理已经为你们联系好了销路，第一批现款先购三千张。款也给你们准备好了。货到即付！"

我妈惊讶地睁大了眼睛。

正说着，门口汽车喇叭响了。秘书边去开门边说："总经理回来了。"

一个浑身放光的人吸引了我和母亲的目光。只见他身着一套灰色毛料西服，系一根耀眼的红领带，脸上的胡须打扫得干干净净，鼻梁上还架着一副变色镜。

"总经理回来了！"秘书恭恭敬敬地说，"沈家塘客人来了！"

　　我认出是田叔叔。可是妈却仍坐着，呆呆地望着田叔叔。我扶着妈慢慢站了起来。

　　"你好！"田叔叔向我妈伸出了手。

　　我妈却无动于衷。我看得出她是在吃惊、怀疑。秘书在场，我不能让田叔叔下不了台，就伸出手握了握田叔叔的手。田叔叔笑了笑，我却觉得很丢脸，脸上火辣辣的。

　　重又坐下后，我妈才逐渐恢复了正常。她低着头，说道："小巧她们叫我来送几件样品。"

　　田叔叔说："沈家塘的，还能不让我放心吗？"

　　我妈嘴角边挂起一丝笑容，停在额上很久的汗珠才掉下来。

第七章

一

田叔叔留我妈在县城里过了几天，用他的话说是给我妈"换换脑子"。而那几天妈的确接受了许多新东西，思想有了很大变化。俗话说：有比较才有鉴别。观念上的改变，往往需要现实的冲击。

那天晚上，田叔叔要在县城最好的"南苑餐馆"请我妈吃饭。

"丫头，有句话我不便对你妈说。这样吧，你带你妈去洗个澡，再买几件衣服。"田叔叔说着，掏出几张"大团结"塞到我手里。

我很吃惊也很不安。如果我把田叔叔的话告诉我妈，妈一定会生气的。虽然妈很穷，过得很苦，但她自尊心很强。

田叔叔看出了我的心思，迟疑了片刻，真切地说："丫头，我是为你妈和沈家塘着想的。你以为我习惯西装革履吗？我最喜欢光着膀子在田野上溜达，让风吹得心也凉快，身上也凉快。可是现在不同了，我要是光着膀子去见顾客见朋友，人家得说我神经病，躲得远远的。不这样不行。我今天晚上安排你妈和需方直接见面，如果你妈这样到场，人家会瞧不起，瞧不起你就有麻烦，第一次不信任；第二次还会压你的价，挑你的刺，不说人格受损失，经济损失就承受不起。这几年，我算认透了生意场上的黑白红蓝……丫头，你要理解我！”

我理解了田叔叔。

可是，一到浴室门前，麻烦又来了。一张澡票要三毛钱，我刚要付钱，妈把我的手拉了回来。

“丫头，洗个身子也要钱，还这么贵，咱不洗了！”妈愤愤地说，“不就是用点水吗？咱在家洗澡从来没有人要钱。城里人也太贪了，洗个澡也要这么贵的钱！走吧，不洗了。”

我说：“妈，又不是单向咱要钱，人家不都给钱吗？这是规矩。”

妈说：“人家有钱。人家身子贵重，花得起这个钱。我不信它这澡堂里的水比咱塘里的水香，凭什么那么贵？”

我劝她：“妈，入乡随俗。现在是在城里不是在咱家。”我不知怎样劝说妈，急得额头上直冒汗。“你跑了那么多路，身上又是泥又是汗的，洗个澡舒服。再说，这个大气也不能用冷水洗澡呀！”

妈想了想，说：“那你问问能不能少要咱几个钱，咱一毛钱来得都不易。”

售澡票的是个打扮入时的年轻姑娘，她一直用轻蔑的目光望着我和我妈。嘴唇边挂着一丝嘲讽。忽然，她指着我说：“喂，乡下人身子没那么贵就别进这地方，回去吧，后边还排着队呢！”

她的话激怒了我。我一赌气，把原来拿在手里的零钱放进衣袋，重又拿出一张拾元的扔了过去，理直气壮地说：“买两张澡票，找我钱！”

售票员脸红了。我却直想哭。一直到进了浴室，我也没理我妈。

浴室里都是淋浴，一只只喷头下站着一个个赤裸裸的女人。我妈一见，又叨唠开了：“这不是玩人是什么。说是洗澡，就用那玩意儿给一点点水，能洗身子吗？我还以为这里边有个大水塘呢！这不是洗澡，是，是……”妈大概看见有几个女人向她瞪眼，才止住了话头。

接下来，妈又不愿脱衣服，外边的衣服脱了，还剩一件补了几块补丁的裤头，她说什么也不愿脱，的确，妈在家洗澡时从来没脱过这么干净。常常是打一盆水，用毛巾擦擦身子。我对她说：“你如果穿了裤头，湿了怎么换？

一会儿还要去见田叔叔和别的客人，反正不能穿着湿衣服。"

我妈这才勉强脱光了衣服。不过，她却生气了，铁青着脸，看我时眼光都带着怨恨，好像是我带她到浴室来出丑的。

她的身子吸引了很多女人的目光。那些目光不是鄙夷、嘲弄，而是充满了羡慕和向往。我也把目光投在母亲的身上。母亲的身子真美，美得让其他女人嫉妒。长期的体力劳动，锻炼得她身上每一块肉都那么生机勃勃，充满活力，丰满而不臃肿。妈有点不好意思，也不明白为什么那么多女人都欣赏地看她。

从浴室出来，我又带妈去理了发。

"丫头，你想把妈吓死怎的？你是不是不想要这个妈了？"从理发店出来，妈又向我发开牢骚。"刚才在理发店，那个理发的小伙子拿的是什么玩意儿，就跟电影里的盒子枪似的，对着我的头，一直冒烟，差点儿没把我吓死。"

我说："妈，那是吹风机。你看这一吹，你的头发俊气多了。"

妈笑了，说："城里人活得跟咱们是不一样！"

我原来还想带妈去买衣服，妈说她带了新衣服来，是上次我捎回去的。这时，妈才突然明白了什么，严厉地问我说："丫头，你带妈洗澡理发又要买衣服，是哪儿来的钱？"

"妈，是我借的！"我不敢对妈说是田叔叔的，因为我不知妈会怎么想，是高兴还是生气？

妈板起了面孔，一字一句，认真而又严肃地说："丫头，你是不是在城里学坏了？是不是看着小芹那丫头天天吃穿花用阔阔气气，也心发痒了！你要是真做对不起咱沈家塘的事，我，我活吃了你！"

我十分委屈，对妈说了实情。

妈听了我的话，怔愣了一会儿，什么也没说，又打开随身带来的小包袱，里边真是那件红色的上衣。妈掂在手上，抚摸着，好像在想什么心事。忽然，她把衣服放进包袱里，又把包袱系上，推到了一边。

"妈，你怎么不换了？"

妈冷冷地说："我又不做新娘子，穿这么鲜艳的衣服干什么，别人见了还不骂我发贱作孽呀！再说，乡下人也穿不了这么值钱的衣服。"

"妈，你别辜负了田叔叔。他对你对咱沈家塘可是真心实意的！"我一急，什么也不顾就喊了出来，"你这样不是冷一件衣服，而是冷田叔叔的心。你当初冷了田叔叔的心，田叔叔不计较，到现在还对你这么好。你为什么还要再冷田叔叔的心呀……"

妈直瞪瞪地望着我，脸色由红变白，又由白变青，嘴唇哆嗦着，问道："丫头，你说这些话，都是田……他对你说的吗？"

我知道自己过分了，赶忙摇着头，说："田叔叔什么也没有对我说。"

"那么，是你自己知道的？"

"我什么都不知道！"我知道刚才的一番话触到了母亲的痛处，于是哀求妈说，"妈，我刚才说的全是无心的。其实，我真的什么都不知道。我只是觉得田叔叔是个好人。既然田叔叔帮咱，咱不应当不领田叔叔的情。"

妈这才笑了笑，但笑得十分勉强。她什么也没有说，重又打开包袱，取出那件红色的上衣。她看了又看，才脱去身上那件带着几块补丁的上衣，把红色上衣换上。妈一下子就像变了一个人，那件红色上衣穿在她身上既合体又好看，天知道田叔叔怎么会那么详细了解我妈的身体。

"妈，你穿上这件衣服真像……"我一时找不到合适的词儿。

我妈却迫不及待地问了一句："像什么？"

我笑了笑，冲她扮了个鬼脸。

"你这个丫头，妈撕烂你的嘴。"妈骂道，眼睛里却透出了笑，这是发自内心的笑。

二

田叔叔曾交代过我，晚饭前在旅社里等着他来接。所以，我和妈回来后，哪儿也没有去。

过了一会儿，门开了，田叔叔出现在门口。

我妈的脸唰的一下红了。

田叔叔微笑着招呼我妈和我上车。

"田叔叔，我晚上还要上自习课，再说这种场合我也不便参加，我不去了！"我很诚恳地说。

田叔叔望了妈一眼，冲我点了点头。

我妈显得不好意思，低下了头。

我不知为什么想急于脱身，就向田叔叔和我妈告辞了。

回到学校，小红见我第一句话就问："洪梅，你妈来谈的事谈成了吗？"

我爽快地回答道："有希望！"

小红听了，高兴地跳起来，搂着我的脖子，亲热地说："这下子好了，以后咱们沈家塘也能脱贫致富了。我想以后真的有了钱，我向你妈提的第一个建议就是先架电线。有了电，就有了光明，有了光明就有了希望。"

我也受小红的情绪感染，兴奋地说："我倒希望先铺路，把咱们村通向山外的路开得宽宽的，铺上柏油，公共汽车能开进去。让那些在山旮旯里辛苦了大半辈子的母亲们坐上汽车，到县城里来开阔一下眼界，甚至可以去北京看看天安门。"

此时，我的心又飞到了母亲的身边，飞到了"南苑餐馆"灯红酒绿的宴会厅里。母亲的红色衣服会不会惹人注目？会的，一定会的。妈穿上那件衣服，的确十分漂亮，人年轻了，也精神了，仿佛回到了水灵灵的年轻时代。她端着酒杯的手会不会颤抖呢？不会的。妈能喝酒。的确，我亲眼看见妈把两大碗白酒喝到肚里，而且脸不变色心不跳。她一定能应付得了那酒席上的场面，再说，还有田叔叔在场，他会保护她的。她说话会不会失态呢？……她是第一次面对这种场合，没有经验，也没有充分的准备。不过，妈不会欺骗人，也不会被别人欺骗，因为妈时刻都在想着沈家塘的利益。她不可能把沈家塘输在酒场上的，何况田叔叔从内心是帮助我妈和我们沈家塘的。我这样想着，心里也踏实了。

城里的中学的晚自习课并不正规，首先，它不是学校规定的，因此，住在城里的学生大多数不来上课，空空荡荡的教室里，只有几个像我这样农村来的学生。学校为了节省开支，我们上晚自习课时连电都不送。没有办法，我们只好点煤油灯。

我做完几道数学题后，就沉不住气了，迫切想知道我妈的生意是不是谈成了，我让小红代我向管理宿舍的教师请个假，然后就匆匆地离了校。

秋风像幽灵一样在空旷的大街上游荡着，夜色被秋风撕得破碎不堪，在大街小巷中四处躲藏。据城里一些同学说，这几天电视里上演香港的武打片，抓住了不少观众，很多人吃了饭，把碗一推就坐在电视机前伸着脖子等着看。因此街上冷冷清清的。我一口气跑到妈住的旅馆里，可是妈住的那个房子却黑洞洞的，走过去一看，门上还上着锁。我的心一下凉了半截：这么晚了，妈怎么还没有回来，会不会和田叔叔一起去哪儿了？可是，我很快又否定了自己的猜测。是的，怎么会那样呢？我妈和田叔叔多年没往来了，田叔叔现在又有妻子儿子，他们怎么可能再像那时候一样亲亲热热呢？也许是因为谈生意耽误了时间吧？

我在旅馆门前的大街上慢慢踱着步，眼睛却不住向大街尽头张望。一看见汽车灯光，我的心就一阵高兴，但是一辆辆汽车从我面前驶过去了，我也一次又一次失望，心情不禁焦急起来。妈会不会喝醉了酒，出了什么事呢？对，到"南苑餐馆"看看不就水落石出了吗？我又向"南苑餐馆"跑去。刚过一条街，突然看见迎面过来两个熟悉的人影，仔细一看，正是我妈和田叔叔。我正要喊，话到唇边又咽了回去。他们为什么没坐汽车呢？他们在一起谈些什么呢？我闪到一边，背对着大街，假装在欣赏玻璃里的模特却仔细听着田叔叔和母亲的说话。开始，由于离得还远，他们的话听不清。后来，他们离我越来越近，而且说话的声音并不低，我也就能听清楚了。

我妈："今天多亏你帮忙。这一批货，够俺全庄人忙一个秋冬天的了。回去，我向大伙说说，大伙一定都会感谢你的。"

田叔叔："其实不要感谢我，你们应该首先感谢自己，感谢自己有胆量有勇气走出沈家塘。"

我妈："我真的有点后怕，万一生意赔了，我们拿什么还银行的贷款。

再说，这还不是一家两家的事，全村那么多人家，除了小芹家和'野兔子'，都参加进来了，要是赔了，这么多家还不家破人亡吗？"

田叔叔说："你这个当队长的首先要有信心，你现在不要觉得自己还是过去那个队长。要把自己当成老板。过去那个队长只会种地，而老板要会做生意。这儿做任何事都要讲究一个诚字。货真是诚，质高是诚，价格便宜让利于人也是诚。有了诚字就不愁销路。我觉着你们干这个是有希望有前途的。"

我妈说："听你这么一说，我心里就有了个底。别的不能保证，你说的这个诚字俺还是能做到的。你也知道，沈家塘的女人都经过风雨，不刁、不滑、不奸、不懒，知道怎样做人。我们付出一滴血一粒汗，还不都是为了将来。"

他们说着，已经从我身边走过去。我悄悄地跟在他们身后。继续听着他俩的谈话。

我妈："田……田师傅，你这样热心帮俺们，你媳妇骂你吗？"

田叔叔说："她不骂，她还支持我呢。"

我妈："看得出来她是个好心人，你们在一起一定生活得很愉快！"

妈呀妈，你怎么说出这种话呢？我为妈暗暗着急。

田叔叔没直接回答，转了话题，说："丫头这孩子很聪明，将来说不定能考上大学。你告诉她，有什么事尽管来找我，不要客气。"

我妈却站住了，对田叔叔说："田师傅，你回去吧。我已经到了。你家里还有人等你呢。"妈说完，头也不回地走了。

田叔叔呆呆地望着我母亲的身影消失在旅馆的大门里。

三

妈这两天情绪总是反复无常，有时表现得十分激动、兴奋；而有时则表现得十分急躁，气急败坏。我那时虽然已上高中，但对于男女之间感情上的事情还所知甚少，也不知怎样劝妈。

那天晚上，她拉着我的手，让我坐在她身边，感叹着说："你田叔叔是个好人，没有他帮忙，我和村里那些女人怎么也想不到找这个致富的门路。这趟生意谈成了，明年开春你再来上学，妈能给你做身新衣服，说不定还能买辆新自行车呢！"

我很感动地说："妈，有了钱应该您先吃穿。您为了我和弟弟吃了那么多苦，也该享受享受了。"

妈听了，反而哀叹一声，说："妈到什么时候了，还讲究那些干啥？就像洪大说过的一样，再过几年，你们都长大了，我们的任务也就完成了。你们地下早亡的父亲也满意了，我们就该去找他们团聚去了……"妈悲咽着，说不下去了。

"妈，您可别这么想啊！"我心里酸溜溜的，鼻子也酸溜溜的，眼泪在眼圈里直打转。但是，我又找不到合适的语言来安慰我妈。

过了一会儿，妈好像想起了什么，又高兴地对我说："丫头，你说咱们家有了钱，先要干什么事呢？"

我老老实实回答："听妈的！"

我妈说："我已经想过了，给你和你弟弟做衣服什么的都是零头，大头的钱先存起来，过个一两年，先给你弟弟盖三间房，留给他将来娶媳妇用。给你弟弟把屋盖好后，我就少了一个大心事，以后再存款，就留着给你办嫁妆用。最后留几个钱，给我自己办一口棺材……"

"妈，看你又说傻话了。"我此时的心情，说不出是个啥滋味。

因为我已让小红代向教师请假，所以今晚就同妈一起住在了旅馆里。妈从来没有睡觉打呼噜的习惯，今晚却打了呼噜，而且声音很响，吵得我睡不着。

第二天一大早，她就起来赶火车去了。她把那件红色上衣又塞进了包袱里，换上了那件上了几块补丁的旧上衣。天知道妈一夜又做了什么样的梦。

星期六下午，我和小红、富贵、钢旦他们收拾了东西，正要去汽车站坐车回家。田叔叔到学校来找我们，说是有车去我们村里拉货，让我们搭车回去。我们第一次搭上了不用花钱买票而且直接开到村里的汽车，高兴得合不拢嘴。

村场上十分热闹，全村的妇女都集中到这儿来了。做出的苇箔、席子足足装了一汽车。我妈俨然又恢复了大包干前的队长地位，忙前忙后地指挥着人们干这忙那，而群众也乐呵呵的，十分听话。

"洪英，去叫二柱送几瓶酒来！"我妈大声命令着，语气是不容推脱的。

洪英答应一声，一溜小跑走了。

小巧笑了笑，说："丫头，你妈现在要谢谢你给咱村传递的信息呀！怎么样，你妈那天进城，你让她出了不少洋相吧？"

我也笑了。我知道妈骂我也是一种炫耀。

小巧四下看了一眼，又低声说："丫头，你那几样事办得都好，就一件事没办好。"

"什么事？"我不解地问。

小巧说："你怎么说也该让你田叔叔陪你妈去看场电影或者去听场戏呀？你别瞪眼，听我说完。我也知道你田叔叔有了老婆孩子。你妈这种人不可能和你田叔叔那种人再有多深的关系。但他们毕竟相处一场，就算是朋友一场吧，也应该好好散散心。"

我怎么向小巧讲呢？只有沉默。

不一会儿，二柱和洪英一起回来了。二柱不仅拎了两瓶酒，还拿了一瓶罐头。他对我妈说："婶，洪英一开口，我就明白你的意思，是想招待城里来的司机吧？光有酒也不行，我又加了一瓶罐头，反正以后再结账呗！"

我妈打开了酒瓶，倒了一碗酒，走到司机面前，说："师傅，你大老远跑来，俺十分感激。山沟里现在还穷，拿不出好东西招待你，这碗酒你就喝了吧！"

"司机开车不能喝酒！"钢旦在一旁说，"大街上到处都有严禁酒后开车的标语。"

我妈冲钢旦瞪了瞪眼说："你懂个屁，喝酒提神。人家师傅这么远跑来，还不是为了咱沈家塘。"

司机也赶忙对我妈说："这位大嫂，刚才那个小兄弟说得对，司机确实不能喝酒。大嫂要让我喝这碗酒，除非是要我的命啦！"

我妈又瞪了钢旦一眼，说："你这孩子多嘴多舌多出事来了吧！"

钢旦不服气地伸着脖子辩道："我说的全是真话，人家师傅自己更懂得这规矩。"

我妈又转向司机，笑容可掬地说："师傅，这碗酒你无论如何要喝下去，不然我们心里过意不去呀！"

二柱哥在一旁替我妈帮腔说："师傅，我们队长代表的是全村人的心意。你要是不喝这酒，我们全村人心里都过意不去。你别听刚才那个毛孩子的话。喝酒怎么不能开车，我昨天赶集还喝了八两酒，昏头昏脑地用自行车驮了百十斤东西回家，不光没出事，一路连上坡都不要下车子，劲大得很呢。"

司机很为难，从我妈手里接过酒碗，只用嘴唇抿了抿酒，又还给了我妈，说："大嫂，田总经理没说错，你们沈家塘的人又懂礼又懂事，我心里谢了！"

我妈说："师傅，你这说哪里话，应当是俺们谢你！"

司机说："你们也不要谢我。我们搞运输的就是干活，有活就干。你们这趟运输费用是田经理给垫的，而且还给了运输公司高价，因为没有司机愿跑你们这条路……"

我妈愣了，场上的人们也都愣了。还是小巧反应快，她走过去对我妈说："队长，既然这位师傅不愿在这喝，就把酒让他带回去同田师傅一起喝，也算咱们的心意。"

这回，司机高兴地答应了。

汽车快要启程时，小芹娘慌慌张张地赶来，要搭汽车去县城，还带了半篮子鸡蛋，说是小芹病了。我妈没让她多说就同意了。

"保准是小芹出事了！"不知谁说了一句。

第八章

一

放寒假了。我和小红她们几个背着书包和行李卷来到汽车站等车。正是广播县办新闻节目时间，汽车站候车室的广播喇叭声音很大。突然，一个熟悉的名字在我们耳畔响起：

"李兰花同志家住我县最偏僻的东南部山区沈家塘。实行大包干以来，她一边种好责任田，一边大胆走致富之路，同县城某土产贸易公司联营，办起了山村第一个农贸产品收购站。在不到一年时间里，赢利达万元以上，成为偏远山区勤劳致富的带头人……"

"这是不是说咱们沈家塘？"小红似信非信问了一句，"李兰花是谁？咱们村有这个人吗？"

我恍惚记得小芹娘就是这个名字。听了广播以后，我十分肯定地说："这个李兰花就是小芹娘！"

"哎呀，李兰花小芹娘那种人上广播了，不可思议，不可思议！"钢旦摇头晃脑，还咬文嚼字地说，"真是良莠不分，指鹿为马。这种新闻还有什么价值呢？"

我也感到奇怪。无论从哪个方面讲，小芹娘也没有资格享受这种殊荣。会不会是记者把名字写错了，或者是播音员读错了呢？可是仔细一想不对，东南部山区没听说有第二个沈家塘，也不可能还有个李兰花，还办了个土产贸易公司收购站。我妈干了多年队长，为沈家塘出了力流了汗，也没上过广播。小芹娘不就是替姓侯的捣鼓些买卖吗？世上的事真是说不清道不明，好像谁有钱谁就是英雄！

"这还不明摆着，一定是那个姓侯的做的手脚，替小芹娘涂脂抹粉。"钢旦愤愤不平地说，"这广播里怎么不介绍一下她是怎么致富的，靠科学？靠血汗？哼，靠的是她母女两代人的独特功能。"

我和小红都觉得不好意思。

离奇的事情还在后头。

我们在东王集下了车。汽车没有驶进站，司机说街上好像在开大会，道路堵塞过不去。下车一看，街上果然人山人海。原来，东王集乡政府没有广场，就占用了街道作会场。我因为归心似箭，想绕道走过去。钢旦他们几个人硬要看个热闹，我一个人也拗不过他们，只好跟他们一起向会场里挤。

"富贵！"小巧从人群中喊我们，"丫头，小红，这边来。"

我们挤过去一看，村上不少人都来了。

"这是开什么会？"

小巧指了指主席台，说："你们都是秀才，看看不就知道了。"

主席台上有一条红布横幅，上写一行醒目大字：劳动致富能手表彰大会。第一排坐的是些头头脑脑，有一个领导正在讲话。后边坐的是披红挂花的先进人物，好像是被会议表彰的劳动致富能手。我在那些人中发现了小芹娘。她也披红挂花，神气活现地坐在主席台上。

"哎，我妈咋没来？"我问小巧。

小巧用手向主席台方向一指，说："你妈被召到主席台前去了，她是沾得人家小芹娘的光也光荣了。"

我感到莫名其妙，心里仿佛吃了一只苍蝇，恶心得直想吐。

钢旦说："我看主席台上那些当头的是近视眼臭鼻子，怎么会分不出好人坏人，嗅不出小芹娘身上的臊味呢！"

小巧说："钢旦，别胡说。"

钢旦不服地拧着脖子说："怎么会胡说呢？别人不知道小芹娘是什么东西，咱们庄上的人还不了解吗？她要是当典型树起来，不是污辱咱们沈家塘吗？不行，我得上台去给那些头头们提个意见，把小芹娘搡下来。"

小巧一把拉住了钢旦。

我看见富贵脸上却出现了不悦。

"我看见咱们沈家塘还有个英雄人物漏掉了，那就是'野兔子'，她要是再朝主席台上一坐，咱们沈家塘更光彩呢！"小红也发起牢骚。

主席台上刚才讲话的领导讲完了，又换了一位领导讲话，对于这两位领导的讲话，我一句话也没有听进去。我的眼睛一眨不眨地望着小芹娘，她今天着意打扮了，穿着一件雪花呢上衣，脖子上围了一条白毛线围巾，烫过的头发衬托着白净的椭圆脸，显得高贵、大方，真像一个有钱的贵妇人。更离奇的是她脖子上挂着一条金项链，手上戴着金戒指，就像我在县城里见到过的那些暴发户女人。得意的微笑好像在她的眉梢和唇边凝固了，一刻也没有离去。可是，她眼里的神情却有几分不安和忧郁，很少向台下张望。她现在会想什么呢？会不会想到她的女儿小芹？会不会想到她今日坐在这种会议上的主席台上，是靠什么得来的？一个人如果失去了做人必有的人格，会不会还知道廉耻呢？她也是一个女人，也是一个母亲，但是她又是怎样理解女人和母亲的呢？

主持会议的人不知喊了几句什么，主席台前噼噼啪啪响起一阵鞭炮声。接着，主席台前一阵混乱，几个年轻力壮的小伙子牵着几匹同样是披红戴花的马走到主席台前。

"这是搞什么把戏？"

"骑马游街，威风威风呀！"

"怎么搞起这一套来啦？"

"你别大惊小怪的。听说，乡里头头还要亲自为他们牵马呢！"

果然，几个刚才讲话的领导从台上跳下，每人牵过一匹马，招呼台上那几个披红戴花的人上马。那几个人中只有小芹娘一个女的。她走到马前，犹豫着，彷徨着，不敢上，台下响起一阵喧嚷：

"沈家塘的，爬上去呀！"

"过去是人骑你，你今天骑马，翻身了，大胆上呀！"

一个小伙子受牵马领导的示意，走过去扶小芹娘。小芹娘惊慌地后退几步，连连摆手，嘴里说的什么，我却没有听清，那个小伙子竟然在众目睽睽之下，把小芹娘抱了起来，放到了马背上。

我看见小芹娘的脸涨红了。

前边是锣鼓开道，人群闪开了一条道。几个头头牵着马走过来。几个坐在马上的男人都神采飞扬，十分得意，还有的向人群招手。而小芹娘却两只手紧紧抓着鬃，身子伏在马上，不但直不起来，苍白的脸上也没有一丝笑容。当她从我身旁走过时，我分明看见她脸上出了汗。我也在心里为她感到紧张和难过。

这时候，我才看见了我妈。她呆若木鸡地站着，怔愣地望着小芹娘在马背上颠颠的身影。我走过去，轻声喊了句："妈！"

我妈看见我，苦苦一笑，什么话也没说。

我说："妈，现在回家吧？"

妈摇了摇头说："乡里有吩咐，叫我们这些人留下开会。要我们检讨一下为什么落在群众后边致富。我还没想好怎么说呢！"

我火了："岂有此理！这种事也要作检讨？你如实把小芹娘和姓侯的事说出来，让领导看看她是怎么致富的。"

我妈用责备的目光望了我一眼，说："小孩子，不准到处乱说。"

二

散会后，我们和村里人一起回村。一路上，大伙都是拿小芹娘作话题的。

"小芹娘真不要脸，赚的是黑心钱，还要当英雄，真是又想当婊子，又想立牌坊。她和姓侯的勾搭在一起，捣东卖西，狠着呢！她那两只手就像耙子，一个劲儿搂钱。"

"上马容易下马难。别看她骑上马得意洋洋的，等一会儿下马，裤裆不磨出血才怪呢！"

"我的爹，咱做梦也没敢想成万元户。她这万元户钱是怎么挣的，又怎么花呀？就是我把家也卖了，也值不得几百块钱。这娘们儿也不知凭什么功夫，又得了钱又出了风头，咱没见过她积什么德呀？"

"像她那样挣的钱越多心越黑，将来花钱也不安心。咱虽然穿的不如她吃的也不如她，但心里和身上比她干净，也比她轻松。"

一路上，大伙你一句，我一句，把小芹娘说得一文钱也不值。我因为受了母亲的责备，所以未参加人们的议论，但却用心听了。

我妈到晚饭后才回家。她是和小芹娘一起回来的。据我妈说，她和小芹娘一起闷着头走了一路，却连一句话也没说。

妈到家后，我要给她盛饭，她说不饿，把我盛好的饭又倒进锅里，"丫头，你去把小巧叫来。"

我到了小巧家。她家刚吃过饭，她正和富贵面对面坐着谈话，不知说的什么，两人的表情都很严肃，空气也显得紧张。富贵看见我进来，很冷淡地打了个招呼，就进屋里去了。因为他知道我是冲小巧来的。

"你妈回来了？"小巧问我说，"她没说叫洪大吗？"

我也正奇怪，妈为什么只让我通知小巧一个人到我家去，而不通知洪大呢？

小巧人刚进屋，还未来得及坐下，我妈就叹了口气，说："我这个队长不能干了，要让出来。"

"你是不是要让给小芹娘干？"小巧开门见山地问。她仿佛已经看透了我妈的心思。

我妈点了点头说："所以我没叫洪大来，她要听我这么说不蹦跳不吵不骂才怪呢。"

我妈和小巧都沉默了。

我很不明白妈为什么要这么做。会不会是上级领导有这个意图呢？妈已经当了多年队长，尽管有几次因为和别人闹矛盾妈要撂挑子，但始终没有真正撂下来。妈当队长是称职的，别人不了解，我是了解的。这些年来，她的心思一多半是用在全村人身上，而给家庭和我与弟弟的只是一点点。像我们这个几乎与外界隔绝的村子，队长就是至高无上的权威，也是一家之主，全村人的吃穿住用她都要关心，甚至连家庭纠纷，邻里不和都要过问。这些年我亲眼看到，妈早出晚归，脏活重活自己先干，流血流汗比谁都多，甚至连一顿热腾腾的饭也没吃过。村里人大都说我妈是个好队长，比以往哪届队长都好。我妈呢，内心是恋着队长这个位置的，大包干之前，她每天早晨都要拿着我爸当队长留下的那只铁皮喇叭，站到村街中心去喊话。催社员上工，让大伙开会，传达上级精神……那个时候，妈虽然很累，但她心里是满足满意的，也可以说是得意的。实行联产承包后，生产队也改成了村民小组，队长不用招呼人上工了，也不用给人记工分了，妈曾经失落过。但是自从芦苇加工的事成之后，她的信心又增强了，权威也增加了，更重要的是她有了成就感。我真不敢相信，妈能舍得把这个位置让出来，而且让给不喜欢的小芹娘。

"队长，你真是这么想的吗？"小巧认真地问。

我妈点了点头，两眼黯然无光，感叹地说："今天又挨乡长训了。我是党员干部，不能带头致富，而且让群众走到了前头，这队长还怎么再当？乡长说了，现在当干部的，一定要是在村里最冒尖的。还说全县统计，咱这个乡党员干部带头致富的数字最少，挨县里批了。我想虽然乡长没点名说我，我也不想再干了。咱不能当块挡道的绊脚石。"

小巧说："我也正要劝你别干队长了！"

"什么？你也不想让我当队长了？"我妈一听，从床上跳下来，"你是什么时候动这个念头的？没想到我辛辛苦苦干了多少年，连你也不理解我，亏你还是队委呢？你说，咱哪点儿对不住沈家塘？我哪点儿又对不住你？照你这么说，你早就有心把我赶下台了？你是看我哪点儿不好。不就是我没带头致富吗？我这个当队长的，要是一心只为自己想，现在不是万元户也得七八千了，那些个带头致富的干部里，我也认识个把，他们是带头的，可带的什么头？队里的八头牛他自己花了五十块钱买了，一出手就是一两千块；队里的一台手扶机他也花两百元钱留给自己了，天天让他儿子跑运输，一天都挣几十块。小芹娘也富了，她是怎么带的头，你难道不清楚？我现在才看明白了，人心隔着肚皮。这些年，我白和你混了！"我妈说着，眼泪都掉下来了。

小巧也站了起来，不慌不忙地说："队长，你也别火，听我把话说完行不行？这些年你为沈家塘确实出了不少力流了不少汗，大伙都记在心里的。如果要是开社员会你对大伙说不干了，让小芹娘干，大伙不骂你才怪呢！我的意思是什么，是为你好，也是为大伙好。现在上边不是有人想让小芹娘当头吗？咱就让她当。你呢不当队长了，但还可以继续做咱大伙真正的头。"

"你是什么意思？"我妈迫不及待地问。

小巧说："我知道你这个人的脾气，是想为大伙多做点事，现在上边不是号召搞大包干吗？咱村的土地已经包干了，北大沟没有包干。我的意思是由你出面包干北大沟，咱还是大伙一起跟着你走共同致富的路。"

我听明白了小巧的意思。可是我妈还没理解，又问小巧："那大伙怎么称呼我？"

小巧笑了笑说："只要大伙还都跟你干，听你的，你计较怎么称呼干什么？叫你丫头娘不是更亲吗？"

我妈当然不乐意，叹了口气说："那还不是我下台了吗？我觉得我这个队长干得不坏，这样下台太窝囊。"

小巧说："你不干队长了，可以更好地把咱这个承包组带好。只要大伙能共同致富了，还都会夸赞你。"

我妈沉吟了一会。一个人要放弃自己的追求，没有一番痛苦的抉择是不能办到的。

小巧又进一步开导我妈说："你这样做，大伙也能理解，也会支持你。你不要觉得不当队长了，委屈了，实际到那时候，队长只是空有虚名了。"

我妈好像想通了一点，迟疑地问道："要是让小芹娘当队长，她不让咱包干北大沟呢？"

"不会的！"小巧十分肯定地说，"你把队长让她当了，她怎么会连北大沟也不让包呢？再说，专业承包也是上级的政策。她实在不同意，咱可以跟她讲理。她再不讲理，还能连上级的政策都不执行吗？她要不执行，我带头去乡里告她！"

我妈望了望小巧，迟疑地点了点头。

三

小芹娘早已窥视队长这个位置了。姓侯的多次给她讲过，你们要想利用沈家塘为基地发财，就要把队长的位置弄到手。姓侯的选中沈家塘做他的后方基地是有原因的。第一，沈家塘交通闭塞；第二，沈家塘人在他眼里看来十分愚昧。他想在沈家塘搞一个基地，用于藏匿，甚至制造他骗人的货物。他让小芹娘搞土产贸易收购站只不过是一张招牌，或者说障眼法。他完全是在利用小芹娘。可是，他了解我妈的为人，如果发现了他的秘密，就会戳穿他告发他，比如他们前些日子送来一车山羊皮，可是，后来运出去却是两车。我妈曾觉有点蹊跷，向小芹娘打听过。我妈还对小芹家前些日子来来往往的一些客人观察，发现不少人口音不是此地人。不过，我妈因为没有证据，没有追究。姓侯的却紧张了，他训了小芹娘一通。他还给乡里个别领导送礼，让小芹娘当上了劳动致富的模范。这些都是后来小芹娘自己讲出来的。有的人为了达到自己的目的，什么事都能不择手段地干出来。侯经理就是那种人。

不过，我妈要辞掉队长也是件很难的事。小巧走后，我妈坐卧不宁，不住地长吁短叹，看得出她的心情既痛苦又复杂。恰好在这个时候，小芹娘来了。

"队长，今儿让你也受累了。我是来看看你的。"小芹娘说着，把竹篮子放在桌上。篮子里装着罐头、点心还有两瓶酒。

我妈阴沉着脸，冷冷地说："小芹娘，你这是干什么？咱们乡里乡亲这么多年，有什么话就直说，不用来这一套。"

小芹娘显得很不好意思，踌躇了一会儿，说道："队长，我没有什么意思，只是来看看你的。我能有今天的光荣，都是托队长你的面子。没有你照顾，我做梦也不敢想今天呀！"

别说我妈迷惑不解，连我都感到十分惊奇。小芹娘过去是很少登我家门的。她现在红得发紫，怎么倒登门送礼说好话了呢？难道太阳真的要从西边出来吗？

我妈本来就在生气，现在更火了。我看见她的脸都涨红了，身子也在发抖，厉声说："小芹娘，你别说了！我虽然没你钱多，但不比你矮。我行得正，走得直，身影不歪。你把你的东西拿回去。"

小芹娘灰溜溜地拎着东西走了。

我妈气得掉了泪，愤愤地说："瞎了眼，有钱就想骑在我头上呀？哼，我一辈子都不服你这种婊子！"

其实，我妈还有一块心病，就是二狗子叔没有下落。大包干后，二狗子叔不能种地，又没有事做，也没人关心他的衣食住行，渐渐地没有人关心他了。有一天，人们突然发现二狗子叔在村子里消失了。有人不以为然地说："咱沈家塘不稀罕这个人。他是年初一的猪肉——有他也过年，无他也过年。"开始，我妈也没把这事往心里放。但是，后来妈就越想越不对劲，越想越觉得有责任，日子长了竟凝结成一块心病。我几乎每次回家，妈都要嘱咐我路上多留点心，看能不能看到二狗子叔。

"无论在哪儿见他，都得把他拉回家来。"我妈这样说，"二狗子如果在外边出了什么事，我一辈子都不会安生。"

现在，妈又把二狗子叔的事提出来了。她是在开队委会时说的："我可以不当队长了。但是，我要把二狗子找回来，不然的话，等小芹娘当了队长，就更不问他的事了。"

小巧和洪大都同意。

"可是，又不知他在什么地方，到哪儿去找他呢？"小巧犯难地说，"再说，现在也派不动人外出。"

我突然想起"寻人启事"，在县城的电线杆上、墙上，甚至厕所门口，都可以看到寻人启事。我把这个方法说了。我妈和小巧、洪大都很高兴。

"说干就干。丫头，你去找纸找笔，妈说你写。"

我跑到二柱哥的商店里买了十几张白纸，回到家裁成一张张方块纸。弟弟的积极性很高，也要写几张。小巧又叫我把富贵、小红、钢旦他们都叫来写。

当问到落款时，我妈说："就写上我的名字，前边加上是他母亲。"

"妈，这样合适吗？"

我妈说："怎么不合适？别人见了是母亲找儿子，会同情的。世上还有比母亲失去儿子再痛苦的事吗？论辈数，二狗子得叫我嫂子。俗语说老嫂比母。我就是以二狗子母亲的名义，别人也不会骂我的。"

寻人启事发出才第二天，我妈又沉不住气了。她说光贴启事没有用，还得去找，无论如何要让二狗子叔回家过年。可是又派不出人，她自己只好外出去找了。我真想劝劝妈，大气这么冷，一个人外出辛苦不说，身上又没带多少钱，吃饭住宿怎么办？二狗子叔又不是我们一家的，大伙都不问，我们家何必这么热心？再说二狗子叔是个废人，找回来光吃不干，谁来养活他？但是，我终于没敢把话对妈说。因为我知道那样会招来母亲的一顿臭骂。

我妈走后的第二天，一辆吉普车把姓侯的和小芹还有乡长带到了我们村。我明明看见小芹回来了，赶忙插上大门。我真不想见到她。

中午，小芹家酒肉飘香，猜拳行令声不绝于耳。我听弟弟说，小芹家请了不少陪客的，还有二柱哥、"野兔子"，所以，我就用心听他们的谈话。

"你们认为李兰花同志当队长怎么样？"听声音十分陌生，我猜是那位乡长说的话。

"野兔子"说："当然合适，我双手拥护！"

二柱哥说："我也拥护。我们现在这个队长没有一点改革开放意识，天天就是种地呀打粮食呀，不识时务。"

小芹说："其实，丫头娘也是个好队长。她这些年为咱庄没少流汗……"

小芹的话还未说完，就被姓侯的打断了："小芹呀，你不要同情她嘛！

她出了什么汗流了几滴血，效益在哪儿？她当了多少年队长，你们村社员不还是穷得响当当的？现在衡量一个干部好坏的标准是看他能不能拿大钱当万元户，像你妈这样。不然，他怎么带领其他人致富？乡长，你说对吗？"

"对！对！侯总经理说得对！"陌生口音说话了，"正因为如此，我们才准备提拔李兰花同志当队长的。找这几位社员来，也是了解情况的。看来李兰花同志还是有一定群众基础的，这样吧，吃过饭开个社员大会，我代表乡政府宣布决定！"

"好好，乡长真是改革式人物，说干就干，一锤定音。要是你当县长，咱们县就富得更快了！"姓侯的恭维地说，"乡长，来，我敬你一杯。二柱，野……大嫂，来，一起干杯！"

接着是一阵碰杯的声音。

"小芹，你怎么不喝酒呀？"姓侯的说，"这可是敬乡长的酒，也是祝贺你妈当队长的酒。"

"我醉了！"小芹说。

他们在喝酒，而我的心在流泪。

第九章

一

我妈外出一个多星期了，还没有一点信。眼看着春节将来临，家家户户都在忙着准备过节，我和弟弟心急火燎，望眼欲穿。小巧、洪大她们也很焦急，一天朝我家跑十几趟，询问我妈的消息。

"丫头，你妈还没有信儿吗？"这天一早，小巧就跑到我家来了。

我急得哭了。

弟弟不满地说："我妈就是多管闲事，一个疯子也值得费那么大的心神和力气。别人不管，怎么就该我们家管！"

小巧安慰我们姐弟说："你们不要急，你妈会很快就回来的。"

我心中十分焦急又十分悲戚。妈走时身上没带多少钱，也没带衣服，现在天气寒冷，妈在外边少不了吃苦。她走的时候就带了一包煎饼，说是够吃十几天的。凭母亲的性子，她为了节省钱，恐怕连碗热汤也舍不得喝。她的病虽然吃了药，病情有好转，但还没好利索。这一次出去，风餐露宿，说不定病情会加重，我真后悔当初为什么不千方百计拦住我妈。

小巧安慰我们一番，丢下二斤猪肉，说是替我家买的，然后就告辞了。

"我找妈去！"弟弟突然冒了一句，并且开始收拾起东西来。

我赶忙拉住他，说："你别胡闹。妈在哪儿你都不知道，到哪儿去找她？再说，她要是这两天回来了，见你不在家，会更着急和生气的。"

弟弟见我说的有道理，也就听了。

妈虽然还没有回来，但家里的日子还是要过的。我见别人家都剁饺馅子了，也就洗了些菜，用小巧送来的肉，剁了一盆馅子。接着又蒸了一锅馍，忙着，不知不觉就到了傍黑。

屋子里已经黑得什么也看不见了。我划火柴，点着了灯。突然听见屋里的床上有响动。我吓了一跳；弟弟出去没回来，屋里怎么会有人呢？走过去一看，惊诧地瞪大了眼睛，原来我妈不知什么时候回来了。

"妈，妈……"我接连喊了几声，妈也没有回答，她已经睡着了。

我高兴地忙跑出去找弟弟，要把妈回来的喜讯告诉他，让他也高兴高兴。

出了门，我看见小芹家门前卧着一个黑乎乎的家伙。仔细一看，原来是一辆黑色的小轿车。八成是小芹回来了。我想着，正要走过去，忽然车后闪过一个人影。

"丫头！"听声音就知道是小芹。

我站住了。小芹走过来，急急地拉着我走到她家的屋山头边，从衣袋里掏出一个小包塞到我手里，说："丫头，这个你拿着。"

"什么东西？"我被她弄得莫名其妙。

小芹说："现在来不及说什么了，你先回家去。一会儿我妈要到你家去，急了的时候你打开这个小包，就有办法了。"她说完，匆匆回家去了。

我忐忑不安地回了家。还未来得及多想，也未来得及打开小包看一看里边是什么东西，小芹娘就敲门了。

"丫头，你妈回来了吧？"小芹娘第一句话就问，"我等她等到今天，还是把她等了回来。我当时就说过，她不会丢下你们姐弟俩不回来的。"

"你找我妈有事吗？"我冷淡地问道。

小芹娘不答话，径直向屋里走。我又不好意思拉她，结果让她进了屋。

我妈在床上睡得正香。

小芹娘一直走到我妈床前站住了。她咳嗽一声，意在告诉我妈。可是，我妈正在梦里，没听见，小芹娘又喊了几遍"丫头她娘"，我妈还是没有回答。

"我妈刚回到家，累了，睡着了。你有事明天再来吧！"我很不高兴地说。这时候，我的手一直在摸小芹给我的小包，并且隐约觉得出那里边的东西好像是一个小卷儿，究竟是什么猜不出来，我越发奇怪。小芹娘俩葫芦里装的什么药呢？

小芹娘听了我的话，不但没有走的意思，相反一屁股坐在我妈的床沿上，用手去推我妈，说话也凶了："丫头娘，别装死呀！你现在回来了，咱们得把话说明了！"

我看着小芹娘蛮横的样子，心里十分生气。不管怎么说，我妈是为了村里的事外出的。她风尘仆仆十多天刚刚回到家，想睡一觉都不安生。你既然当了队长，就应该关心人，而不应该这样不讲理呀！想着，我走过去想赶小芹娘出去。这时候，我妈却醒来了。

妈刚才是面朝里睡的，所以我没能看见她的脸。此刻，妈猛地转过脸来，吓了我一跳。她的脸又瘦又黄，显得十分衰老，与离家时简直判若两人。

"妈！"我的眼睛模糊了，声音也哽咽了。几天来想好的要等妈回来说的话，顷刻间无影无踪。

"你，你有什么事吗？"妈望着小芹娘，少气无力地说。

小芹娘摸了摸她蓬松的烫发头。这是她最近才形成的习惯，有事没事都爱抚摸头发，好像她的头发里藏着金钱或者说头发是金丝线，生怕别人偷走了。她开门见山地说："丫头娘，这就叫躲过初一躲不过十五。我等你还是等着了。"

"你说这话什么意思？"我妈的眼睛瞪大了，身子动了动，慢慢坐了起来。

小芹娘说："这不明摆着吗？你跑出去十几天是干什么的？真的是找二狗子呀？"

我妈点了点头，说："是呀！不过我没有找到他，心里很过意不去。"

　　小芹娘嘲弄地笑了笑，说："你找不到他的，因为你也根本不是去找他的。"

　　"你，你说这话什么意思？"我妈挺直了身子，说话也硬起来。

　　小芹娘也站了起来，在床边踱着步子，说："这不用我再说了吧？你心里清楚，我心里也明白。实话给你说了吧。我早该在前两天就进城去的。今年春节，我女儿接我到城里去过。不过，我要等你回来呀……"

　　"你等我干什么？你爱到哪去过到哪去过，这种事用不着请假。"我妈还不知道她的队长已被面前这个女人替代了。

　　小芹娘说："丫头娘，做人可不能耍赖。你要真没钱，可以说一声，不能装没事。再说，我过年过节也要花钱的。小芹干爸处还要走走吧。"

　　我听到这里恍然大悟。原来，小芹娘是登门催债的。

　　我妈也明白了，她诚挚地说："小芹娘，我实话给你说，上次在医院借小芹的钱，我没有忘。不过，我手头真没钱还你。但是，说我出去是为了躲这份债，你也是门缝里瞧人，把我看扁了。这样吧，等过了年，我手里一批席子苇箔销出去，就还你这笔钱。"

　　小芹娘哈哈笑了，说："丫头娘，你难道没去县城吗？没见到什么熟人吗？他能没给你钱让你过年用？"

　　我妈一听这话，火冒三丈，从床上跳下来，指着小芹娘骂道："婊子，你把话说清楚……"

　　眼看事情要闹大，我想起了小芹的话，赶忙打开那个小包，原来是一卷拾圆一张的人民币。我突然明白了小芹的意思，心怦然一跳。我赶忙把钱递到小芹娘面前，说："你家的钱，还给你！"

　　小芹娘愣了。

　　我妈也愣了。

　　我自己也愣了。

　　小芹娘接过钱，反复数了几遍，狡黠地笑了笑，说："丫头娘，我刚才说的还是有道理的吧，嘿嘿，这钱我拿走了。"

　　小芹娘走了。

　　我妈突然扑过来，抓住我的衣服，怒斥道："你从谁那儿拿的钱，快说。"

我把刚才门口发生的事对妈说了一遍。

我妈松开我，一下了倒在床上，痛苦地说："这是为什么？我今个差点儿成了杨白劳。"

二

大年初一早上。

按照我们这里的习惯，第一锅饺子要送到林地去敬死去的先人。所以，南山顷刻间就热闹起来。

妈带着我和弟弟，端着饺子和汤，迈着沉重的步子，缓缓地向山上走去。在这条路上，已经挤满了人。大伙不约而同地排成了一条长队，而且都很自觉地遵守秩序。我注意看了一下，走在最前边的是二柱哥。不过，红英没和他在一起。我在队伍中又寻觅了一会儿，才发现红英走在队伍后边。

二柱哥和红英婚后生了两个孩子，一男一女。开始，他们夫妻俩恩恩爱爱，相处和睦。但是，近两年却磕磕碰碰，出现了裂痕。我间断地从大人们那里听到过一些关于他俩关系的议论。

前些日子，因为他讨好小芹娘，为小芹娘替代我妈当上队长摇旗呐喊，红英劝说他，他不但不听，还把红英打得鼻青脸肿。红英一气之下，搬回到瞎太太以前的房去住，和他分居了。到过节了，红英也没有搬回去。昨天晚上，二柱哥还跑到我家，求我妈帮忙劝红英和孩子回家和他团聚。

二柱哥说："大婶，千错万错都是侄儿我的错，我不该喝了小芹娘两杯猫尿就替她拍马屁，不光得罪了你，也得罪了红英……"

我妈打断二柱的话，宽厚地说："二柱你没有得罪我。其实，那也不是你一句话两句话能当了家作了主的。"

二柱哥说："是啊，村民小组长是村民选出来的。大家本来不想选小芹娘。那个乡长讲了话，我又带头表态。还没等大伙表决，乡长就让村支书宣布通过了……"

我妈说："我怪你，怪的是你不该对红英那样，不管怎么说，他是你媳妇，真正和你一起过日子的是她呀！你张口就骂，动手就打，人家又不是你家的童养媳，能受了你这一套。你把红英的心伤透了。"

"是的是的，都怪我不好！"二柱哥忙不迭地检讨，说："我发誓以后再也不这样了。还是求婶子去劝劝红英，让她回来吧！"

我妈严肃地说："你这样保证多少回了，又做到几次呢？我一次次这样帮你劝红英。我说你放心吧，二柱那孩子已经保证了，以后再不会这样对待你了。你不是让我一次次用手打我自己的脸吗？这样的话我怎么再对红英娘儿几个说出口呢？"

二柱哥红着脸低下了头，哑口无言了。沉默了一会儿，二柱哥突然跪倒在我妈面前，哭着说："婶子，你就看在我死去的妈面子上，帮我这一回吧。大年初一还要给我妈送年饭，我不能一个人去呀！"

我妈被二柱感动了，赶忙把他从地上扶了起来，抹着眼泪说："你先回家等着吧，我去找他娘儿几个。"

我妈果真去找红英了，并且说到深夜。可是，红英这次下定了决心，说是二柱给她磕十八个响头也不回家，这次是彻底散伙了。

我妈无可奈何，只好走了。她想去告诉二柱一声，让二柱哥自己再想点办法，亲自去向红英赔个不是，把他们娘儿几个接回家。谁知二柱哥从我家回去后又喝酒，酩酊大醉。我妈到时，他正睡在大门口，天南海北地骂娘。我妈把红英的话刚说完，二柱哥就不耐烦地挥了挥手说："去她娘的，想让老子给她赔礼道歉，没门儿！老子没有她照样活。三条腿的蛤蟆无处找，两条腿的活人到处是。在咱沈家塘，我想睡哪个女人，没有跑！"

我妈气得踢了他一脚，愤愤地回了家。

"送年饭"的队伍在缓缓行进，不一会儿，前头的已到了坟地，后边的还在山脚下。到了坟地的人，先是恭恭敬敬摆好了碗，然后一个个哭起爹娘爷爷奶奶来。"百家坟"四周围了一圈人，后来的又围了一圈，里里外外围了好几圈。

敬过"百家坟",我和妈,弟弟又到了小妹的坟前。小妹坟前的柳树已经有碗口粗了,孤零零地立在坟前。如果小妹活着,现在已经出脱成一个水灵的小姑娘了。触景生情,妈哭了,我和弟弟都哭了。

"三丫,妈给你送年饭来了,你吃吧,一碗不够,妈再给你盛一碗!"妈端出两碗饺子放在小妹坟前。昨天晚上,妈就说过:"你妹今年十一岁了,吃一碗怕不能饱,多给她煮一碗吧!"

"小妹,小妹……"我哭哑了嗓子。

四周笼罩着人们悲痛欲绝的哭声,给寒冷的山坡又增加了几分悲壮和凄凉。

突然,身后有人大声吵嚷,回头一看,只见小巧抱着一个发了疯似的女人,大概是怕那女人挣脱,小巧为了加重力量,身子都蹲下去了。看到三个孩子大声哭喊着妈妈,人们就知道那个发了疯似的女人是二柱的媳妇红英。

红英满脸泪水,一边拼命挣脱小巧,一边大声喊道:"放开我,让我死去吧!我对不起奶奶,对不起福大呀!让我死了到阴间去伺候奶奶,去和福大团聚……"

瞎太太死后,我妈她们在瞎太太坟前立了块碑。红英挣扎着,想朝那石碑上撞头。亏着小巧及时发现,否则后果不堪设想。

小巧劝说道:"红英,你想开点。你不为你自己想,也该为三个孩子想想吧。你死了能对得起这三个孩子吗?"

红英委屈地说:"当初奶奶为了成全我连命都不要了。可是,我辜负了奶奶,和一个没心没肺没肝的人生活了这么多年。我不能拦阻他做对不起奶奶、对不起他妈和全村人的事,活着多丢人呀!"

我妈这时也挤进来了。她也扶着红英,和小巧一起劝她。

这时候,二柱哥走过来了。他怒气冲冲地挤进人群,不顾我妈和小巧还在劝红英,抓住红英的头发,恶狠狠地骂道:"你这个贱女人,敢在这儿骂我!你男人死了那么多年,你还想着他。你不是要到阴间去找他吗?你死去吧,没人拦你!"

"二柱,你少说几句,松开手!"小巧对二柱说,态度很诚恳,好像是在求二柱哥帮她的忙。

二柱哥眼睛一瞪，说："不要管她，让她死吧！老子不信娶不着媳妇！"

红英和福大的孩子还有她和二柱哥生的两个孩子，都恐惧地哭了。大点的孩子还走过去拉住二柱哥的胳膊，哀求说："爸，你别打妈了，别打妈了！"

"滚！"二柱哥吼了一声，一甩胳膊把孩子甩倒在地上。

我妈一直愤怒地望着二柱哥，一句话也没说。我看见母亲的脸色变得铁青，眼睛里喷着火焰，从她神情看仿佛一场疾风暴雨即将来临。果然，妈发火了，指着二柱哥，用命令的口吻说："沈家塘还有后代吗？有种的给我揍这个坏男人！"

人群沉寂了片刻。二柱哥也怔愣了。

铁旦第一个冲上去，对着二柱哥的脸上狠狠打了一拳。二柱哥刚想还手，富贵、钢旦、我弟弟等一群男孩子一拥而上，有的搂着二柱哥的脖子，有的抱住了他的腰，有的扳住了他的腿，不容他反抗，就把他压倒在地上。拳头雨点般地打在他脸上、身上，疼得他发出一阵叫喊。

"对，狠狠地揍他一顿，让红英和孩子都消消气！"

"让他知道，沈家塘容不下恶人！"

红英开始还没有多少反应，当二柱哥呼叫后，她突然拉着两个小点的孩子，跪在了我妈和大伙面前，哀求着说："婶子，求求你们，饶他这一回吧！"

我妈望了望小巧，相互点了点头，唇边浮起一丝不易察觉的微笑。

三

按照常规，春节要休息几天的。就是城里工作人员，也享有国家法定的假日。可是，我妈她们年初二一早就开始忙碌了。

"趁着天没下雪，地里的活还没上手，咱们赶几天，再赶一批席子苇箔出来。"我妈这样对大伙说。

大伙也都赞成。

"丫头，你也跟着学学，反正功课也不忙了，家中也没什么大事。"我妈这样对我说。我也理所当然地同意。

我并不是第一次接触编芦苇的手艺活儿。过去，我跟妈学过编折子，也学过编席子，不过，自己从没有单独干过。说起来这也是一门手艺。就拿编席子来说吧，不是看个三遍五遍，学个三次五次就能熟练的。首先要破篾子，这就是门学问。一根芦苇交到你手里，你要用刀子把它破开，分成一条条篾子，而这一条条篾子的厚薄、宽窄都是有讲究的，织成席子不仅要严密，还要无疵，因为有了缝隙或者折缝就容易出刺，出刺就会扎人。芦苇都是风干了的。容易折断，破篾子时要一手拿着芦苇，一手拿着小刀，由前向后推，不小心折断芦苇，不仅会损伤一根芦苇，没经验的还往往会割破手指，单就破篾子这一条，我到现在还不熟。编织席子也是一门学问，这一根篾子应该压哪一根篾子；左一根篾子和右一根篾子怎么编成统一和谐的花纹等等，都够学一阵子的。

由于人多，加上编席子的铺子本来就大，所以大伙是放在村场上干的。村场上风很大，也很冷，人的手都没有遮掩，不一会儿工夫就冻得红肿起来，我不时把手轮番放到嘴边，向手上哈一口热气，其实，那根本就不能取暖，口里喷出的热气刚出口就被冷风掠走了，相反，这样反复次数越多，身上的热量释放越大，倒是加重了身上和心中的寒气。

我妈见了，疼爱地对我说："丫头，你先回家做饭去吧，今天说不定有亲戚来。"

按照我们那一带乡下的习俗，年初二是走亲戚串朋友的日子。因为刚过初一，家家户户都存着点年货，再穷起码也能端出两样菜来，还有，初二是个闲空子。不过，我不明白妈说的亲戚指的是谁。我家是有几门亲戚，这些年几乎没有来往了。我舅那边因为生我妈的气，不来了。我家还有几门亲戚，爸出事后头两年来过，因为我们家不回访现在也就不太来往了。我记得爸还在世时，虽然家里穷，每年都要走亲戚。乡下人十分注重礼尚往来，今天春节你到我家来送礼，明年春节我家一定去你家拜年。我爸死后，妈和村里人定了个"约法三章"，其中有一条是限制男性亲戚来往，而哪家亲戚中没有男性呢！这样我妈出去得少了，也拒绝别人来家。不过，从去年开始，规矩虽然没公开挑明破了，但人们又开始有来往了。我妈去年初二，带着我弟弟去了我姑姑家，算是这些年来妈第一次出门走亲戚。妈为什么不先去看外爷爷外奶奶，而先去看我姑姑呢？妈说姑姑家和外爷爷家不一样。如果按照常理推算，今儿大概我姑姑会来的。

果然不出所料，我刚回到家，姑姑就来了。她已经有几年没来过了，在门外先站了一会儿，足足打量了我家的三间茅草屋一碗饭的工夫，进家以后，又把里里外外看了一会，眼圈红红的，把我拉到怀里，叹息着说："丫头，这些年你们够苦的了。姑姑没能帮你们一把，心里很难受呀！"姑姑说着，泪水像断了线的珠子纷纷落了下来。

我的眼睛也湿润了。

姑和妈一样，喜欢我弟弟。因为在姑姑眼里，弟弟是唯一能传宗接代的。所以，弟弟回来以后，姑姑就把弟弟叫到她身边天南海北扯去了。我呢，也正好有个机会做饭。

饭做好，妈还没有回来。

姑姑说："丫头，叫你妈去吧！再忙也不至于年初二就忙上了。我还要和你妈一起上山呢。"

我到场里，把妈叫了回来。

因为按照规矩，要上坟回来才能吃饭。妈和姑姑上山去了。祭品都是准备好了的。习俗也讲究，上坟烧的纸钱要由姑姑带来。因为她是嫁出去的闺女，闺女回来给老人送纸钱，理所当然要自备。妈和姑姑让我在家守家，她们带着弟弟去的。

她们走后，我闲着没事，就找出从小红那儿借来的新版《青春之歌》看起来。这些五六十年代就畅销的小说，我是在八十年代才开始读到的。

我因为被小说中的情节吸引住了，不知过了多久，小巧进来叫我，我才从小说中转过神来。

"丫头，你妈呢？"

"上南山了。"

"什么时候走的？"

"哎呀，走好长时间了，是和我姑姑我弟弟一起走的。"

"到现在还没有回来呀？"小巧十分惊讶，"我都吃过饭好大会儿了。场上已经有人上工了，要开场屋门取东西。"

我也感到十分奇怪。我妈他们从出去到现在，也该是早回来了，并且吃饭了。难道会出什么事吗？我心里犯起了嘀咕，对小巧说："我去上山找他们，你等一会儿吧。"

我匆匆忙忙，刚到村头，迎见了我妈和我弟弟。奇怪的是姑姑没有一起回来。

"姑姑呢？"我问妈。妈好像没听见。我看见母亲的脸阴沉着，好像出了什么事。我不敢再问妈了，就向弟弟打了个手势，示意他走慢点，让妈走快点。弟弟明白了我的意思，就放慢了脚步，渐渐地，我们落在妈身后了。

"姑姑呢？"我低声问。

弟弟说："姑姑和妈吵了一架，不愿回咱家来，直接走了。"

我大吃一惊："为什么？"

弟弟望了望母亲的背影，小声说："待会儿再告诉你吧！"

我知道事情一定不小，就不再追问了。

妈回到家后，见了小巧，连饭也没吃就走了。弟弟看着妈走远了，神秘地关上门，返回来告诉了我在山上发生的事。

原来，在她们祭完坟后，准备下山回家前，姑姑突然对我妈说："嫂子，我来还想给你说件事，我说出来你也别生气。我今儿个进村看了一下，就更坚定劝你的决心了。"

我妈："什么话你就直说吧！"

姑姑："嫂子，我虽然生在这儿长在这儿，对这儿有一定的感情。但是感情不能代替现实。这儿毕竟落后，交通闭塞，山穷水贫。看看山外，看看俺那儿，哪还有住草房吃山芋面的。我看，你别在这儿受罪了……"

我妈："你这是什么意思？"

姑姑："什么意思，劝你走呗！"

我妈："走，向哪走？"

姑姑："我这个当妹妹的，刚才已经向我哥祈祷，请求他原谅我。我要替活人多想想。我们镇上有个老干部，死了老伴，想续一个。他说能把媳妇、孩子的户口都转成国家商品粮，迁到镇上去……"

"别说了！"我妈一声怒吼打断了我姑姑的话，"以后，你别到这儿来了，小心穷气扑了你！"妈说完，大步流星下山了。

姑姑喊妈，妈也不回头。姑气得骂了几句，对我弟弟说："二子，姑是为你们好，你们别怪。"弟弟劝姑回家来，姑不愿意。

弟弟对我说："我也不想理姑姑。"

我很难过，又不知为什么。

第十章

一

这是春末一个爽气的日子。

太阳早早就起床了，向人们预示着晴朗。风很柔，也很亲热，不像冬天的风那样盛气凌人。已经有很多人脱棉衣了。

我妈昨天在村西头的花婶家忙到半夜，最多只睡了两个小时，今儿一早又走了。我心里直纳闷：妈怎么变得这么热心了呢？

花婶今天要出嫁。她是我们村这些年来第一个改嫁的女人。更稀奇的是，她的独生女儿也和她同在今天出嫁，而且母女俩嫁的是一个村子的亲叔侄俩。为这事，全村都像开了锅的水，几天前就沸腾了。昨天，我从学校回来，在东王集就听说了这件事。当时，和我们一起下车的有一个四十多岁的中年人，他不仅头秃，而且腿还有点瘸，扛着一只笨重的纸箱，十分惹人注目。他下车的时候，由于腿脚不灵便，还差点儿跌倒，我在后边扶了他一把。他回过头来，感激地冲我笑一笑，吓得我赶忙走开，因为他满嘴黄牙又粗又壮。

"三秃子，买了些什么东西？"旁边有人问他。

秃子高声回答："电视机，你小子看不出来吗？"那口气、那神情十分得意，又多几分威风。

对于我们沈家塘的几个穷学生来说，"电视机"一词富有相当的震撼力。我们都不由自主地回首看去。果真纸箱上写的是电视机。

"小子，你现在阔了。真是十年河东转河西，不能隔门缝看人。听说你要娶媳妇了？"

秃子和问他话的人与我们是同方向行走。别看他还瘸，脚步并不迟钝。秃子说："这不，买电视机就是娶媳妇用的。本来，我也不打算买的。我那个侄子不吭不响，昨个扛回一台电视机。乖，我可不能栽他手里。他买个十二寸的，我就买个十四寸的。我不能让媳妇进门就觉着比别人矮半截子。"

"这倒是稀奇事，你爷儿俩同一天娶媳妇。她们是哪个村的？"这个问话人也是个多管闲事的，问起话来追根究底。

"咳，不远，山那边沈家塘的！"

"什么？"问话的人站住了。我们几个人也惊奇地站住了。问话人道出了我们的疑问："沈家塘的女人不是不改嫁的吗？现在改习惯了？"

一路上，我们几个人反复议论着，猜测着谁改嫁的。因为我们村有能改嫁的母亲，但没有能出嫁的姑娘。即便按照山里常规，女孩子也得到十七八岁才出嫁。再说，改嫁这个词对我们村的母亲们来说太陌生了。就是小芹娘、"野兔子"也没有敢公开改嫁。我妈她们十年前就说过：如果有一个改嫁出村，咱沈家塘非乱不可，都是女人，心不能都一样，身子还不一样。

回到家，天已黑了。我看锅屋里有灯光，急忙钻了进去，坐在锅灶门前的不是我妈，而是我弟弟。

"妈呢？"我慌慌张张地问。

弟弟回答："去花婶家了！"

"干吗？"

"花婶明天嫁人！"

我不知为什么，长长地松了口气，好像卸掉了一块压在胸口的巨石。

对于花婶，我了解不多，和她的女儿也没有多少接触。我们村子是东西走向，长而窄，扯扯拉拉有一里多长。男孩子们经常一起玩耍，相互了解多一些，而我们女孩子一是因为家务事多出去时间少，二是大人们之间的隔阂反映在女孩子身上强烈，所以即使都认识，也并不都了解。不过，我知道花婶女儿年龄和我差不多。她女儿没上过学，和我们接触不多。

"咱妈她们同意让花婶改嫁吗？"我问弟弟。

弟弟白了我一眼，说："咱妈又不是队长，怎么能管了人家。"

"可是……"我找不到词儿了。

我知道在弟弟那儿得不到多少信息，就出门去找兰婶。我想兰婶一定会知道不少事情，也有她的想法。而且，兰婶的嘴也好说，什么事情到了她那里都搁不住，用我妈的话说："话到兰婶那儿不会发馊变霉。"

兰婶正巧在家，而且还恰巧正向小红讲花婶改嫁的事。她一看见我，忙拉着我的手，让我坐下，说道："丫头，你妈不在家吧！我看她就是吃饱了撑的。那个姓花的要改嫁，败坏当年咱们定的规矩，可你妈不光不骂她，还去帮她。我真不知你妈怎么变得这么糊涂了。"

"妈，瞧你说的……"小红说她妈。

兰婶说："哟，还没嫁过去，就护起婆婆来了。要是等你真嫁过去，还认我这个娘吗？"她又转向我说："咱乡下有句话叫'不叫的狗咬人'，一点儿也不假，看姓花的娘们儿平常多老实，三脚也踹不出个屁来。没想到她送她女儿去相亲。自己也相中了她女婿的叔叔。瞧瞧，这丢不丢人？"

"我妈怎么说呢？"我问兰婶。

兰婶不满地说："也不知你妈咋变成了另一个人。大伙都反对姓花的改嫁，可你妈却偏支持。这不，姓花的要办事情，你妈还动员人去为她帮忙。"

回到家以后，我一直等妈，我觉着有好多话要对妈讲，可是，一直到我进入梦乡，妈还没有回来。今天早晨，我醒来后，发现妈已不在家了。奇怪的是，连我自己也不明白昨天晚上想对妈讲些什么。

按照我们这儿的规矩，出嫁女儿的人家也要摆几桌席，而且必须是在早上，新郎家接亲的人还没来到之前。送礼的要在太阳出来之前把礼送到，然后等着入席。一旦新郎家接亲的到了，出嫁的女人上了车，就不能再送礼了。花婶今天摆了十几桌席，说是她娘儿俩都要离开沈家塘了，以后回来也少了，要好好感谢大家。她没请当队长的小芹娘主事，而是请了下台的我妈主事。不过，据说她家的房子已经卖给小芹娘了。我猜想小芹家买花婶的房子是作仓库什么用的。

因为妈没叫我去花婶家帮忙，我闲着在家。弟弟不喜欢聊天，我们俩各抱了一本书看。不过，我的心思却在花婶家，耳朵也时刻聆听着，等待着，一旦有迎亲的鞭炮响，我就可以出去看热闹了。过了很长时间，估摸快到中午了，还没听到鞭炮声，我正在奇怪，小红匆匆忙忙跑了进来。

"丫头，不好了。花婶家来迎亲的马车在山口出事了。花婶家现在乱成一锅粥了。"

二

花婶家的确一片混乱。

院子里几乎清一色女人，三个一堆，五个一团，有的窃窃私语，有的高声议论。因为还没有开席，几张桌子上摆满了酒菜，可是没有人动。

屋里，花婶和她的女儿在哭，花婶边哭边不住地叫骂："老天爷，你瞎了眼啊！为什么总是跟俺们这些苦命的女人过不去。俺改嫁是拜了龙王爷，拜了公婆和孩子他爹的。你为什么不让俺安安生生，欢欢喜喜地走呢！"

"这就是天意。咱沈家塘女人活该这个命，她偏要出风头，老天爷不罚她罚谁？"兰婶是来坐席的，此刻站在花婶家门口，同几个女人高声议论，好像怕花婶在屋里听不见。

"是呀，山口从来都是平平静静的，怎么会偏偏今儿个出事。看天色今天不该有事啊！"旁边一个女人附和兰婶说，"这就是老天爷发了怒，惩罚人间的罪人的！"

"话不能这么说，谁也不知道哪会儿有天灾人祸。十几年前发生那件事，咱们一起成了寡妇，难道是咱们都有罪吗？"另一个女人反驳兰婶说道，"咱们这些人一辈子守着南山上的死鬼就没罪了吗？"

小红捅了捅我的腰，低声问道："丫头，你说她们谁说得对？"

我沉默着，没有回答。不过，我内心是赞成后边那个女人的。我假装没听见小红问话，转过来问小红："山口那边到底出了什么事？"

小红说："是马受了惊。不过赶车的刹车及时，车子只撞坏了一点，修修就好了。"

"那么说，花婶今天还能走？"

"能走。就是摊上这种喜日子出了事，怪窝囊，也不吉利。"

正说着，村口响起了鞭炮声。花婶院子里的人们又是一阵混乱，很快又恢复了欢喜。我妈赶忙招呼帮忙的人们准备。她看见我，走了过来，严厉地说："你又不是小孩子，还在这儿看什么热闹，快回家去吧！"

我很不情愿地回家了。

后来听说，马车到了花婶门前。花婶出来看了一眼，又哭着回了屋，说什么也不愿走。闹了半天，人们才发现，那个赶马车的车把式因为头上受了轻伤，用白纱布包着头。这又犯了忌讳。喜事在我们这儿称为红事，丧事称为白事。大喜的红事日子见戴白的，又是不吉利的象征。没办法，那个赶车的车把式只好用一只红包袱皮子包了头。

花婶的嫁车刚走，小芹娘和我妈在花婶家就打了一架。因为花婶这次办事情，请的是我妈主事，这对现在台上的小芹娘是个讽刺。小芹娘因为花婶已经走了，不属于她管了，对花婶无可奈何，就把怨恨和牢骚都朝我妈身上发泄。我妈当然不会买她的账，就吵了起来。

我妈还把小芹娘揍了一顿。当我妈把小芹娘骑在身下时，不知谁递给我妈一把剪刀，我妈用那把剪刀，把小芹娘的烫发头剪成了花西瓜，出了一口气。怪不得妈回了家，脸上还挂着舒畅。

当天下午，我们几个同学一起回学校，可是不见富贵与我们同行。走到山口，钢旦自告奋勇要回去找富贵。

我和小红在山口等他。

钢旦不一会儿气喘吁吁地回来了。他说富贵生病不能去学校了，可能明天早上去。说完，他又愤愤地说："我看他那样子不像是生病，倒像是掉了魂儿。我给他说话，他根本心不在焉，还好像巴结他。早知道不跑这趟冤枉路了。"

"小巧不在家吗？"

"在家，富贵躺在她怀里。看那样子，不知道底细的人见了，还以为他们是恩恩爱爱的小两口呢！"

"钢旦，你怎么这样说话？"我指着钢旦说，"小巧把富贵拉扯大，富贵一直喊她妈妈。"

钢旦不服地说："可是富贵知道小巧不是他的亲生妈妈。你没听出富贵这二年说话，妈妈这个称呼变少了吗？有时候他甚至直呼小巧的名字。"

这一点我倒没有在意，一时不知说什么好。

第二天上午上第三节课时，富贵才回来，他看见我，匆匆把目光避开了。不过，我看他脸色有点发黄，精神不振，倒真像个生病的样子。

三

我妈、小巧、洪大她们现在也经常到城里来了，因为田叔叔介绍我妈和订户认识以后，就脱手不管了。田叔叔对我妈说："人要是总让别人扶着走路，路在他脚下是永远不会平坦的。"我妈当然理解田叔叔的用心。

事实也的确像田叔叔说的一样。我妈她们一开始接触买卖时，心慌、脸红、难以启齿，好像是在向别人乞讨。可是现在呢，我妈她们不但敢与订户大声讨价还价，还学会了见缝插针。不过，她们那种山里人诚实的美德还没有丢掉。而且这种美德使她们不断赢得声誉，因为她们手中的活从没有过差错。

这天晚上，我正在上自习课，有人通知我说门口有人找我。我出去一看，原来是我妈。

"妈，你什么时候到的？"我见了妈，心中十分高兴。虽然我几乎每周回家一次，都能见到妈，但是还十分想念妈。

妈很兴奋，从她的眼神就能看得出来。她拉着我的手说："丫头，妈想问你，能不能请假陪陪妈！"

我说："可以。这是自习课，不用请假。"

妈说："走吧，妈还没吃饭。你带妈找个饭店去，妈今晚要吃顿热的。"

我很惊讶。妈每次到城里来，都是自带干粮，有时进到饭店花几角钱买碗汤，有时就用白开水泡馍吃，从来没有大方过。今天是什么事情让妈这么高兴呢？还未等我问，我妈就迫不及待地向我讲起来：

"丫头，你上学，一定懂得外贸吧。妈今儿个就是外贸公司请来的。一开始，我还不知什么事，心里挺不安的。来到以后才知道，这外贸就是跟外国人做生意，赚外国人的钱。他们说知道沈家塘的人编席手艺好，要我们给外贸搞加工。我问他们外国人也用咱的东西吗？外贸公司的人先不说话。后来，他们又给了我样子、尺寸，要我们照那种样子加工。还说可以给咱们贷点款。这回不是叫咱们编苇席，是编什么工艺品。他们还说，外贸公司原来想把咱们几个手艺巧的弄到城里来搞个加工厂，又照顾到咱们这些妇女都离不开家，就让咱们在家里搞加工。"

我理所当然也为这个消息高兴。

妈今天胃口很好，吃了两碗羊肉面条。她还要了辣椒，辣得脸上直冒汗。

吃罢饭出来，我送妈回旅社。路上，妈突然一反高兴的样子，低沉地说："丫头，你回来后的当天夜里，咱庄又出事了，你听说了吗？"

"出了什么事？"我很惊讶。

妈叹了口气说："也不知咋搞的，你花婶家没人，又没生火做饭、点灯照亮的，咋就起了火。把她家几间屋烧了个精光。"

"那屋不是小芹家买了吗？"

"小芹家是要买，可是还没付钱呢！房子一烧，小芹娘还花钱买几间屋框子吗？这可苦了你花婶，她原以为卖房子的钱够办几桌宴席的。现在房是卖不成钱了。她却欠了一屁股债。好在她那个男人虽然人长得不咋样心眼挺好，要替你花婶还债！"

我没听富贵回来讲这事。我很奇怪。富贵这几天一直躲着我们沈家塘的几个人，好像有什么事情瞒着我们。其实，这件事根本不用隐瞒的。

我妈又叹了口气："以后庄里恐怕没有人敢改嫁了，也不知中了什么邪。"

妈说明天不回去，还要和外贸公司的人接着谈，叫我第二天晚上把沈家塘的几个同学都约去一起吃顿饭。

和妈分手后，我匆匆忙忙朝学校赶。走到电影院门前时，恰逢电影散场。突然，我在人群中看见了富贵。他一个人神情沮丧地从电影院里走出来。

我想喊他，但是人太多，又怕他听不见。

他不上晚自习，一个人跑来看电影，倒是怪事。这一段时间，特别是这一周，我发现富贵情绪不好。我们一个班，在同一教室里，他又坐在我的左前方，一举一动我都能看见。有几次，他听完课连作业也不做，望着窗外发怔。我几次想找他谈谈，一来我们是同村的；二来我还是班长兼团支部书记，从哪个角度讲都不愿看到他落在后边。但是，他好像发现了我的意图，千方百计躲着我。上课的时候，我不能找他，下课铃一响，他急急忙忙走了，也不知跑到什么地方去了，直到上课铃响了才回来。放学以后，我去男生宿舍找他，他不是不在，就是让别人挡驾，说他已经睡了。我猜不透他到底有什么心思。今天倒让我碰上了机会，一会儿我一定跟上他，和他好好谈一谈。我想着，向他走了过去。偏偏在这个时候，他也看见了我，稍一愣，然后像老鼠见猫似的，恐惧地掉头挤进人群中想溜掉。

"富贵，富贵哥！"我急了才这样喊的。其实，富贵真比我们其他几个同学年龄大，他今年已经18岁了。18岁的男孩可以称为男子汉了。

富贵看甩不开我，于是站住了。我刚走到他面前，他突然怒气冲冲地说："丫头，你怎么老是跟着我监督我，好像我是一个犯罪分子！告诉你，我要做的任何事情不需要任何人管！"

"富贵，你别这样说。我，我是想找你谈谈心……"我倒有些踌躇了。

"谈什么，有什么好谈的。"他显出一副很不耐烦的样子，说道，"什么都不要跟我谈，我也什么都不愿意听。告诉你吧，我已经决定不上学了！"

"为什么？"我大吃一惊。

"我要结婚，娶媳妇！"他直言不讳地说，"结了婚的人不能上学了吧？"

我呆了，怔愣地望着他。

他哼哧哼哧地喘着粗气，好大会儿没理我。

我小心地问："富贵哥，你谈恋爱了？"

他突然笑了，很友好地对我说："丫头，我要是娶媳妇，你骂我吗？"

我没有回答，因为我对他的话莫名其妙。

他见我不回答，脸上的笑容消失了，重又充满了苦恼。他转过身，向前走去。

我默默地跟在他身后，想着怎样开导他，劝慰他。他为什么会提出结婚呢？难道是小巧的意图？小巧也许看他已长成男子汉了，想为他把婚事办了。转念一想，不会的。最起码小巧不会让他现在停学结婚。小巧对他的前途十分负责，又对他充满了信心。我每次回去，小巧都要向我打听富贵的学习成绩，在校表现，思想情况。小巧也不止一次向我妈她们说过，她的愿望就是让富贵考上大学，毕业以后能有个工作，将来做一番事业。是富贵自己要结婚的吗？他在学校很少和女同学讲话，不像钢旦喜欢文娱又喜欢跳舞，确实已经在恋爱了。也没听说小巧为他找了媳妇。这到底是因为什么呢？我百思不得其解。

快到学校了，富贵突然站住了，诚恳地对我说："丫头，你先走吧，咱们俩不要一起回学校，被人看见了还不知怎么说闲话呢。反正我不准备再上了。你还要再上学，又是团干部班干部，议论起来对你不好。"

我说："富贵，有什么话现在不谈也可以，星期天回家你一定要对你妈说，征求她的意见。我想，她不会同意你的要求的。"

富贵低下了头。

回到宿舍，我翻来覆去想着富贵刚才的话和刚才的神态，想找出一个答案来，可是，越找越觉着茫然。

第二天一早，我赶到旅社，把富贵的话向我妈说了。妈叹口气说："这孩子大了，八成是想找个媳妇，孝顺孝顺小巧吧？"

"那，小巧会答应吗？"我问。

妈沉吟片刻，说："小巧能拗过他呀？"

第十一章

一

时光匆匆，转眼间又到了春天。今年的春天并不美丽，入春后下了场大雪，不久，又十几天阴雨连绵，空气都湿漉漉，仿佛能拧出水来。

近两年，我妈她们凭一双辛勤的手创造着美好生活，靠编织闯出了一条富裕路子。虽然还没有富到发大财，但是手中已不缺钱花了，生活也一天天好起来了，有的家还盖了新房。然而，我妈她们清楚地知道，当农民的光有钱还不够，不能忘了土地是本。所以，我妈她们从来没有冷落过土地，仍然舍得把血汗洒在那里。今年春天，妈根据别人的建议，要和大伙一起在山地上种果树，可是小芹娘不同意。小芹娘找到乡长，说我妈聚众闹事，破坏农业生产。乡里派人到我们村里，宣布我妈破坏生产，要我妈她们限期把栽下的果树统统拔掉。我妈她们不服，要到县里来上访。

"咱那穷山栽上果树就能变样。人家都说这是造福后代的事。我们这辈子人辛苦一点，以后几代人都不要为穷犯愁了。小芹娘也不知是咋想的，这事她不干就算了，还反过来为难俺们……"我妈愤愤不平地说，"我就不信她能一手遮了天。这一次，我非打赢这场官司，出出这口气不可。"

为了让母亲赢这场官司，我找到田叔叔，请他帮我妈的忙。田叔叔很认真地说："这种事谁也帮不上忙，只有政策才能帮你母亲的忙。共产党是有农村政策的，责任田承包多少年不变有具体规定。你可以告诉你妈要理直气壮，县里如果解决不了，可以去省里找，省里还解决不了，照样进北京找中央上访！"

我回到家把田叔叔的话告诉了我妈。于是，我妈就和大伙一起进城来了，二十几个从山村来的妇女，怒气冲冲在大街上行走，立刻引起了行人的注意，很多人跟着看热闹。我妈她们到县政府门口时，后边已经跟了几百人。

开始，县政府的保卫人员不让进。我妈她们二十几个女人就给保卫人员讲理，讲着讲着就讲到种果树，讲到了沈家塘的苦难经历，一个个声泪俱下。围观的群众越来越多，把县政府大门堵得水泄不通。据说当时王县长正在开会，是有关农业生产方面的。听到这个消息，马上指示保卫人员打开大门，县长还亲自到门口迎接我妈她们，把她们请到会议室。后来，我妈给我形容当时的情形时，还深有感触。

"一进县长开会的地方，我们都傻了。县长这么忙，还亲自出来接我们，我们过意不去。再说，我们这些山旮旯里的妇女，虽然这两年也常出门在外的，毕竟没见过大官，到了县长面前，真不知脚手朝哪儿放。县长问我们话，我们你望望我，我看看你，都装聋作哑不愿说。后来，还是小巧先说的话。有了个带头的，我们都大胆了，这才你一句，我一句地说起来。现在想想，我们二十多个人，说话嘴上没有站岗的，什么脏话都说出来了，特别是提到小芹娘，更是句句都带脏字，真丢人现眼。不过，县长倒挺和气，一直笑着，还不时在小笔记本上记什么东西。县长听完我们的话，当时就说：山区种林种果是发展方向，应该提倡和扶植。我们听了都很高兴。你兰婶带头跪下，代表我们给县长叩了个响头。县长能说什么？他说对不起我们……"

后来，县长亲自安排车送我妈她们回村，还让农林局的领导跟着一起去的，没过几天，县长又亲自去了我们村。

就这样，我们村南山北山都种上了果树。我妈她们为出了一口气，摆了几桌酒席庆贺。我星期六回家，正赶上了。酒席是在我家摆的。据说因为我家和小芹娘是对门邻居，这样可以气一气小芹娘，也压一压她的威风。

小芹娘这两年确实威风了。她们家最早盖起了三间瓦房，拉了一个独院，修了一个高大门楼，在我们村可以说出尽了风头。这个女人还学会了抽烟，出出进进香烟不离嘴唇，牙都让烟熏黄了。她倚仗着姓侯的有钱，和乡里一些干部拉上了关系，更是自觉着身价百倍，在村里横行无忌。她的土产贸易公司收购站，也因此成了土匪站，不是公平买卖，而是倚仗权势强迫命令。她为姓侯的收玉米，是为了卖给药厂制药用，她却说是作饲料用，还打着上级的旗号，硬是压得比市场价格低好几倍。我妈她们曾向乡里反映过，得到的全是严厉批评。而且每回村里有什么人反映小芹娘的什么问题，她很快就会知道。对我们搞编织加工，她也从中做了不少手脚，想把我妈她们挤垮。好在我妈当初听小巧和田叔叔的话，和小芹娘订了承包合同。村里人对小芹娘都恨得牙根痒。所以，这一回打官司赢了，我妈她们当然高兴。

小芹娘果然像泄了气的皮球，软了。她紧闭着大门，躲在家里。

洪大借着几分酒意，端了一碗凉水，去敲小芹家的门。

小芹娘半天才开门，垂头丧气地走了出来，看见洪大，紧张地问道："你，你要干什么？"

洪大说："队长，自从你当了队长以后，咱沈家塘的天都像塌了压在人们身上，天天都跟喘不过气来一样，就差没把大伙都给闷死了。好了，今天天晴了。大伙都高兴，你当队长的也该高兴。我是来给你敬酒的。"

小芹娘冷冷地说："我不会喝酒！"

"你骗人！"洪大说，"你和侯经理在一起，一连喝了两碗都没醉。侯经理醉了，你还知道替他脱衣服解裤腰……来，喝了这一碗，我还承认你是队长！"

小芹娘憋得脸通红，但是又不好发作。她知道洪大的脾气，轻易不敢得罪洪大。何况她眼下正背时，还不知前程是吉是凶。犹豫了一会，她还是接过了洪大的酒碗，一仰脖子，喝了下去。

洪大说："怎么样，我说队长你是海量。再来一碗好不好？"

小芹娘已尝出那碗里是凉水，十分恼火，转身进院，"砰"地关上了门。

洪大开怀大笑。

大伙都跟着笑了。

二

时隔不久，姓侯的因诈骗被捕，他的那个公司也随之倒闭，小芹娘当然受到了牵连。公安人员在小芹家查获了姓侯的存放的物品，仅假烟假酒就有几百箱，价值十几万元。好在小芹娘只知道帮着存放，不清楚其中的底细。不过，她也曾参与了姓侯的一些事。事情一出来，她就积极揭发，认真坦白，并退回了赃款，所以受到了宽大处理。

那天，两辆卡车拉走了小芹的半个家，后来我们进她家看才发现，几间房子里已经空空荡荡了。

小芹娘哭得死去活来。一方面是为破产痛心，还有一个主要原因是小芹因此下落不明。

据说，在姓侯的出事的前半个月，小芹就离开了县城。走前，还和姓侯的大吵大闹一场。公安机关所以掌握姓侯的情况，是因为收到一封提供姓侯的详细犯罪事实的举报信。根据那封信的笔迹判断，有可能是小芹写的。

姓侯的在被捕前两天，曾到沈家塘来找过小芹娘。听我妈说姓侯的这次来得十分匆忙，只到小芹娘门口，和小芹娘说了两分钟的话，连她家的门也未进，就匆匆走了。姓侯的走后，我妈听见小芹娘在家里哭，但不知道什么原因。事出后才知道姓侯的那天是来找小芹的，他怀疑小芹回家了。

小芹娘这几天终日喊着小芹的名字哭哭啼啼，连饭也懒得做了。

"活该，她自己把一个好端端的女儿向火坑里推的。这就是报应！"村里人都这样骂小芹娘。

我妈虽然对小芹娘很厌恶，但心里又同情她。妈让我给小芹娘送饭，她自己却不愿出面，还嘱咐我不要说是她让送的。

我上学的时候，妈再三叮嘱我，让我到县城里打听小芹的下落，一有消息就告诉她。

"你田叔叔门路广，你也可以找他帮帮忙，就说是妈和沈家塘的人求他的！"妈这样对我说。

我回到县城以后，找到田叔叔，把我妈的话说了，田叔叔沉吟了一会，说："你妈真变了。"

我好多天也没想明白田叔叔话中的意思。

几天以后，我打听到了小芹的消息，原来她跟着几个熟识的人去了海南。

因为不是星期天，我只好请了一天假回家。我知道我如果把这个消息耽误一天，也会挨妈骂的。

我在村口迎到了铁旦哥。铁旦哥已于春节前结婚了。

"铁旦哥，你去哪？"我看铁旦哥推着自行车，后货架上却没有鱼篓，就问了他一句。因为铁旦哥每天要外出卖鱼，车架上都绑着鱼篓的。

铁旦哥支支吾吾，没有回答我，而是反问道："丫头，你听说小芹的事吗？"

我把小芹的消息毫不隐瞒地告诉了铁旦哥。铁旦哥沉默了一会，一句话没说转身走了。

半个月后，村里收到从海南退回来的汇款单。汇款单上这样写的：

　　海南
　　　朱小芹　收
　　　　沈家塘

海南的地址不详，汇款单当然退回了。可是汇款人也没留姓名。不过，大伙一看就知道是铁旦哥。

我回到家，把小芹的消息告诉了妈，又迫不及待地要去告诉小芹娘，妈拦住了我。

妈说："现在别去告诉她。"

我疑惑地望着妈。

妈说："你小孩子家，不知道做娘的想女儿的心。你现在还不知小芹的情况，告诉她她不更为小芹担心吗？先弄清小芹情况，再去告诉她也不迟。"

"妈，你想得真周到！"我是很少受妈夸赞，也很少夸赞妈，这次却例外了。妈也同样夸赞我道："俺这丫头，也懂事了！"

上床以后，妈说："你二狗子叔到这个时候没点信，我心里天天不安生。如果小芹再不回来，我的心就更难过了。他们都是咱沈家塘养大的儿女呀！"

三

因为今年就要高考了，所以我们的学习也紧张起来，我对妈说在高考前的几个月里，我要认真学习准备迎考，一个月回家一趟。妈同意了。可是富贵却与我们截然不同，他回家的日子更勤了，一个星期回家两三次，即使下午放学后坐车回去，第二天坐早班车回来也要耽误两节课。他还不仅是耽误两节课，有几次是一两天不来。我和小红、钢旦都为他着急，问他，他就用一句"我家有人病了！"来搪塞我们，其实，小巧根本就没有病，他为什么要撒谎呢？我百思不得其解。

这天放学后，传达室通知说门外有个人找我。我以为是妈来了，就赶忙跑了去，到那儿一看，原来是小巧。我很奇怪：她来了为什么不找富贵而偏要找我呢？

"丫头，耽误你一会不怕吧？"小巧显得很抱歉。

虽然不是我妈，但毕竟是我们庄上人。何况她又是我妈最亲近的人，我还是十分高兴的。我要她到宿舍去，她不同意，说是怕让富贵看见。

"你不见富贵？"

"不见了！我就想找你谈谈。"

我既惊奇又不解，跟着小巧一起出了校门。

"丫头，富贵最近是不是有什么事？"小巧第一句话开门见山，把我给问愣了。

小巧说："他这些天经常回家，说是学校要修房子，没地方住。我问他：丫头他们怎么不回来的？他说他和你们不住一起。"

"不对，没有这回事。"我很直率地回答。

小巧说："是呀，我也不相信他的话。我又不好当他面说穿。他毕竟是个男子汉了，男子汉的自尊心是不能轻易伤害的，我只好拐弯抹角劝他好好读书，争取能考上大学。他呢，表面上答应得都好，说是回学校。我每次都以为他回到学校，不会再轻易回来，谁知他第三天又回来了。回到家，他也不说话，就是闷闷不乐，要么就直瞪瞪地望着我。我说我脸上也没有字呀，我看他的脾气也变了。我猜测他在学校里会不会出了什么事？"

"没有，他除了因为回家勤而缺课，没出别的什么事。"

"他会不会谈女朋友了？"小巧问这句话时，神情有点儿紧张。

我摇头回答："没听说。"

小巧叹了口气，低下了头，好像在想什么事情。

"你是不是找老师谈谈？"我建议道，"老师可以帮助他。"

小巧赶忙摇着头，说："那不好，那不好。那样会让老师对他有坏印象，也会伤他的心。再说，老师教那么多学生，也不一定知道每一个学生心里想些什么。"

我不知道该怎么来安慰小巧，因为我也说不清楚富贵在想什么，而小巧又在想什么。我们在大街上默默地走着，我不住听到小巧在叹气。我为小巧不平，她辛辛苦苦养了富贵这么多年，把他抚养成了人，得到的是什么呢？富贵连句真心话都不对她说，害得她心事重重，忧虑重重，太不应该了。

我们又走了一会儿，小巧站住了，对我说："丫头，你回学校去吧，我不耽误你了。"

我问她是不是见见富贵，她毫不迟疑地摇了摇头。

我刚走几步，小巧又喊我，叮咛说："丫头，你不要对富贵说我来了。"

我回到学校，想去找富贵。我可以不把小巧来的事告诉他，但是我要问问他为什么要对小巧说谎对老师说谎，他心里到底在想什么。如果他还不诚实的话，我可以永远不理他。我到了教室，没有看见富贵，就去宿舍找他，可是又没有找到，问他同宿舍的人，都说没有看见他。我心里一惊，匆匆地把小红和钢旦几个人找来，向他们说富贵不见了，然后分头去找。

没多会儿，钢旦跑来对我们说，富贵找到了，他一个人在学校操场的草坪上睡觉呢。

"这小子，闲极无聊，躺在那儿看星星。其实，天上哪有什么星。我踢了他几脚，他才转过神来！"钢旦愤愤不平地说，"也不知他中了什么邪，这些天跟个神经病一样。"

我要去找富贵，钢旦拉住我，说是他已经上床睡觉了。

我为富贵无可奈何，也为小巧感到难过。

第二天早晨，我起床后正要去教室复习，一个女同学拿着一封信来找我。她说："这是今儿早上也就是刚刚在操场上捡到的。我一看地址是寄给你们沈家塘的，怕是你们几个人中谁给弄丢的吧。"

我接过信一看，这封信和铁旦哥的汇款单截然相反。铁旦哥给小芹的汇款单上没写清楚小芹在海南的地址，也没有写明沈家塘的地址。这封信却是寄到的地址写得清清楚楚，而发信地址是空白，收信人也写得明明白白，是小巧的姓名。从笔迹看像出自富贵之手。信没有封口，说明不是寄出过的信。为了证实是富贵写的，以便还给他，我把信抽了出来，一打开就吃了一惊。

信是这样开头的：

"我不知此刻应该怎样称呼你，所以才没有写上。我不知你会不会接受亲爱的这个称呼。

第一件事，我要求你看下去，不管你是不是愿意看，都要把这封信看完。因为这都是你最近多次问我，我又没有勇气当面告诉你的一些心里话。

这些天我经常回去，并且欺骗你说是学校拆房子。其实，我是想回去把我的心思告诉你。但是，一到你面前，一听到你用母亲的口吻喊我的名字，我心里就像遇到了障碍，说不出口了。每次，我一出庄就骂自己为什么那么软弱，为什么不敢把话说出口……"

我紧张地四下看了一眼，没有我们村的人。但是，我怕他们会走过来，更怕此刻富贵会出现，所以信只看了一点，就装进衣袋里。这时，我恍然大悟，一切都明白了。原来富贵对小巧已经超过了那种母子之间的爱，这太不可思议，太可怕了。虽然，我也知道小巧不是富贵的亲生母亲，她只是在富贵七岁那年收养的他，但不管如何，这么多年来他们母子相处得很好。如果小巧真的收到这封信，一定会恼羞成怒，不自杀也得和富贵断绝一切往来。富贵为什么要这么做呢？难道他真的爱小巧吗？不，他可能是一时糊涂，写了这封信。我应该把这信交还给他，同时好好劝他。

我急急忙忙去找富贵，路上碰到钢旦。

"丫头，你这么急忙干什么去？"

"我去找富贵，有，有点儿事。"我想这种事还是不告诉钢旦。

钢旦说："别找他去了。他今儿一大早，不知又犯了什么病，让我代他向老师请假，说是小巧病了。没容我多问，他就赶汽车走了。这小子，用谎话骗我还能成？他昨儿一晚上没出门，怎么知道小巧病了？难道小巧托梦给他了。"

我像泄了气的皮球，一下子软了，身子晃了几晃，差点儿倒下。钢旦急忙扶住了我，惊慌地问："丫头，你怎么啦？"

那会儿，我的脸色一定很吓人的。

我很快恢复了镇静，但心里还很紧张，脱口而出说："要出大事了！"

"什么大事？"钢旦十分精明，马上问道，"是不是你发现了富贵什么心事或者什么秘密了？快告诉我。"

我没有告诉他。

第十二章

一

小巧是应该知道富贵心思的。一个成熟男人或女人，可以从异性的一句话、一个眼神猜测出对方对自己的感情。

事实上，小巧的确猜得出富贵的心思，她那天去县城一方面是想打听富贵在学校里有没有女朋友，一方面是想看看富贵。但是，由于她爱面子，又怕富贵戳破什么，所以才找了我。现在想想，她问到我富贵有没有谈女朋友那句话时的表情、口气，都可以看出一种不寻常的心情。

这件事细想起来也是顺理成章，不足为怪的。

小巧的小叔子已长大成人。五年前，小巧因为给小叔子一间房子，所以住的更狭窄了。她和富贵这些年不仅住在一间房里，还睡在一个被窝里。起初，她是把富贵当成一个孩子，富贵也把她当作母亲，所以也没什么忌讳和回避。后来，富贵年龄大了，开始有非分之想了。小巧虽然看得出来，但没有及时引导他，制止他。所以，他的那种想法越来越发展。富贵在信中，坦白得清清楚楚。

"……有几次，你已经睡熟了，我忍不住爬起来，点亮灯，欣赏你的身子……我是有冲动，有一种发泄的欲望，但是，我首先是在感情上忍受不住。我真的爱你。自从离开你到县城读书以来，我终日被思念折磨得痛苦不堪，每时每刻都迫不及待地想见到你。我这才清楚地知道，我已经永远离不开你了……"

对于富贵这些失常举动，小巧难道一点也没有观察出来吗？不会的，从富贵的信中，也可以看得出来。

"……这些年，你忍受着寂寞和冷落的折磨，吃了不少的苦，我是深深记在心里的。有一次，你提到丫头娘和田师傅时，长长地叹了口气。你当时是用羡慕丫头娘的口气说话的。后来，我也感觉出你有一种难与人言的苦衷。不知从什么时候起，我们上床后就很少说话了，不再像我小时候那样，亲热地谈着话，直到实在忍不住睡着了。有好多好多次，我醒来看见，你为了躲开我，盖着棉袄蜷缩在被窝旁边，我都忍不住想喊。其实，我的心思早被你看穿了。你只是不愿点破它，有时，我就想……可是，我又不敢想，强迫着自己不要去想。谁想越是这样，相反越想。"

富贵到县城读书这几年，本来是想远离小巧，慢慢压迫自己去掉那种超越母子之爱的念头，谁知越是这样越难以摆脱。其实，爱是不能回避的。真正的爱千山万水都隔不断，何况这几十里路？

我现在担心的是如何处理富贵的这封信，还有富贵回家去干什么，会不会出什么事。在富贵的信中，我还得知了一个鲜为人知的秘密：花婶母女出嫁那天，在山上用弹弓袭击接亲的马车的是富贵，当天晚上放火烧了花婶家房子的也是富贵。他的目的是恐吓一下村子里的女人，让她们不要改嫁，更主要的是让小巧不要改嫁。据富贵在信中说，他那几天老是做梦，梦见小巧坐着接亲的马车走了，和别的男人在一个被窝里了……富贵在信中疯狂地写道："我受不了，接受不了这个事实。如果真有那一天，我会发疯的！"

他这次回家会怎么做呢？我决定回家去看看，即使没发生什么事，我也要把这事告诉我妈，因为我真的不知所措。

我是天黑以后到家的。

推开门，妈正在和人说话。我从背影就能认得出和我妈说话的是小巧。

我不禁一愣：难道富贵没回来？

"丫头，你不是说这两个星期都不回来吗？怎么这时候回来了？"妈看见我，十分惊异，严厉地说，"学习这么紧张，你就不要回来了。缺什么我会托人带去的。"

"我，我有点事……"

"是小芹有信儿了？"妈又惊又喜，看见我摇头，又失望地坐下，叹息一声说，"这么长时间了，小芹这孩子也不给个信儿，会不会出什么事。那个地方她人生地不熟的，能混饭吃吗？再说，这孩子难道对沈家塘一点儿感情也没有吗？"

小巧见我还没有吃饭，就起身告辞了。妈说要给我下面条，我去帮妈烧锅。

"妈，小巧来干什么的？"

"能有什么事？劝我当队长呗！"我妈说，"我一点儿也不想再当头了。现在，你和你弟弟都长大了，要考学，我把你们俩的前途安排好也就放心了。"

我一边听妈说，一边想着如何向妈提出小巧和富贵的事，虽然，我一路上都是在想这件事，但直到现在也没想出个法子。我知道妈一直同小巧关系好。如果妈没有一丁点儿思想准备，听到这件事一定会发怒的。想了一会，我试探地问妈说："妈，小巧这么年轻，就没想过改嫁吗？"

我妈说："想归想，做归做。小巧这个人呢，我最了解她，心眼好，做事也公平。她不会只为自己想的。就说当初收养富贵吧。一个十六岁的小媳妇，收养了七八岁大的男孩子，别人不说，自己也够难为情的，换我都做不出来，她都能做，真不简单。"

"富贵现在大了。等他今年毕了业，考不考上大学，小巧都可以有理由改嫁了。"

"哼，富贵再长十年，她还是不舍得不管他。这点我早看出来了。他们这一对母子，还真少见，这么大了还亲得分不开。富贵今儿又回来了。"

我的心一紧，接着很快就安定了。富贵回来了，小巧还到我家来，说明富贵回来没出什么事。不过,事情也很难说,因为今天晚上的时间还很漫长,再说还有明天呢。我想了想,对妈说:"妈,富贵他回来是不是要对小巧……"我看妈瞪大了眼睛,吓得赶忙把话咽了回去。

"你今天怎么回事?不是星期六就跑回家来不说,说话还吞吞吐吐的?你刚才说富贵什么?他到底怎么了?"母亲的目光咄咄逼人。

我无可奈何,把富贵的信念给妈听了。

妈先是惊异,接下来就是愤怒,骂道:"这个孩子,想不到长了一副狼心狗肺。小巧养了他这么多年,他竟敢对小巧有歪心思,这还得了吗?不天打五雷轰才怪呢!"

"妈,你要怎么样?"我非常紧张,想起了当初二柱哥和红英在井台上受罚求雨的情景。

我妈想一会儿,说:"把信烧了吧,这件事不能让小巧知道。她要是知道了会恼死的。我看,还是得让小巧赶快出嫁,不然真出了事,沈家塘的人脸上都没有光彩。不管怎么说,小巧还是他娘呀!"

"要是富贵不让小巧出嫁呢?"

"他当不了这个家!"我妈说着,从我手里夺过信,扔进了锅灶里,顷刻间,几片纸灰飞了出来。

二

第二天一早我就回学校了,不知道我妈第二天是怎样与小巧谈的,也不知道富贵和小巧昨天夜里到底有没有发生什么事。

"野兔子"、红英和我同乘一班车。我本来不想理"野兔子",她硬拽着我和红英也坐在一排位子上。

"丫头,听说你今年就要考大学了,如果你考上了,可是咱沈家塘第一个大学生!"

"还有小红、钢旦和富贵他们呢,又不是我一个人。再说,我也没多大把握！"我没好气儿地说。

"野兔子"说："如果你们几个人一起考上了大学，可就为咱沈家塘争了大面子。谁还敢再说咱沈家塘的不字。到时候，我给你们摆酒庆功，为你们送行！"

红英一直没说话，好像心事重重。

我们在县城下车时，红英突然拉住了我，哀求地说："丫头，我到县城来的事，你千万不要告诉你二柱哥！"

"为什么？"我感到十分惊奇。难道红英和二柱哥又打架了？他们最近不是相处得不错么。

红英看出我的疑惑，不好意思地说："我又怀了小三，不想要了，怕你二柱哥知道了不同意，自己偷偷到医院来流产的。"她叹口气，又说："孩子真的不能再要了。不是愁孩子多了没饭吃，而是孩子多了大人受苦受累。"

我向红英保证一定为她保密。一个人被别人信任也是一种幸福。

回到学校，看到有一封我的信，心里奇怪，是谁会给我写信呢？信封上的字像是小芹的笔迹，我的心就激动得要跳出胸腔了。我迫不及待地拆开了信。

"丫头，我的亲姐姐……"看了开头，我的眼睛湿润了，不得不让心平静一下，然后再继续往下看：

"我现在在一家饭店找到了工作，当餐厅服务员。虽然又苦又累又脏，但是比起在县城待过的几年，心舒畅多了。丫头，你也知道，我在县城那几年过的真不是人的生活，现在想想，心里还真愧疚。我对我自己的青春年华愧疚，对自己的感情愧疚，对家乡的土地和父老乡亲愧疚……

"丫头，听说咱们村现在生活好多了。我真希望咱们沈家塘尽快富起来。可是，我这个不孝的女儿不能为家乡做点贡献，真是白喝了沈家塘水，白吃了沈家塘粮。一想起十几年前那个悲惨的日子，我眼前就会出现瞎太太、二柱娘、你妈、小巧、洪大……十几年过去了，她们中死去的永远让我们后辈人怀念，而活着的却在为我们这一代人苦苦地奋斗着。我们沈家塘的母亲是多么伟大啊！……

"我现在还不能回去，一是因为刚找到份工作，不好向老板请假；一是因为我亏欠沈家塘的太多太多，不能这么回去。你是我的姐妹，相信你一定会理解我的苦衷，我的心思。至于我妈，我恨她但又很可怜她。我恨她为什么不能像你妈和小巧那样活着；可怜她是因为她自己也是一个普普通通，但又什么都需要的人。我已经给妈写信了，你再见到我妈，可以劝劝她不必为我担心。

"你今年就要高考了。小妹在这里祝福你走运，能考上大学，为咱沈家塘争光。不过，小妹也劝你千万注意身体，不要把自己身体熬垮了。有好消息别忘告诉我……"

我一口气把小芹的长达十几面的信看完，忍不住跑到教室外边哭了一场。

这天下午放学后，我把小芹来信的事告诉了小红和钢旦，他们两人也都很高兴。可是，富贵却找不到，一问，他今天没回校上课。我兴奋的心情一下子又冷了。富贵和小巧问出什么事情吗？

"丫头，是不是富贵今年不想高考了？"小红问道，"眼看高考逼近，他一点儿也不紧张，三天两头旷课，成绩怎么会不掉下来？还有，会不会是他母亲身体不好？"

我搪塞地说："不会有什么事吧！富贵过去成绩一直很好，也可能他对自己高考充满了信心呢！"

晚上，我翻来覆去睡不着，许多事情在脑子里转悠，我感到我的确长大了。

三天后的早晨，富贵回来了。他一脸倦容，神情黯然，两只眼睛里布满了血丝，走路脚步迟疑。我虽然一心想上前去询问他，但又不敢，因为我心里没有一点儿底，既不知从何说起，又怕他对我产生误会。

后来才知道，富贵已经向小巧表白了他的感情，当然地遭到了小巧的拒绝。那天，他们整整谈了一夜，最后小巧以死相威胁，才使富贵的感情冷却了一些。但是，富贵并没有真正地死心。小巧把这事告诉我妈时，我妈说："你就不能给他两个耳光，让他知道知道当娘的和当儿子的不一样！"

其实，我妈想得太简单了，以至于再后来她不能面对已出现的事实。

三

高考发榜了。我、小红和钢旦都榜上有名，唯独富贵落选了。可是，回家的路上，富贵却比我们三个人还高兴、轻松，一路上有说有笑，仿佛高考对于他是一种束缚，现在他彻底解脱了。

我妈当然很高兴。但是，从她的脸上却看不到这一点。我一进门，妈就很严肃地扔过一句话来："丫头，挑水去！"

我挑水回来，妈又让我烧锅。

"丫头，走到哪儿都甭忘了你是沈家塘的孩子！"妈认真地说，"这些年，你什么事情都看见了，也都知道，沈家塘的好孩子第一条就要能吃苦。"

我点点头。

"第二，沈家塘的好孩子要有志气。没有志气的人最后自己吃亏。有苦就得有吃苦的人，能吃苦的人都有志气，比如小芹听她母亲话不愿吃苦，最后自己吃了亏。她现在有志气了，能吃苦了，也就成人了……"我妈正在说着，小巧急急忙忙闯了进来。

"队长，现在怎么办？我照你的话给他说了，富贵不听。"她见我在，说话含含糊糊。其实，她还不知道我早已知道了她和富贵之间的一切。

我妈说："他不听，你就不理他呗，反正不能让他一个毛孩子当家，也不能丢咱沈家塘的脸呀！"

小巧着急地把我妈拉到门外单独嘀咕去了。我不便跑了去，也不想听。

吃过晚饭，洪大、兰婶、小芹娘和村里的人陆陆续续到我家来祝贺。我妈让我弟弟去称了几斤糖块给大伙吃。

"丫头娘，你这些年终于熬出了头。丫头考上了大学，她弟弟考上了高中，都是争气的孩子，为你争了光，也为咱沈家塘争了口气。"

"是呀，丫头娘等着以后捋着胡子喝香油吧。到底是有福之人不用忙，无福之人累断肠。"

"话可不能这么说，丫头娘是有福的人，可是也没少了吃苦，没累断肠也累弯了腰。丫头，你以后大学毕业能挣钱了，可不能忘了孝顺你妈。"

"小巧算是没有福，养了个儿子不争气。我早看富贵那孩子没出息，这么大了还跟吃奶的孩子一样离不开娘。小巧也能宠他惯他。你看天天那样子不像是养儿，倒是有点像敬爹。"

这天晚上，人们一直谈到半夜才离去。

"丫头，明儿个去你外奶奶家看看。"妈说，"多少年没见你外奶奶了。"母亲的眼红了，撩起衣襟揩拭眼睛，又说："还有，得去拜拜你瞎太太，让她老人家也高兴高兴。当初，要不是你瞎太太逼得紧，我真没办法让你上学……"

我都一一答应了。

最后，妈又说："丫头，你走时还得经过县城，别忘了去告诉你田叔叔一声。你田叔叔也没少了帮咱沈家塘。他是个好人。别让人家以为咱沈家塘有点出息了，就把人家忘了，就看不起人家了。你田婶也是好人。不见你田叔也得先见你田婶。"

第二天太阳出来之前，我跟妈一起上南山拜瞎太太，到那儿一看，小红娘带着小红，铁旦娘带着钢旦也来了。

我们把带来的祭品摆好，然后都跪下了。

妈说："大奶奶，三个孩子没辜负您老人家的希望，都考上了大学，给咱沈家塘争了气。现在，他们来给您老人家烧香了，谢您老人家在九泉之下保佑了他们。"

我们三个孩子都哭了。

拜过瞎太太，妈又带我们来到"百家坟"前。

妈说："这里边是你们爷爷、大爷、叔叔、哥哥，还有你们的父亲。你们也给他们磕几个头吧！"

从山上下来，我听见兰婶对我妈说："丫头娘，孩子的事怎么办？小红这一上学又得几年耽误呀！"

我妈宽厚地说："别再提那事了。过几天我请客，你和小红娘俩都过去。咱们两家当面把话说清楚，过去的婚约都不作数，千万不能让小红还背个包袱去上学！"

兰婶感激地说："这事真不好意思。"

早饭后，妈带着我去了姥姥家，回来时天已经黑了。

我去商店买东西的路上，碰见了富贵。

富贵说："丫头，别忘了给老同学来封信呀！以后你毕业当了干部，我在家当三等社员，见了面千万别装不认识……"

到了这时候，他不但没感到丝毫压力，还有心思开玩笑。我想起他和小巧的事，心里隐隐感到不安，就脱口而出说："富贵，咱们这些孩子长这么大不容易，千万不能做丢沈家塘脸的事呀！"

"丢脸，怎么丢脸？考不上大学就是为沈家塘丢脸呀？"富贵显然误解了我的意思，不高兴地说，"我压根儿就没想过考大学。我不想离开沈家塘。我要脚踩沈家塘的土地，实实在在地为沈家塘做点事情。我觉得高中这点文化，在沈家塘还能用得着。不信过三年再看，咱们几个人谁为沈家塘做的贡献大。三年中，我保证让咱沈家塘通上电，亮起光明和希望；保证让咱沈家塘有一所小学校，孩子们不用出山口读书……"

"富贵，我不是……"我想分辩，但又找不到合适的词儿。

就这样，我们带着各自的心事分手了。

这几天，我还始终想着去和一个人告别，那就是我的小妹。我知道妈之所以不提让我向小妹告别，是怕我和弟弟痛苦，尤其是我弟弟，听说他每天都要到小妹的坟前坐一会儿，嘴里还不断咕噜着，像是在向小妹谈什么。小妹如果活着，一定为我高兴。小妹，我可怜的小妹呀！当然，我也不能告诉妈妈，她也会伤心的。

我临走的那天，天气很爽快。

早晨起来，我开了门，见院子里有个似乎陌生的女人在扫地，她很年轻，穿戴也年轻，上穿一件红的确良衬衫，头发挽成个篡时髦地扎在后脑勺上。等她直起腰时，我惊呆了，原来是我妈。

"妈，你今天真漂亮！"我脱口而出。

妈笑了。我发现母亲的笑也年轻了。女人年轻就先漂亮几分。

我高兴地扑过去拥抱了妈。

妈以从未有过的温柔语调说："丫头，饭做好了，你快吃了饭走吧，别耽误了车。"

我不知再说什么，眼泪却掉了下来。

我流着泪上了路。

出了山口不远，迎面开来一辆吉普车，在我们面前戛然停住了。从车上下来一男一女两个中年人，那个女的喊着我的名字走过来，天哪，原来是方翔。

方翔："丫头，要开学了？"

我点了点头。

"来介绍一下，这位是省报李记者。这位就是你要采访的那位女强人的女儿……"

那个李记者伸出了手，我也大大方方地伸出手来同他握手。同时，我在心里为妈妈感到骄傲。"女强人"，她是无愧于这个称号的。

和方翔分手后，我又继续赶路。

依旧是那条熟悉的路。然而，我们却要沿它走向新的生活。山路仍然是坎坷的，此时我的心却平坦如宽广的大道，前方，太阳已冉冉升起。

但愿人人都献上一份爱 (代后记)

人生是艰难的，每一个人都懂得这一点。

不管是男人还是女人，从呱呱坠地那一刻起，就有了生的权利。这个权利谁也不能剥夺。但是，既然你生活着，就应该承担起责任和义务。生存就是一个不可推辞的责任。人类要延续，离不开人；社会要发展，离不开人。如果人人都感叹一声生活的艰难而放弃做人的责任，人类就会不复存在。

活着就要奋斗。奋斗是每个人给予人类最伟大而又最崇高的爱。放弃奋斗是最可恨的自私。你多给人类一份爱，人类就少一份憎；你多给人类一份奉献，人类就会少一份艰难。你在困难面前退却，无疑是把你应该承担的一份责任推给了别人。那就是自私。自私实际上是一种残忍。只有你活着，才能把你的一切奉献给别人；而只有你活着，才能得到你所需要的一切。

死亡的确在等待每一个人。为了活着的责任而死，那还会活着；而为了放弃责任而死，就是一种可悲的自私。"有的人活着，他已经死了；有的人死了，他还活着。"可以说是千古绝句。

以上一点感情，是对是错，敬祈读者赐教。当然，希望它能代表《红月亮》的主题。

亲爱的人们，愿我们都献上一份爱，愿我们都无愧于做人。